U0651673

失业名校毕业生日记

我在豪门做家教

［英］马修 · 诺特（Matthew Knott） 著

朱柠 译

A CLASS OF
THEIR OWN

CTS 湖南文艺出版社
HUNAN LITERATURE AND ART PUBLISHING HOUSE

博集天卷
CS·BOOKY

A Class of Their Own
Copyright©2022 by Matt Knott

©中南博集天卷文化传媒有限公司。本书版权受法律保护。未经权利人许可，任何人不得以任何方式使用本书包括正文、插图、封面、版式等任何部分内容，违者将受到法律制裁。

著作权合同登记号：图字 18-2023-130

图书在版编目（CIP）数据

失业名校毕业生日记 /（英）马修·诺特著；朱柠译 . -- 长沙：湖南文艺出版社，2023.9
书名原文：A Class of Their Own
ISBN 978-7-5726-1319-7

Ⅰ . ①失… Ⅱ . ①马… ②朱… Ⅲ . ①纪实文学－英国－现代 Ⅳ . ① I561.55

中国国家版本馆 CIP 数据核字（2023）第 134533 号

上架建议：非虚构·纪实文学

SHIYE MINGXIAO BIYESHENG RIJI
失业名校毕业生日记

著　　　者：〔英〕马修·诺特
译　　　者：朱　柠
出 版 人：陈新文
责任编辑：吕苗莉
监　　制：吴文娟
策划编辑：姚涵之
特约编辑：陈　黎
版权支持：王媛媛
营销编辑：傅　丽
装帧设计：梁秋晨
插图绘制：孙　显
内文排版：麦莫瑞
出　　　版：湖南文艺出版社
　　　　　　（长沙市雨花区东二环一段 508 号　邮编：410014）
网　　　址：www.hnwy.net
印　　　刷：三河市中晟雅豪印务有限公司
经　　　销：新华书店
开　　　本：875 mm × 1270 mm　1/32
字　　　数：207 千字
印　　　张：9.25
版　　　次：2023 年 9 月第 1 版
印　　　次：2023 年 9 月第 1 次印刷
书　　　号：ISBN 978-7-5726-1319-7
定　　　价：49.80 元

若有质量问题，请致电质量监督电话：010-59096394
团购电话：010-59320018

目录

CONTENTS

免责声明

　　为尊重合作家庭的隐私，我改动了许多个人信息。尽管如此，这本书字里行间展现出的财富和行为，完全真实地再现了我私人教师职业生涯中与之产生交集的那个世界。我只是深感遗憾无法使用他们的真名。真的，说出来你都不信那些人给自己的孩子都取了些什么名字。

序幕

　　一丝不挂的俄罗斯寡头正在他家地下室打我的屁股。他的武器是一根桦木条，情节展开的场景是他奢华的家庭桑拿房。我们的头顶上是莫斯科最气派的私宅之一，面积有3万平方英尺[1]，壁炉上方挂着当代艺术家达米安·赫斯特的天价原作，踢脚板内置嵌入式真空清洁系统。我顾不得考虑会不会严重地冒犯他，拒绝了褪下平角裤的要求，因为我12岁的学生尼基塔——寡头的儿子——正坐在一旁的雪松长椅上看他爸爸打我的屁股。为了在蒸汽中保持头部凉爽，我们都戴着尖头毡帽，这让寡头看起来像个猥琐的精灵。暗处的扬声器奏响了忧伤的小夜曲，是排笛版《忧愁河上的金桥》。一盏彩灯旋转着发出千变万化的光芒，给寡头的身体蒙上了各种各样让人意想不到的色调。每个人都一言不发，但此刻无论我说什么恐怕都只会让局面更加尴尬。这时，尼基塔看着我，露出神秘的笑容。

　　"现在我妈妈要给咱们拿蜂蜜来了。"

1　1平方英尺约等于929.03平方厘米。——译者注（本书脚注如无特殊标注，均为译者添加）

我们要蜂蜜到底能有什么用啊？俄罗斯的桑拿房是严格区分性别的，但我早该想到尼基塔的妈妈玛丽亚会想方设法溜进来。我也不敢说她这么做我毫无责任，几天前我刚在莫斯科一家著名的卡拉OK连锁店"名人录"给她唱了几首扣人心弦的情歌。司机开车载我们回家的路上，她已经醉得睡着了，头靠在我的大腿上，开始手舞足蹈地做梦，口中念念有词，时不时地舔舔嘴唇。

"你喜欢吗？"寡头边问，边挥着桦木条在我的大腿上又来了一下。我不确定他说的是蜂蜜还是打屁股。

"嗯。"我含含糊糊地说。

我无意冒犯男主人，但我确实希望这次体验能快点结束。我又一次对自己发出灵魂考问：我到底是怎么沦落到这种境地的？

YEAR ONE 第一年

2008 年秋季学期

9 月 15 日，周一，多塞特

还没到早饭时间，世界就开始分崩离析，这可非同寻常。我一早遛完狗回到家时，爸妈正在听广播 4 台。一夜之间，雷曼兄弟宣告破产。我妈抬起头来，面色凝重。

"豆豆散步的时候拉便便了吗？"

"拉了，"我答道，"不过拉完她就吃掉了。"

我妈冲我爸翻了个白眼。自从几周前搬回家住之后，遛狗就成了我的主要职责。我自从 6 月毕业，就只在爱丁堡国际艺穗节中演过一出原创音乐剧，观众没有多少，反响不温不火。我在大学度过了 4 年光阴，9 月份满 23 岁后，基本上就迈入了衰老的行列。我爸妈早已明确表态，虽然家里的大门永远向我敞开，但是我也该成熟起来找份工作了。

"他们说这会拖垮世界经济的。"我爸说。

"这会儿要找份工作可是不容易。"我妈尖锐地指出。

《飘》就是在大萧条时期创作的。"我插嘴道。

我爸妈又交换了一下眼神。我想当作家早就不是什么秘密了，我从小就有这样的梦想，而且早早拟好了一份尽善尽美的奥斯卡获奖感言，准备让全球数百万观众感动得热泪盈眶。

"奥斯卡金像奖可不会自己送到你手上。"我妈说。

她说得没错，理想情况下，奥斯卡金像奖应该由影后简·方达送到我手上。

我心知肚明，很多同龄人已经在日进斗金的金融和管理咨询行业开始了职业生涯，而我自己的宏图大业还没取得什么特别惊天动地的进展。这周早些时候，我初步构想了一份剧本，是一部暖心的喜剧，故事背景是虚构的登东新镇。现在我只需要把它写出来就行了，喝彩声自然就会如潮水般涌来。我爸妈一直大力支持我的计划，但他们也同样殷切地希望我能想想在实施计划的同时怎样维持生计。爱丁堡国际艺穗节已经把我扫地出门了，国民威斯敏斯特银行的储蓄卡自从让我免费浅尝青年火车卡的甜头之后，就再无佳音了。

"你要不去看看能不能在厨房打个工？"我爸这周可能已经问了6次了。

他指的是他和我妈教书的寄宿学校的餐饮公司，我从高中到大学每个假期都在那里做服务员。多亏了丰厚的员工助学金，我也是在这所学校上的中学。在父母教书的学校上学当然是件很让人头疼的事，但我还面临一个问题——我的青少年时期是在一群比我有钱的人中间度过的。每逢圣诞节和复活节假期，他们飞到巴巴多斯或是沙莫尼度假时，我只能为了4英镑的时薪戴上廉价的领结在婚礼上倒香槟。

我们去一所公立学校参加游泳比赛，队友开始担心我们会不会被捅的时候，我简直尴尬极了——我12岁以前一直在一所本地公立小学上学，我见过的最可怕的事情也不过是领免费午餐的同学不得不在午餐前单独排成一队，忍受别人对他们穿二手鞋的嘲笑。在那所学校里，去法国或是康沃尔野营就已经算得上土豪了。但是，自从我转学到私立学校之后，法语课上大家讨论假期怎么过时，我突然开始羞于启齿，因为其他同学去的都是乡村别墅或海滨洋房，而我只能搭个帐篷草草将就。

你能指望青少年有多懂事呢。在这所自带高尔夫课程的学校里，即便我每天穿着粗花呢夹克奋力背诵拉丁语动词，假期打工就意味着我与灰姑娘无异，这样的念头还是伴我度过了整个青春期。来到剑桥大学后，我意识到有些人为了来这里上学付出了不菲的代价，我这才明白，免费上学毫不影响我成为私立学校教育系统的合格产物。但有些伤害已经造成了——轻微的受害者情结，以及与富人相处时挥之不去的不安全感。我要是能一直离他们远远的，这倒也不是什么问题。当然，我没有打算追随我父母的脚步，继续为家族职业添砖加瓦。我爸怀着宗谱学家般的热情将我们家族的教师谱系追溯了11代，发现1672年我们家就曾出过一名就职于沃金的小学校长。教书早已融入我的血脉，却不曾写入我的人生规划中。但那天晚些时候我和好友佐耶的几条短信改变了我的人生轨迹。

我：我爸妈想让我当厨房女佣。

佐耶：你没告诉他们你其实是个文学天才吗？

我：知音啊！我真是受够怀才不遇了。

佐耶：来伦敦吧！

我：去不起啊。

佐耶：干吗不来当家教呢？他们一直在招人。我帮小孩写写作业 1 小时就能赚 30 英镑。

我：什么?!

佐耶：你可以先在我家沙发上凑合几晚。你有当家教的经验吗？

我：一点都没有。

佐耶：咱们总能想到什么办法的。

9 月 23 日，周二，哈默史密斯

"跟我讲讲你在危地马拉教书的经历吧。"菲莉帕说。

她怀疑地打量着我。菲莉帕大概 40 多岁，总是一脸严肃，看上去似乎很乐意赶紧脱下穿了一夏天的休闲衬衫，换回紧身夹克。她以惊人的速度接受了佐耶的推荐，并邀请我来西伦敦的办公室面试。现在我已经开始后悔在简历上把"教师"和"危地马拉"写得那么显眼了。为了拿到西班牙语的学位，我出国学习了一年，在一所学校里当了几周志愿者，学校的校长是个美国酒鬼，他唯一让人津津乐道的逸事就是曾在自娱自乐打壁球的时候摔断了双臂。他在危地马拉管理一所小学，不过他可能也不记得自己是怎么当上校长的了。我所说的戏剧课其实多半是玩几轮丢手绢的游戏，场面非常混乱，偶尔还会发生点暴力事件。我突然意识到，菲莉帕已经盯着我看了

好一阵了。

"给他们上课的同时，我自己也获益匪浅！"我说。

菲莉帕点了点头，目光犀利地看了一眼我的鞋子。就我所知这已经是第二次了。我是踩到什么不该踩的东西了吗？现在要检查也不方便，不过如果我向前探身，说不定能大概闻闻气味。可就算我闻出什么异样，又能做什么呢？严格来说，这是我第一次面试，因为当年餐饮公司对 16 岁的我只提了一个问题——如何把领结前后戴反的。

"工作经验无所谓，"菲莉帕说，"你在剑桥上了大学。客户就爱听这个。现在主要问题就是要让你……适应他们的生活方式。"

我突然意识到，问题可能出在我的廉价乐福鞋上。这双鞋是在 Primark[1] 买下的。刚刚转学到私立学校时那种熟悉的感觉又回来了，那会儿我发现每个人都穿着高端冲浪品牌，价格远超我家的预算。我匆忙跑去 TK Maxx[2]，在货架上搜罗到一双能蒙混过关的高仿，但眼前仍不断浮现一个男孩大笑着问我那是不是假货的场景。从那时起，我开始尽量只跟同样靠奖学金上学的同学交朋友。这法子倒是很有效，一直到我第一次去参加黑领结成人礼宴会才失灵——我发现自己是唯一一个两手空空的客人。"别一口气全喝光了！"我草草写了一张卡片，把它丢在一堆法兰西香槟和法国凯歌香槟中间。

等到去剑桥上学时，我在这方面已经相当老练，知道要在去酒吧前请大家喝热身酒时选些精致的小食，鹰嘴豆泥上还要讲究地撒上几颗整豆。然而，随时可能被戳穿的恐惧一直在我心中挥之不去。

1　英国服装百货商场，价格比较低廉亲民。

2　英国知名折扣商城。

我不知道该怎样向菲莉帕解释才不会听起来太自我放纵，如果把自己比作《大逃亡》中那名在别人祝他好运时忍不住用英文表达谢意而露馅被捕的英国士兵，又会不会太过浮夸。

"这个你放心。"我答道。

"很好，"菲莉帕说，"只要你没有什么见不得光的秘密就行。"

真是哪壶不开提哪壶。融入校园生活不光是跟同学比比阔那么简单，我还隐藏了同性恋的身份。菲莉帕说得很明白，她雇用我是因为我恰好符合客户群的某种想象，很容易形成一个卖点。我决定对所有可能使情况复杂化的事情暂时保密——先瞒着再说。

菲莉帕解释说，因为我经验有限，她希望我能从"学习伙伴"做起——主要任务就是帮忙温习功课、写写作业，这职位听起来就很青涩，让我宽心不少。

"说起来可能有点唐突，"菲莉帕说，"我们有一位家教食物中毒了。你愿意现在就开始上班吗？"

妈妈：太好了！你什么时候开始上班？

我：就，现，在。

9月23日，周二，梅费尔

被派去梅费尔教书时我有一种惊人的似曾相识感。后来我才想起，这缘分是在玩大富翁时结下的，只是那时我还能骗我弟弟花大价钱买下蓓尔美尔，再用赚来的钱买下整个住宅区。我快速查了一下谷歌，我家这里的平均房价是 200 万英镑，而我要去的那片街区房价是这个价格的四五倍。

我沿着绿树成荫的街道走着，想到脚下还踩着刚刚匆匆忙忙用抽纸擦净的鞋子，不禁开始流汗。但自从目睹原本默默无闻的戴伦·戴接替菲利普·斯科菲尔德出演音乐剧《约瑟的神奇彩衣》，抓住机会登上伦敦守护神剧院的舞台，从此走上人生巅峰之后，我就坚信做一个光彩夺目的候补是迈向成功的第一步。

等我到了地方，身上的强力止汗除臭剂已经着实经受了一番考验。这栋宅子与盛气凌人的美国大使馆地处同一街区，又为其平添一分高贵和庄严。我突然意识到，在教课这件事上，我并不比会见戴维·卡梅伦的外交大使、处理棘手外交问题准备充分多少。戴伦·戴上台前至少还彩排过呢。我走向高高的灰泥露台，注意到不远处一扇门旁有一名正在值班的保镖。我走到正门前，按下门铃。安保摄像头亮了起来，对讲机中传来带着口音的声音。

"来缪斯那里。"

"什么，哪里？"

"缪斯那里。绕到后面去。"

我突然开始担心自己是不是找错了地址，误闯入什么《大开眼戒》式的性派对，而他口中的"缪斯"指的是某个蒙面的保守党内阁部长。但我匆匆绕到房子后面时，才发现刚才想歪了。他说的是"马厩子"[1]，每个宅子后侧都有一处独立小院，早前是用作马厩的，我

---

1 缪斯（Muse）与马厩子（mews）发音相近。

面前的这个小院还很配合地挂着"送货员入口"的标识。要不是来这里教课，我一定会发张照片到 Facebook 上，再肆无忌惮地配上调侃的文字，但我现在实在是很无语。门铃刚按下去，门就自动打开了，一个身材娇小的女人顶着锅盖头面无表情地出来迎接我。

"你好，我是——"

"脚！"

那女人指了指地上一个小小的纸板箱。我没有立刻反应过来她的话和手势之间有什么关联，于是仔细查看了箱子，里面好像有些浴帽。我这才意识到，我应该把它们套在鞋子上，就像足部安全套一样。

"快点！"那女人催促道。我刚刚套好足部安全套，她就领我穿过边门，走下几段楼梯，进入了地下室。我们路过了一个地下的天光游泳池，随后那个仍未报上姓名的女人停了下来，按下按钮。墙壁向两边分开，露出电梯来。

"去楼上等。"她说着，匆匆把我塞进电梯。

电梯关闭，开始上行。我胡思乱想起来，不知道自己会不会闯入什么蒙面的情爱派对。我从电梯中走出，踏入开阔的门厅，墙面洁白无瑕，地板明光锃亮，更显得我的邋遢模样无处遁形。我已经有预感，自己一定会打碎个花瓶或是给地毯沾上泥巴。我看到宅子的正门就在几米之外，但我是不准从那里进入的。这时，我意识到来客并不止我一人。

一个跟我年龄相当的人坐在台阶上，手肘支撑着后仰的身体。他长得很英俊，穿着灯芯绒裤子和短袖衬衫，一副志得意满的样子，这让我想起以前上学时同校的那些男孩子。其实年少时我并不嫉妒他们有钱，而是生活中的一切对他们来说都是那么轻而易举——他们能自信满满地社交，不断地去海外度假，总是精神焕发，而我只能窝在卧室里，一边往脸上涂祛痘霜一边咬牙切齿，埋怨自己暗恋过他们每一个人。

我突然感到局促起来，有些手足无措。我立马就知道，他也是家教，不过他是个货真价实的家教，我们站在一起时，不需要刻意对比就能知道我是个冒牌货。以英国人之间天生的默契，我们同时瞥了彼此一眼，然后心照不宣地假装对方不存在。过了一会儿，那个身材娇小的女人回来了，身后还跟着另一名家教。

这算是怎么回事？就算这家同时雇用多名家教，也不必把我们都圈在同一个候宰栏里吧。我曾在一个办公室里做过临时工，当时邮箱账号上的名字是助理 2 号，还有一位更资深的同事用的是助理 1 号的账号。给我们两个人注册个人邮箱确实没什么用，反正我们轮班结束后就会被新的助理取代。本着同样的精神，我决定称其他两个家教为家教 1 号和家教 2 号。那女人走向家教 1 号。

"尼克，你今天教埃米尔可以吗？"

"不对，"我很想说，"他叫家教 1 号。"我对这位所谓的"尼克"很是恼火，一是因为他先被挑中了，二是因为讨厌一个自己毫不了解的人到底要容易一些。我打定主意，决定连尼克这个名字一起讨厌。

那女人转向家教 2 号。

"你来教罗曼吧？"

至少她似乎也同意不必知道家教 2 号的名字了。家教 2 号点了点头，对他知不知道罗曼是谁不置可否。最后，那个女人终于转向了我。

"谢谢，"她说，"我们今天不需要你了。"

妈妈：去上班了吧，然后呢？

我：然后就没有然后了。

9月24日，周三，梅费尔

我的第一堂课倒也不是毫无教学成果。"这种事时不时就会发生，"我正心慌意乱时，菲莉帕说，"你还是能拿到薪水的。"

这也能拿薪水？我估计就是类似损稿费之类的吧。是因为我不知道马厩子是什么吗？我花钱买了些鞋油，忍住了给爸妈打电话的冲动。但第二天我就又被请了回去，也许是我想太多了吧。如果我之前理解得没错，我只是个备胎家教，那么我大可套上足部安全套，一堂课都不教就蒙混过关。我暗促促地希望那位食物中毒的家教能慢些康复。

我来到入口大厅，没有看到尼克的踪影，但家教 2 号已经在此等候了，另有一位新的家教 1 号。我的命名系统已经开始显现出优势了。将同样的原则套用在管事的女人身上似乎有些失礼，但是她告诉我她名叫纳迪娅时态度轻蔑至极，仿佛互留个人信息是只有外行才会做的事情。

"今天你来教罗曼。"纳迪娅对家教 1 号说。

这不对吧——罗曼上次是分配给家教 2 号的。纳迪娅转向我，"你来教埃米尔。"

完蛋，今天教课是躲不过去了。纳迪娅又看向家教 2 号。"那就是说你该教萨米尔了。"

萨米尔？原来这家还有第三个孩子。

纳迪娅领着我们上了楼。家教 1 号和家教 2 号似乎已经轻车熟路，一言不发就各自出发了。我们来到顶层的卧室门口，房里课桌旁坐着一个小男孩，棕色的眼睛大得出奇，正以又好奇又怀疑的眼神打量着我。

我们上楼时纳迪娅已经告诉过我他 5 岁，但他比我想象得还要小些，我完全不敢相信这么小的孩子要留给我来照料。"不好意思，"我很想跟纳迪娅说，"我觉得应该是出岔子了。你到底看过我的简历吗？"

纳迪娅意味深长地看了我一眼："当心点。他前不久刚做了包皮环切术。"

刚做了包皮环切手术？前不久是多久啊？我有什么需要当心的？但纳迪娅已经消失得无影无踪了。我走进房间。

"你有小鸡鸡吗？"埃米尔说。

我怔怔地看着他。

"要是有的话你就得上医院去。它可坏了。"

"我是来辅导你做作业的。"我说着，羞红了脸。

我看到已经有人把作业在桌上摆好了，稍稍松了口气。

"来吧，"我说，"你想用哪支笔？"

"这支！"埃米尔说，抓起一把剪刀向我戳过来。

"不行！"我惊叫，从他手中把剪刀抢下来。

埃米尔缴了械，很平静地审视着我。

"我可以在你的小鸡鸡上贴个贴纸吗？"

我犹豫了，倒不是因为我不知道该怎么回答，而是担心我说的任何话都可能成为对我不利的呈堂证供。不过可能那也好过被报复性地割包皮。我还没拿定主意是投案自首还是跳窗而逃赌一把，埃米尔就宣布他要去厕所。他走过楼梯平台，进了卫生间，我也长舒了一口气。但5分钟过去了，他还是没有出来。我朝着楼梯平台走过去。

"埃米尔？你还好吗？"

"进来！"

我实在不是很想和一个5岁孩子一起待在卫生间里，但我脑中闪过无数个因为我没进去而产生的灾难性后果。我推开门，埃米尔伏在地上，裤子掉到了脚踝处，屁股正对着我。他抬头看向我，满怀期待。

"你可以给我擦屁屁吗？"

我：今晚有空吗？挺急的。

佐耶：8点见！

9月24日，周三，霍洛韦路

在我取得拿得出手的成就之前——比如获得英国电影和电视艺术学院的提名，或至少参与一把《霍尔比市》的编剧工作——我打算先不声张我搬到伦敦的事。我现在要想保持体面，就只能靠一丝淡淡的神秘感。

反观与我一起毕业的同学，不是发些在美林证券连续工作22

小时后去马赫奇俱乐部痛饮几杯的剪辑视频，就是拍拍自己在巴尔干半岛巡演寓言木偶戏时越来越疯狂的日常。我没有接受佐耶的好意去她家当沙发客，而是毅然决然地和两个陌生人合租了一套公寓——一对异性恋情侣，留着一模一样的鲻鱼头，做行政方面的工作，同时还自己创业，卖些超级搞笑的 T 恤。

国民威斯敏斯特银行把我的学生透支服务延长了一年，解决了押金问题，虽然我也不想花还没赚到手的钱，但我确信这些都只是暂时的。到目前为止，他们两人对我潇洒不羁的厨房卫生习惯展现出了极大的包容。但今天晚上，我惶恐不安的心情让本就不堪的厨艺雪上加霜，厨房彻底变成了爆破现场。

佐耶身材小巧，性格爽利，古灵精怪，仿佛集齐了一整套口袋波莉娃娃的性格一样。我一直对她佩服得不行，她只要随意穿上一件套头衫和紧身运动裤，就能成为屋里最时髦的人——不过在我的住处，这竞争也实在是算不上很激烈。

"你在做什么？"她问道，脸上带着不加掩饰的惊恐。

这问题问得好。我去超市本是想买些原料来做意大利肉酱面，但是我又被最爱的午餐的促销活动吸引过去了。现在我抱回来了 24 罐豆子汤，还有一份很大概率连宝路狗粮的质检都无法通过的意面酱。佐耶贡献了一瓶乐购超市 [1] 的索阿韦葡萄酒——一款寡淡无比的葡萄酒，但考虑到 5 英镑一瓶的价格，它味道也不算差，或者说其实根本就没有什么味道可言。我拿出两个玻璃杯，几乎把一整瓶酒分着倒完了，然后拿起一杯大口喝起来。

---

1 英国大型连锁超级市场。

"今朝有酒今朝醉，"我边喝边说，"我只希望我最后是被开除而不是被拘留。"

"你不是说你没给他擦屁股吗？"

"我当然没有了！等下，我做错了吗？"

"必须没错，"佐耶说，"他那是在试探你。"

"你觉得他在试探我？"

"5岁的孩子已经会自己擦屁股了。"

"但是显然不会有家教愿意做的吧？"

"所以他才走马灯似的换家教吧。他还没找到命中注定的那一位。"

我笑了起来，这还是一整天的头一遭。我邀请佐耶过来就是因为她总能给我春风拂面般的安心感。用打折的粗茶淡饭换取她的陪伴并不能算公平交易，但佐耶边当家教打工边给自己的平面设计师职业生涯积累经验已经有一年时间了，这种情况对她来说就是小菜一碟。

"这也太诡异了，"我说，"他们爸妈都去哪里了？"

"鬼知道。雅士谷赛马场。哈洛德百货公司。迪拜。"

"我真是不敢相信他们毫不在乎谁在教自己的儿子。他们每小时可付给我30镑的薪水呢。"

"这对他们来说完全不值一提。"

"现在可是经济大萧条啊！"

"萧条的是我们，不是他们。"

在多塞特上学时，有钱意味着花园别墅里有游泳池，车库里有捷豹跑车。但现在我开始意识到，我看到的不过是冰山一角。佐耶承认，自从经济开始崩盘，她一直以为这样的工作机会很快就会没有了，或至少会减少，但对这些付钱找人辅导孩子作业的客户来说，生活似乎一切如旧。

"这根本称不上教书！"我说。

"当然不是了，这就是给有钱人看孩子。"

我猜我当时一定忍不住露出了一丝幻灭的表情。

"你要是想做点有用的事，可以去给'救助儿童会'募捐啊。"

"那我的收入岂不是会变成现在的四分之一？"

"那倒是，可能得靠多吃豆子汤度日了。"

我觉得我有义务继续满怀激情地推销这45便士一罐的营养奇迹，里面有满满的蛋白质和复合碳水。但转念一想，这也算不上非常有价值的生财之道。不过，我现在做的事情也称不上一份职业，只是寻找一种最简单的方式资助我的写作生涯。

"别想太多了，"佐耶建议说，"不过还是得多积累一些客户。不能把所有的鸡蛋都放在一个篮子里。"

新工作提示

工作编号：3062

科目：文学素养

内容：蒙蒂最近的考试成绩不尽如人意。他父母想让他在上午上学前读读书，培养对阅读的热爱，从根本上解决问题。

地点：南肯辛顿

时间：周一、周三、周五上午8—9点

他们是疯了吧！问问他有没有参加过"脚尖对脚尖"，那是个结构化的阅读项目，对提高学龄儿童的阅读能力应该很有帮助。我查查资料，晚上给你打电话。你得多准备些花样——不然你读书哪能读得了那么长时间。

亲亲，妈妈

10月6日，周一，南肯辛顿

菲莉帕提醒过我积累客户需要一段时间，但我想因为上课时间太早，其他家教可能已经对这位客户望而却步了。我个人对早晨8点开始上课是无比兴奋的：一早通勤才像个有份正经工作的大人嘛。

在这样的秋日暖阳里，最有益身心的活动莫过于阅读了。虽然我没有拯救世界，但说不定我会成为下一个 E.M. 福斯特的伯乐呢。我背着塞满书本的大背包，艰难地从地铁里走出来。

讲道理，父母是特殊教育专家，本应是非常珍贵的资源；但现实情况是，我听了我妈全部的建议，整个周末都在找哪些书能让一个孩子对我产生好感，同时还能让孩子的父母认定我是博闻强识的好青年，心甘情愿地雇用我。于是，我热情满满地去二手书店来了一通大扫荡，抱回一堆主题各异、内容广泛的书，不太像是用来给孩子设计一个严谨的阅读项目的材料，倒是更适合在威尔特郡的农村经营一家移动图书馆。

在谷歌给我的个性化推送里，我看到在南肯辛顿一套普通的房子只要 120 万英镑就能拿下，但我来到一排富丽堂皇的大别墅门前后，我才意识到这绝不是什么普通人家。隔壁就是一个建筑工地，这个时间工人已经开始动工了。但这次，我不但获准从正门进入，还有家长来迎接我。我学生的父亲叫查尔斯，一张圆脸红通通的，但目前还很难判断是因为痤疮、酗酒，还是在圣托里尼岛享受了一周的日光浴。他带我进屋时，我差点被一根曲棍球杆绊倒，球杆经过精心摆放，充满艺术气息，就好像顶级涂料公司珐柏的画册拍摄布景一样。空气里隐隐有灰尘的味道，可能是一张旧地毯的味道，我不禁想象这可能是某个种族主义的伯祖父让男仆从殖民时期的缅甸运过来的。毫无疑问，这家人祖上就是朱门大户。

"好了，"查尔斯说，他的"了"字带着浓重的鼻音，我想用拼音拼出来都无从下手，"比格斯。"

"比格斯？"我重复道，我知道自己肯定没听错，但是没有上下文很难判断这是什么意思，可能是上流社会的专属粗话，也可能是他孩子的小名。

"比格斯。"查尔斯自豪地说。除非我们身处什么荒诞主义的戏剧作品里，否则两个人向彼此重复同一个词的次数应当到此为止，不能再多了。"计划就是这样。"

我还没来得及开腔，查尔斯的妻子格温走了出来。她穿着马靴，我很想问问这是最新的时尚，还是她准备吃了早饭就去萨里骑马。我有充分的理由认为她要对我说的第一句话，甚至唯一一句话可能还是——"比格斯"。

"不好意思，隔壁有点吵。"格温说，"俄国佬。"

她眼神哀怨地看了一眼她的丈夫。

"你看没看见这面墙上的裂缝啊？"

我确信查尔斯肯定早就看见了，而且每当有客来访，格温都会特别提起这条裂缝并乐此不疲，虽然她心知肚明，这条裂缝是她自己的孩子在曲棍球比赛中一败涂地之后的杰作。

"要喝奶昔吗？"她问道，"我喜欢按自己的特别配方给奶昔加点料。"

我接受了格温的好意，查尔斯开始喋喋不休地讲述他的心头好。原来，比格斯是一个小说系列的主人公，是一名飞行员战士。查尔斯儿时如饥似渴地读了这些小说，也打定主意要在儿子蒙蒂心中点亮同样的火花。

"天哪，我可太爱比格斯了！"查尔斯说着，一副心驰神往的样子，就好像他和这位虚构的飞行员在索姆河战役中谈过一场轰轰烈烈的恋爱一样。格温拿着我的奶昔回来了，我很配合地喝了一小口。我要是没猜错，她惊天动地的特别配方就是加了一点点姜。

"她在什么东西里都爱加点姜。"查尔斯骄傲地说。

格温狡黠地冲他一笑，带着夫妻之间特有的默契，我不禁好奇她在卧室里是不是也会给夫妻生活加点这种特别配方，给他的屁股来上一片。是时候见见蒙蒂了。他今年8岁，看起来有点像儿童作家伊妮德·布莱顿笔下吃了太多水果硬糖的角色。

"好了，蒙蒂！"查尔斯说，"比格斯。"

这位仁兄需要给嘴巴上贴个封条才能停下没完没了地谈论比格斯，很可能还需要做一个疗程的心理咨询才行。不过他最后还是离开了，让我和他儿子开始干正事。我再次被他对我本人的兴趣少得可怜震惊了，还有一点点被冒犯到。我已经为可能会被问到的问题精心准备了一系列巧妙的回答，希望能把自己包装成风度翩翩又人畜无害的家庭朋友，他们能放心地让我给他们做芝士三明治。但格温和查尔斯对我竟然没有一丝好奇。

"我非得读吗？"蒙蒂问。

我告诉他，他要是不读的话他爸爸会非常失望的。

"好吧，读就读，但是我要默读。"

蒙蒂开始安静地默读，至少我假定他是在默读了——至于他心里是不是其实在想海绵宝宝我就不得而知了。查尔斯和格温付钱给我，总不是让我坐在这里无所事事的吧？不过，我本来就不明白他们为什么不肯亲自陪儿子读书，而要付钱雇我来伴读。我告诉蒙蒂他多少得大声朗读一些内容，但很快他就讨价还价，只在对话部分读出声。有几个段落他安静地看完了，随后抬起头来。

"是我，老二爹！"

我差点呛了一口奶昔。

"你说什么？"

原来老二爹是比格斯对他叔叔的称呼。上流社会对微微带点颜色的绰号再热衷不过了。蒙蒂继续往下读，时不时突然冒出几句比格斯和老二爹之间的对话。这时我突然注意到，桌子上还有一本比格斯的冒险之旅。我把书翻到封底，惊恐地发现整个系列一共有 98 册。这已经不仅仅是提升蒙蒂阅读水平的事了，简直就是父子之间的文学品位传承，想来查尔斯当年也是这般从父亲那里继承了衣钵。

这些书不只讲了些故事，还给蒙蒂树立起一种理想的英雄形象，引导他过上理想的生活。我不禁好奇查尔斯祖上是不是也曾有过飞行员战士。答案大概率是否定的，他们担任高级指挥官的可能性要大得多，离战场最近的时刻可能就是在桌边拿着模型摆来摆去。我有些动摇，不知道还要不要继续掺和这场豪门大户的逢场作戏。

就在这时，查尔斯把头探了进来，可能因为只要 10 分钟不说"比格斯"这个词他就会憋得昏厥过去。

"你们觉得这书怎么样？"

"我们可喜欢了！"我说。

"好极了！"查尔斯说，"那你们可以把整个系列都读完。"

家教报告：蒙蒂·卡尔文

教学内容：比格斯

进步衡量标准：比格斯

需要进一步提升的内容：比格斯

下个月学习计划：比格斯

---

11 月 3 日，周一，梅费尔

收到第一笔薪水时我激动坏了，但同时我也不得不开始面对现实：虽然做家教的时薪比当餐厅服务员高多了，但是大多数客户一周只需要一两个小时的课程，当家教的机会又实在有限，所以我距离拼凑出一个能养活自己的时间表还有一段距离，毕竟成年之后的生活成本越来越高了。

我知道最坏的情况就是我夹着尾巴回多塞特，但我打定主意不能让自己沦落到这种地步。幸运的是，精打细算是我的强项，这可能也是因为我从小就记账。我爸妈给我们定的零花钱数目是 10 便士乘以年龄，后来在此基础上又加了 30 便士，算式就变成了 $10x+30$。为了免去给四个年幼的孩子罗列账单的麻烦，他们给我们买了笔记本，让我们记下每周的收支，比如说 1.1 镑的零花钱收入（我 8 岁的收入水平），然后一笔一笔积攒起来，攒一阵就可以去买一盘辣妹组合的新磁带，剩下的钱还足够我阔气地买一包彩虹糖或是一本《流行精选》杂志半月刊。可惜我不得不承认，物价飞涨，今时不同往日了。

"别忘了留出一笔钱交税。"我给我妈打电话的时候她提醒道。

这话有理，但去 Topman[1] 血拼的想法同样在我脑中挥之不去——在接受我要自己付水费这样的残酷现实之后，我总得想法子平复一下心情。至少我现在也算入了行。那天我到客户家里时，尼克还坐在楼梯上的老地方。我本打算继续无视他，但他看着我，面露困惑的神色。

"我是不是在哪里见过你？"他问道，"你是不是在国家青年剧院学习过？"

"不，"我很想咆哮，但还是把这些话咽了回去，"我完全是自学的。我自编自导了一版《欢乐满人间》，在我那边的公立小学演出，我亲自扮演主角仙女玛莉。因为这个我还跟好朋友凯瑟琳·布朗闹了别扭，因为之前我许诺让她演仙女玛莉的。不过我一点也不后悔，那次演出大获成功。"

1　英国时装品牌。

"对了，"尼克说，"是那场爱丁堡国际艺穗节演出啊。"

好极了，也就是说在他眼里我已经是个失败者了。幸好尼克更乐意跟我讲他的爱丁堡秀，说他刚刚又在伦敦的苏活剧院里演出了一遍。我完全无法想象刚刚毕业要怎样组织一场专业演出，只能在心里暗暗希望那场演出一塌糊涂。

"那些剧评人太好了，祝福他们。"尼克说道。

我强行挤出一个微笑，认定那些人肯定都是亲戚朋友。

纳迪娅来了，护送我们去各自的岗位上。尼克被分配去了三个孩子中的老二萨米尔那里，而我今天要教老大罗曼。他今年10岁，总是一脸严肃，我进去时他已经在跟布置好的数学练习题死磕了。在走廊的另一边，我听到尼克开始给萨米尔念答案。客户花钱雇我们肯定不是为了这个吧？但罗曼似乎不需要任何帮助，这薪水我一样受之有愧。我像他们那么大的时候，没人会每晚给我布置功课，所以这方面也没有太多发言权。

"长除法怎么做来着？"罗曼发问道。

这可完蛋了！长除法是我的阿喀琉斯之踵，我的滑铁卢，我的氪石。每当有人说自己理解长除法的时候，我都觉得他们在撒谎。不知道为什么，一碰见长除法我的大脑就自动宕机。这是什么毛病啊？要知道，我可是数学老师的儿子。我灵光一现，现成的答案不就摆在这里吗？我在桌下拿出了手机。

我：有空吗？

爸爸：我在开部门会议呢。有什么事吗？

我：有！我的职业生涯岌岌可危。

我把这个恼人的题目拍了照发给我爸，没再多做解释。不知道他是跟我一样偷偷摸摸地边开会边解题，还是叫整个数学组一起来攻克难题。没过几秒，他就发回了答案。我把它写下来，递给罗曼，假装是我自己解出来的。这可与尼克的作弊行为有本质性的区别——这是富于创造力的教学方法。至于我爸是怎么解出这个答案的，到现在依然是个谜。

11月13日，周四，富勒姆

我就不该去翻看尼克的话剧剧评。那些剧评人争先恐后地把他捧成剧坛下一颗冉冉升起的希望之星。他们是还没看过我那部发生在虚构的登东新镇中的暖心戏剧吧？这倒也情有可原，毕竟我还没开始写。我坚信我很快就会文思泉涌，但眼下我还有其他火烧眉毛的事。

自从搬来伦敦后，由于手头越来越紧，又实在没什么拿得出手的成绩，我极少参与社交活动，就连跟佐耶和她室友去酒吧也成了一种煎熬，只能点一杯金汤力干坐3个小时，因为我知道一旦我接了别人递来的酒，就不得不面对请一轮的风险。但今晚，有人邀请我去参加我成年之后的第一个晚餐派对。女主人与我算不上朋友，只是上大学时住在同一个宿舍楼，我只记得她那里总是有吃不完的薯片。她一再盛情邀请，说有个人她想让我见一见。为了表示对这一隆重场合的重视，我在选登门礼时将往常的索阿韦葡萄酒升级为乐购品质之选，并为此豪掷 6.99 英镑。

我不知道为什么女主人会有这么高档的公寓——她是为了撑面子把所有收入都挥霍在房租上了，还是有"父母银行"慷慨相助？我花了大概 5 分钟才想起为什么我和她只是泛泛之交。她滔滔不绝地将我介绍给其他客人，包括一名律师和一名管理顾问；律师在以他祖父的姓氏命名的公司实习，而管理顾问则不停地高谈阔论说自己和一个小丑上过床。

"其实这个起薪还是蛮有竞争力的。"律师说。

"他让我体验了这辈子最棒的口交。"管理顾问说。

在牛津剑桥上学有这么一条真理：你可能不小心接受了什么邀请，就会发现自己整晚置身于世界首席烂人中间。我忍不住想要提早开溜，但女主人自告奋勇亲自下厨做了慢烤火腿，晚饭之前就离席似乎有些无礼。

"你现在在何处高就啊？"和小丑上过床的那个女人问道。

真是哪壶不开提哪壶。我除了当家教就没干过别的，连家教也当得名不副实，在这样的一群人中实在难以启齿。是彻底瞒下我的写作抱负，还是承认我没有取得丝毫进展？一时间，我竟不知道哪个选择更糟一些。

"我帮有钱人家的孩子做作业。"我说。

这答案博得了那女人的一阵笑声。但在场的另一位客人似乎有些不以为然。他是个温文尔雅的苏格兰人，其他人都在竞相出风头，他却少言寡语。但迟早还是会有人问他那个逃不过的问题。

"我帮助有学习障碍的孩子读书。"他公布了答案。

"太棒了！"律师说，"真是好人。"

"乔尔和我一起排过一出音乐剧。"女主人补充道。她可能意识到大家需要一点额外信息才能理解这样一位正派人士是如何和她扯上关系的。她冲我咧嘴一笑:"我想着你俩可能比较合得来。"

乔尔和我对视了一眼,终于明白了她在忙活些什么。对异性恋男女来说,给男同性恋牵线搭桥,或让两人或几人共处一室,算得上天下第一得意事了。自然,我们对此总是心怀感激,因为我们自己也没什么相互认识的好办法。虽然女主人自己志得意满,我还是忍不住觉得她严重失算了。确实,我们两个都热爱音乐剧。但如果说乔尔是个大好人,我又算什么呢?

佐耶:派对怎么样?

我:全是蠢货。不过还有这么个人,他在帮助有学习障碍的孩子,再想想我的家教工作,真是自惭形秽。

佐耶:这周五晚上过得可不轻松啊。

我:不,他也没说我什么,人特好,还长得帅。

佐耶:你把他睡了是不是?

11月14日,周五,南肯辛顿

女主人那么努力,我们不睡都有点不好意思。但我毕竟喝了那么多酒,可能既没怎么好好睡觉,也没真的把他睡了。我甚至不确定自己到底是喜欢乔尔,还是只想向他证明我是个好人。或许我只是想向自己证明我是个好人。

但眼下更紧迫的问题是，我在乔尔的公寓里醒来，宿醉得一塌糊涂；乔尔家在基尔本，而一个小时后我就应该给蒙蒂上课了。我跳上去肯辛顿的地铁，勉强憋住没有吐在一个老太太的包里，又差点坐在一位健美先生的大腿上——也可能是他差点坐在我的大腿上，我也搞不清了，一切都恍恍惚惚的。等到格温来给我开门时，我已经快要瘫倒了。

"你就是他们说的那种娘娘腔吧？"我敢说她一定在这么想。不知道怎么回事，在他们家里，我总会想起十几岁还没向父母出柜的时候。那时整整一个学期都没人提起过这个话题，我也希望永远都别有人提。毕竟我的家族里还有这样一段历史：早在20世纪20年代法律明文禁止同性恋时，曾祖伯母米尔德丽德·诺特曾在女校教体育课，同时还偷偷和一个女人同居。不过，想必米尔德丽德从来没有上课前在基尔本和助教一番云雨。

"要不要尝尝我最新发明的混合奶昔？"格温微笑着说，"草莓香蕉口味的。"

说这种最常见的水果组合是自己的发明未免有些太大胆，但能补充些维生素还是让我心存感激。和蒙蒂一起坐好后，我开始担心自己能不能撑过这一个小时。房间另一侧有个圆锥形帐篷，可我想了半天也没想出什么样的教学练习能让我在里面窝着打个盹。蒙蒂伸手去拿比格斯，但光是想一想比格斯我就觉得反胃。这样的早晨不适合阅读两个男人挤在一个驾驶舱里遭遇的厄运。

"咱们今天读点别的吧。"我说。

我四处环顾，拿起我看到的第一本书。

"那是我哥哥的。"蒙蒂说。

读一读《是锡德干的》似乎并无不妥，我其实也很好奇锡德到底干了些什么，值得别人专门为此写一本书。蒙蒂开始读书了，我能听出他很不情愿，但是这种幼稚的文字和节奏正适合我目前的智力水平，而且这比比格斯生涩的散文体听起来要悦耳多了。我抬起头，正看到查尔斯走进来，匆忙把书换掉，把最近读的一册比格斯塞到蒙蒂面前。

"这老混蛋有意思吧？"查尔斯问道。

"可太有意思了。"我说。

查尔斯看起来鬼头鬼脑的，让人不由得浮想联翩，不知道是不是最近格温又拿一小块姜要了他最爱的小把戏。

"凌晨3点的时候你给我发了一条很好玩的语音消息。"查尔斯说。

我的心跳停了一拍。查尔斯嘟囔着没什么好担心的，离开了房间。我掏出手机，看到恰好在那个时间有一个未接电话。

"你为什么给他打电话啊？"蒙蒂问道。

我模模糊糊地记得我跟乔尔抱怨过第二天上午还要去做家教的事，但我觉得我应该不会给查尔斯打电话要求取消课程安排。那么就只剩下一种可怕的可能性了：我不小心拨通了他的电话。从查尔斯的表现来看，我似乎没有说什么不该说的话，但是谁知道我会不会给他发了昨夜火辣邂逅的独家播音呢？我再也无法直视他的眼睛了。

亲爱的菲莉帕：

要是能再有些新客户就好了！

不知道我还能坚持读多少比格斯……

马修

1月份才会有新客户。

这学期确实很漫长，坚持就是胜利。

菲莉帕

12月2日，周二，梅费尔

我已经不情不愿地结识了尼克，其他家教我至少还认识一个，但家政服务这个行当里进进出出的人太多，我实在无法全部对号入座。这些人形形色色，从花匠到上门服务的高端宠物狗美容师（这是他自报家门说的）一应俱全，每个人都勤勤恳恳地套上足部安全套走向地下室。我很难相信我们每个人都是不可或缺的。我们似乎更像是被雇来暖座的，天知道男女主人去了哪里，而我们的职责就是给这个空荡荡的大房子带来一点生机。纳迪娅倒是一直井井有条地掌握着整个局面，但今天我上门的时候，她已经陷入了恐慌。

"埃米尔交给你了，"纳迪娅说，"你能把晚饭拿给他吗？就在厨房里。"

她没有给出任何进一步指示就匆匆离开了，嘴里念叨着什么自动感应灯泡。我已经教过埃米尔几次了，也成功避免了擦屁股、鸡鸡贴纸或者任何其他可能终结我职业生涯的事件。我进到他的房间里，告诉他我要拿晚餐给他。

"晚餐在哪里？"埃米尔说着，困惑地看了一眼我的手，似乎很不解为什么我没有拿着金托盘为他双手奉上。

"当然是还在厨房里了。"

埃米尔饥肠辘辘地带我去了厨房，但我没看到任何食物。冰箱空空如也，桌面上也干净得没有任何做过饭的痕迹，就好像清理好的完美犯罪现场一样。

"你一般都吃什么？"

埃米尔打开抽屉，取出一份菜单。我小时候很少吃外卖，但我不确定是因为我妈觉得外卖不健康，还是六口之家点外卖太贵。1997 年我一整年都在变着法地央求她给我们买肯德基全家桶作为晚餐，可惜一直没能如愿。但眼前的这份并不是一张塞进邮箱的餐厅宣传页，而是正经八百的菜单，看起来像是餐厅特意送上门的，菜品里还有龙虾天妇罗和味噌黑鳕鱼，一份的单价就抵得上我一周的超市采购开销了。

"你晚饭真的吃这些吗？"

埃米尔点点头。要是饿到了小孩我可负不起责任，于是我打通餐厅的电话按照他的要求点了一份面条，用我自己的银行卡付了款，想着随后再和纳迪娅结算。面条几乎是立刻送到的，埃米尔心满意足地吸溜起来。这时我们听到大门外有声响。埃米尔抬起头，一脸惊恐。

"怎么了？"

他脸上的不安已经说明了一切。

"我们是不是不该点外卖？"

埃米尔以两倍的速度飞快地吸着面条。这个小混球。我已经闻到面条的气味开始逐渐渗透进窗帘和地毯中，我知道就算纳迪娅只是闻到这味道，也一定会当场开除我。我打开窗户，看了看埃米尔，心想我怕是不能指望一个这么小的孩子能飞快地销毁证据，况且这对他的消化也不好——我之所以抢过一个五岁孩子的晚饭一口囫囵吞下，正是出于这种周全的考虑，绝不是什么狭隘的复仇快感。我正把空盒子塞进书包的最底层，纳迪娅出现在了走廊上。

"你怎么没给他吃晚饭啊？"

"我……厨房什么都没有啊。"

"你去的是哪个厨房？"

哪个厨房。这个错误也太低级了。反正已经暴露了自己的无知，我想我不如就借机问清楚困扰了我整个学期的事情。

"那这家到底有几个孩子呢？"

"三个。"

"那为什么家教的人数有时候正好和他们匹配，有时候就不匹配呢？"

纳迪娅听了我的问题，似乎有些困惑。

"他们只有在做家庭作业的时候才需要家教。"

我终于明白了这个系统的运作方式。三个家教就能保证当每个孩子都有作业的时候，所有孩子都有人管。如果不是每个孩子都有作业，没事做的家教就可以打道回府了。我毕竟还是没法以有钱人的方式思考问题。请家教的成本对他们来说，都算不上忽略不计，而是他们根本不屑费神去想。

圣诞节

"我真是不敢相信你就做这些都能拿报酬。"我哥哥说。

"而且报酬那么高！"另一个哥哥插嘴道。

"这工作没有听起来那么容易的。"我辩解道。

"比格斯而已，能难到哪里去？"我姐姐说。

我回到多塞特，和父母、兄弟姐妹共进晚餐。我为这顿饭贡献出了查尔斯和格温圣诞节送给我的红酒，除此之外他们还给了我 100 英镑的小费。我哥上网查了之后，我们才意识到，那瓶上了年份的霞多丽的价值和小费差不多了。

"你可真走运，"我妈说，"今年我的学生送给我的最棒的礼物也就是北京奥运会吉祥物的塑料小雕像。"

"那是你，"我爸说，"我可收到了一尊实心的铜奔马复制品呢。"

显然，今晚同席的人对有钱的父母送的礼物已经司空见惯。这些厚礼我爸妈当然是受之无愧了，但我付出的努力是否值得这样丰厚的回报却受到了质疑。

"你怎么教得了数学？"我哥哥问。

"他确实教不了。"我爸说。

"我就问了你一次而已。"

"不止吧。上周你还在问我求积到底是指乘法还是加法。"他们说得确实没错，但是没有任何利益相关方表示过自己相信这种作业辅导能起到多大作用，也没人在意完成的方式。我指出，客户本人可从来没有投诉过。

"那是因为你就没见过他们，"我哥哥说，"他们要是军火商呢？"

"那这位军火商就无意间资助了获奥斯卡金像奖的剧本呗。"

我正说着，突然意识到这句反驳并不那么站得住脚。我不想继续讨论八字还没一撇的写作生涯，只得承认我目前选择的职业确实算不上特别光荣。但是我们也不必为了这些莫须有的假设而纠结，说不定这些父母都是大慈善家呢。

"这些父母真的见都没见过你吗？"我妈问道。

"一次都没见过。"

她狡黠地冲我一笑。

"难怪这么顺利呢。"

圣诞节那天，我们去了本地小镇上的教堂。这个社区很小，拐个弯就能碰见以前的地理老师。做完礼拜之后，一个矮胖的男人向我走来，他的两个儿子以前都在我爸妈教书的学校上学。他问我毕业之后都在做些什么，我给他讲了些比格斯的趣事，他看上去震惊极了。

"这年头剑桥的学历就这点含金量？"

他想找的乐子找到了，却并没打算见好就收。

"丹尼尔特别幸运，在年利达律师事务所找到了份工作。"他说，"汤姆也学法律，明年就毕业了。"

他又问我哥哥在做什么，在听说他也是自由职业者时，露出了震惊的表情。

"让我捋捋，"他激动坏了，"那就是说，你们两个人都没有固定工作？"

他简直不敢相信，在现在的经济形势下，有着这么好的教育背景的人却找不到一份舒舒服服的稳定工作。他的想法也许不无道理。

到家之后，我们就该拆礼物了。这场角逐最终会揭示谁送给我一套毫无用处的男士洗浴用品，谁发扬圣诞节的光荣传统，直接真金白银地给现金。我有个姑姑几十年如一日地坚持每逢圣诞季就寄给我一张 5 英镑的钞票，最初几年这在我眼中就是极致的奢侈，而现在我只想给她寄一封阴阳怪气的感谢信，问问她有没有听过通货膨胀。而我奶奶则非常上道。"我年轻的时候这是很大一笔钱，"她在支票上写道，"但现在可能只够你喝几杯酒了。"

圣诞节第二天，我们去以前的学校附近转了转。很多人问我，自小在寄宿学校长大是什么感觉，但其实我从小到大也只体验过一种生活环境。我小的时候，我爸还是学校舍监，我从没想过这里的学生拥有着我无法拥有的东西。我那时想的都是我能得到些什么好处，比如从厨房储物柜里偷拿几包薯片，周三参加幼童军活动晚归时可以吃"男孩子们"的"茶点"（走运的话会吃到基辅鸡肉卷）。

住在校园最爽的就是假期了。学期中我要和 600 个学生共享这个地方，一旦放假，他们会统统消失，学校就是我的了。6岁时，我曾在我的校报上声称"我家的花园"里有网球场和足球场，引得老师疯狂追问。长大一些后，放假后的学校更像是度假乐园，我可以尽情撒欢。圣诞节第二天，学校有个传统，教职人员会带着自家孩子来人工草坪上参加曲棍球比赛。我十一二岁的时候参加过一两场，表现平平无奇，后来就不再去了。

今天他们又在比赛了，占用的场地通常是供在校生专用的，获得这种特权每年要花掉几万英镑。我一直觉得这感觉像是在偷偷用不属于自己的东西。现在回想起来，那可真是一段象牙塔里的生活啊。

"你看，那是珍妮·弗朗西斯，"我妈说，"她刚刚开始参加研究生教育证书课程。"

"我也在考虑参加。"我姐姐说，"终于还是入坑了。"

"很好，家里又能多一个了。"我爸说。

"多一个老师？"

"多一个挣钱的人。"

我：嘿，乔尔，假期还愉快吧？我下周回伦敦，想一起出去玩的话叫上我！

2009 年春季学期

新工作提示

工作编号：3408

科目：学习能力

内容：费利克斯今年9岁，他在班上有些落后，尤其是写作方面。他需要一个严厉、强势的学习伙伴帮他回到正轨。

地点：海格特

时间：放学后，按需

1 月 14 日，周三，海格特

我以前完全不知道伦敦竟然还有私人道路。我没去过海格特，但是根据谷歌搜索结果，从乔治·迈克尔到凯特·摩丝，这里住过不少大腕儿。这条路有警戒护栏，还有一个保安厅，里面的保安要求我报上来意。

我路过检查关卡时，一位女士牵着一只西班牙猎犬，无比轻慢地看了我一眼，我怀疑她主要的人生乐趣就来自在自己的私人道路上走来走去，假装自己的狗需要便便，趁机讥笑一下闯进来的不速之客。我冲她妩媚一笑，好像我是乔治·迈克尔包养的小白脸一样。她怒视以对，估计是因为乔治·迈克尔的每一个访客她都记录在册了。

这家人的房子够大够气派，但是设计总给人一种幼稚的感觉，就好像房主坐拥百万家产的好处不过是有机会满足大多数人只能在乐高里实现的梦想。客户住的是乔治时代的豪宅，重新整修过，极尽浮夸之能事。一条一马平川的私家车道直通向大门，大门建在高台上，两边是古典希腊风格的多立克柱。

来开门的是个精干的金发男人，穿着西装，裤子出奇地紧。我意识到眼前的人是个管家时，惊得几乎倒抽一口气。他感觉就像是那种替人料理家事的小家神，只应该出现在故事里，而不是现实生活中。

"马修，"他说，"我是古斯塔夫。我带你去见比阿特丽斯。"

古斯塔夫带着我穿过回声连连的大理石铺成的楼层来到厨房。厨房的正中间是一个中岛吧台，和我家附近的快餐厅 Pret A Manger 一样大，上面摆满了沙拉，石榴籽放了十足的量，就算放在婚礼筵席上也是一道体面的冷碟。保姆正在桌边陪两个小男孩吃饭，而在旁边走来走去的人可能就是比阿特丽斯了。她很漂亮，身材纤瘦，衣服宽松，像羽毛一样轻盈，好像再重一点就会把她纤弱的骨架压垮一样。

"吃掉！"她冲着一个男孩大叫，"快吃掉！"

她抬起头，看见我走了进来，立刻挤出一个微笑。

"你要是能让他不那么挑食就好了，"比阿特丽斯连珠炮似的说，"他只喜欢吃又干又脆的东西。"

有那么一瞬间，我怀疑这一切都是个误会，此时此刻警戒护栏外面可能还有一个名叫马修的营养学家或是儿童心理学家，正想方设法通过检查关卡，牵西班牙猎犬的女士则正在冲他翻白眼。但我想多了，比阿特丽斯似乎认为让她的儿子吃些又湿又软的东西就是我的职责。

"费利克斯，"比阿特丽斯说，"快跟家教问个好。"

年长些的男孩看向我。他比同龄的孩子更矮更瘦，刻意表现得有些冷漠。他盯着我看了一会儿，然后无视他妈妈的指示，抓了一大把坚果。

"请自便，"比阿特丽斯紧张地笑了笑，"我们家不吃正餐的，只吃草。"

只吃什么？她总不会想让我像山羊一样把头探进沙拉碗里嚼叶子吧？是有些家庭觉得一日三餐太小资，所以把吃草当作更高级的饮食模式？还是比阿特丽斯为了掩盖她无法让儿子乖乖在桌边吃饭的事实而凭空编造出来的说法？我紧张得不行，没法当着她的面吃草，只能说我已经吃过饭了。不过，她突兀的锁骨表明她更倾向于把食物当作摆设，而不是营养物质。

"那你们去吧。"比阿特丽斯说，"不！你们就在这里学习吧。"

她示意保姆和年纪更小些的男孩跟她一起离开。

"能给我也找个家教吗？"年纪更小的男孩说。

"不行，西奥，你不需要家教。"

西奥一脸骄傲地看着我。

"我知道企鹅怎么剃毛哟。"

确认这样的知识水平显然不需要任何干预之后，西奥心满意足地随保姆和比阿特丽斯离开了。

"好啦，费利克斯，"我说，"你有什么作业要做？"

我很想开开玩笑缓和气氛，但是职位描述里明确要求学习伙伴要既严厉又强势，我觉得有必要立好规矩。费利克斯给我看了他的作业清单。

"很好，"我说，"描述一下你梦想中的学校郊游。"

"霍格沃茨。"

"我觉得题目应该是指真实存在的地方。"

"月亮。"

我盯着费利克斯看了片刻，无法分辨他是真傻还是装傻，但我强烈怀疑他应该是装傻。是时候表现出强势的一面了。

"你最好还是自己好好读读题吧。"

费利克斯看我的眼神就好像我胆敢让他自己洗衣服一样。他拿起作业本，扔到了房间的另一边。

这肯定是在试探我吧？说不定在我之前费利克斯已经向四个家教用过这招了，如果我治不了这种行为，今晚他们就会打广告招第六个家教了。

"你不能这样。"我低声说。

我装出严厉又强势的样子起身去捡作业本，完全不知道该怎么解锁我内心的严师属性，但路过堆满食物的中岛吧台时，另一个点子突然浮现。虽然作业做得一塌糊涂，但至少我可以在次要任务上多下功夫。

"来！"我回到费利克斯身边，"把这些鹰嘴豆泥吃了。"

我：嘿，乔尔，不知道你收没收到我的上一条信息。有空出来玩的话叫我哟！

公寓出租：
独立自足的公寓套房，
超低价格出租！每周70英镑。
伦敦1区，位置极佳。
有意请联系比布，联系电话：07891197475。

我：伦敦1区这个价位出租房子，是疯了吧！
佐耶：快联系那个比布！

1月25日，周日，象堡

我的新年计划是正式开启我的写作生涯。在霍洛韦街道的合租房里，厨房盛豆子汤的碗堆积如山，有的碗上面已经结了一层硬壳，我还找到一张礼貌得令人毛骨悚然的便条，告知我将刀子放进洗碗机时刀片应该朝向哪边。显然，我和情侣室友的关系越来越紧张，他们的搞笑 T 恤已经愈发无法逗我发笑了，我决定还是尽快搬走，否则说不定哪天就会有人发现我的尸首，胸口还刻着"可能含有普罗赛柯[1]"的血字。

要正式成为一名作家，我就需要独立的空间来构思我的大作。在分类信息网站 Gumtree 上草草浏览了一下租房广告，我意识到自己的选择非常有限：要么卷铺盖离开伦敦，搬去偏远的索利哈尔小镇；要么找个阔佬包养我，让他掏腰包资助一间附带全套客房服务的公寓。就在这时，我看到了那条完美到难以置信的广告。

比较理性的做法应该是相信我的直觉，但我还是鬼使神差地约了比布看房。她住在一座联排住宅的地下室公寓里，外立面的白墙早就被汽车尾气熏成了灰色。她来开门时背着一个婴儿兜，里面包着的应该是个婴儿，但她的眼神看起来极其疯狂，就算里面是一只雪貂，或者她想要用自己的体温催熟什么水果我也不意外。她画着很浓的黑色眼线，红褐色的卷发高高地在头上堆起来，说是个松松垮垮的发髻都很勉强，倒更像是蛋白霜成了精。

"你好。"她说，"我是比布。"

比布在 Gumtree 广告里许下的承诺很快就不攻自破了。她所谓"独立自足的公寓套房"只有在这样的条件下才能成立：只要是个房间都能叫公寓套房，只要是个房间都能叫独立自足。这个房间甚至都算不上独立，因为卫生间还隔着一条走廊。

"不过，"比布说，"这个卫生间是你独立的私人卫生间。"

我本以为能租到别致的小阁楼，却万万没想到会来到这么个地

1　一种廉价起泡酒。

方，连房东宽慰我说我会有私人卫生间的语气都让我有种不祥的预感。但低价的真正原因在于，这间所谓独立自足的公寓套房附属于一套独立自足的家庭住宅。

比布带我从走廊走过，一个小士兵突然跑了出来，举起机关枪冲我开火。为了展示一下我的幽默感，我应声假装子弹击中了我的头。小士兵快活极了，咯咯笑着跑开了。不一会儿，他带着一个小女巫回来了。作为《音乐之声》编剧玛丽亚·冯·特拉普的精神传人，我自告奋勇当场和 4 岁的小女巫即兴表演起来。但是我对现实中上演《音乐之声》里的情节并没有什么兴趣，除非有丰厚的报酬。

"你有几个孩子啊？"我问比布。

"就这五个。"比布说。她拍了拍婴儿兜，暗示里面就是一个孩子，但对此我还是半信半疑。

这里对 23 岁的年轻人来说确实算不上好住处，但是我也在最不可能出文豪的蓬门敝户见过大作家故居的蓝色牌匾。这里租金够低，我就可以花更多时间来写作，不必时时担心入不敷出了。我同意周末就搬来住。

妈妈：房间怎么样？

我：廉价又古怪。

爸爸：一听就是你的风格。

新工作提示

工作编号：3621

科目：普通初级中学英语

内容：霍勒斯今年16岁，他的成绩退步到了中等生水平，他的母亲对此很失望，又对新的英语老师不太放心，希望家教能够帮助霍勒斯在家庭作业《第十二夜》中拿到最高分。

地点：贝尔格莱维亚

时间：周三放学后

1月28日，周三，皮姆利科

接到新任务后，我们会拿到客户的全名和住址信息。我逐渐养成了查完邮编地址之后再用谷歌查查客户本人的习惯。大多数情况下，弹出的页面无非是领英简历，或是某种濒危熊类基金会的盖帝图像创意广告，但在谷歌输入卡罗琳的名字后，我发现她有一个个人博客，她还在博客中称自己是"自封的甜心辣妈"。不知道她是只在博客里自封了甜心辣妈，还是真的会到处跟人这么说？所有甜心辣妈都是自封的吗，还是有某个辣妈委员会来指任？不过卡罗琳的话也未必可信。她在博客里说自己打出生起就一直住在切尔西，但有一位匿名读者对此提出异议。"这么说可能不大客气，"这位读者说，"但这纯粹是胡扯。严格来说，她住在皮姆利科。"

我对切尔西和皮姆利科的地盘争夺战一无所知，但是我已经成了伦敦房价的行家，卡罗琳的这套联排别墅少说也值300万英镑。卡罗琳很苗条，穿着UGG雪地靴和皮草背心。我要是在化装舞会上扮甜心辣妈的话肯定就会这么穿，不知道卡罗琳是不是也在参加类似的角色扮演活动。

"这真的有点莫名其妙，马修。"卡罗琳说着，好像我们是老朋友一样，"以前霍勒斯的名次可从来没出过年级前三分之一。"

我猜霍勒斯在前三分之一里应该是垫底的，不然依卡罗琳的性子，一定会毫不犹豫地说他儿子是前四分之一或五分之一，甚至当场用一张饼状图展示一下他的代数天赋——当然，前提是有拿得出手的数据。这项工作超出了学习伙伴常规的权责范围，但是我普通初级中学英语课程作业选题就是《第十二夜》，这才成功说服了菲莉帕让我扩展业务。

"霍勒斯正在他房间里等着你呢。"卡罗琳说。

显然大家都不觉得我总去学生的卧室上课有什么不妥。我走向顶楼，路过了一个有动感单车的房间，我猜卡罗琳每天早上都会用它跟自己较劲。

霍勒斯胖乎乎的，欢快活泼，特别自来熟，我甚至在想他或许把我和他之前的家教弄混了，但我想错了——这只是上流社会特有的自信。除此之外，在年级前三分之一垫底的光辉岁月没有在他身上留下什么痕迹。他急切地想让这件事快点了结，但他似乎以为他什么都不用做，坐享其成就可以了。

"你觉得这部剧写得怎么样？"我问道。

"我还没读呢！"霍勒斯兴高采烈地说，"不过那部电影我看了。"

"好吧，那你觉得电影怎么样？"

霍勒斯盯着我，好像我提了一个极度出人意料的问题一样。

"老实说，其实我也没有真的在看啦。"

我很快发现这是霍勒斯的惯用伎俩——先给出一个大胆又愚蠢的回答，一旦这个回答受到质疑立刻就缴械投降。霍勒斯带着满满的自信开始写论文提纲。过了一会儿，我问他想不想引用一些台词。

"不用啦！"他说，"我的风格更乌托邦一些。"

"乌托邦？你指的是？"

霍勒斯大惊失色。

"我也不太清楚。"

我不禁纳闷，除了我这个忧心忡忡的新家教，是不是从来没有人当面戳穿过霍勒斯的胡说八道。倒不是说霍勒斯傲慢自大，只是他满不在乎地全盘接受自己的所有缺点，并且完全不认为这些缺点会给他顺风顺水的生活带来任何阻碍。

"托比爵士是饕餮的寓言。"霍勒斯自豪地说。

"你是想说……贪婪的化身？"

"就是这个意思。"霍勒斯说着，照我的话一字不差地打了出来。

"还是别——你应该自己构思才对。"

霍勒斯惊呆了，当然应该他自己构思，但是他如果能自己构思，还要家教做什么？显然，没搞清楚状况的人是我才对。像我这种上学时满心恐惧又迫切地想取悦父母，因此拼命学习的人，是不可能理解这种自满情绪的。

磨人的危机感、强烈的好胜心和对嘉奖的渴望都到哪里去了？霍勒斯给我的感觉就好像是他在从容地等公交，如果错过这一班车也没关系，反正妈咪可以开着路虎揽胜送他一程。我们继续这样糊弄完了这节课余下的时间。霍勒斯会对自己完全没看过的戏剧发表一些可笑的见解，我会纠正他，他会把我的话逐字写下来，我再弱弱地抗议一下。一个小时过去了，我们连一半都没写完。

"你们写好了吗？"我下楼后卡罗琳问道。

"还差点。"我说。

卡罗琳给了我一个意味深长的眼神，我立刻心领神会，这女人肯定经常要求退款——而且屡试不爽。

"那下次吧。"

我：你的学生论文写得特别烂的话，你会怎么办？

佐耶：马修，你非得让我把话挑明吗？

我：那要是计分的课程作业呢？那不是作弊吗？

佐耶：我称之为合著。

2 月 12 日，周四，海格特

"一路过来挺辛苦吧？"管家古斯塔夫说。

做家教的时候，我通常都极力想得到客户和所有家政人员的认可，但古斯塔夫实在太有魅力了，使得他无论如何都不会显得唐突或者冷漠。我矜持地小心应付着他的寒暄，但还是犯了一个错误——不小心提到我最近搬到了伦敦南部。

"哦，在沃克斯霍尔吗？"

"不是。"我撒了谎。

"这地方挺有意思的，沃克斯霍尔。"古斯塔夫继续说，"可有意思了。"

他意味深长地看了我一眼，我不禁担心起来，听说那里有个俱乐部，你可以躺在一个水槽里，让别人朝你身上撒尿，他指的该不会是这些吧。我红着脸，开始东拉西扯些肯宁顿那边有个社区咖啡厅之类的话题。古斯塔夫笑了。

"我们有空了应该去喝一杯。"

"嗯。"

含含糊糊地嗯一声是我最喜欢的回答方式，虽然没少遭到朋友的嘲笑，但它在我陷入窘境时总能救我于水火。把古斯塔夫排除在约会对象之外还是挺可惜的，毕竟我的选择实在不多。那个苏格兰课堂助理乔尔没有回我的信息，我在《卫报》的《灵魂伴侣》栏目的个人档案写了一半就卡住了。

"费利克斯在厨房吗？我快速问道。

"不，在电影院。"

"哦。我们说的是下午4点没错吧？"

"没错。"

古斯塔夫似乎听出我在暗示时间安排有误，看起来被冒犯到了，但这至少让我们之间的距离增加了一点点，我顿感轻松许多。他带着我穿过花园，来到另外一处完全不同的建筑群，这时我才意识到是我错了，我太想当然了，费利克斯在电影院并不意味着他就不在家——诺索弗家的豪宅又岂会囿于四面围墙之内。

电影院里布置着一些倾斜的天鹅绒床垫，上面零零散散地摆着靠垫，最前侧有一个四米宽的屏幕。费利克斯懒洋洋地躺在中间，有一搭没一搭地看着《功夫熊猫》，同时把爆米花一颗颗抛起来试着用嘴接住。他看到我们进来，抬起了头。

"不是吧，又来？"

古斯塔夫得意地一笑，转身离开了。

"我总不能在这里上课吧？"

"楼下。"古斯塔夫头也不回地高声说。

可不是嘛，电影院楼下还有一层。这就像是玩电子游戏一样，不停解锁新楼层。如果古斯塔夫告诉我费利克斯在保龄球场，我敢说我应该二话不说先找到电梯，然后问在哪一层。

费利克斯带我下到游戏室里。这地方听名字就不像学习的好去处，更别说这里看起来像是高端青年旅社和威利·旺卡游乐园攀爬架的合体一样。角落里的一个小书桌远不及台球桌和空气曲棍球桌那么显眼。费利克斯又该做英语作业了，不过这次是创意写作。

"很好，"我说，"有什么想法吗？"

"没有，"费利克斯说，"你呢？"

我开始意识到，让家教陪小孩做作业这件事情从根本上就挺蠢的。如果我只是在旁监督，他们就会觉得我的存在毫无意义。但如果我把什么都写好了让他们逐字照抄，好像一样没什么意义。

"试试吧，费利克斯，很简单的。你想写什么都行。"

我错了。弥天大错。费利克斯的眼里闪过一丝狡黠，潦草地写下一个句子，抬头冲我咧嘴一笑。

马修在养猪场和女朋友恋爱。马修吃了便便，女朋友说哼哼。

我有一个英语老师很喜欢兴致勃勃地谈论故事的开场白有多么

电影院

停机坪

保龄球馆

马场

游泳池

婚礼蛋糕

天线宝宝？

自己想象吧

自己画吧

豪宅什么样？

神奇的力量。寥寥数语之间，你就能把读者的思维带到任何地方，无论是火星表面，还是蟾蜍的精神世界。这样的思考方式一直为我构思故事带来很多灵感。我不知道对一说写故事首先想到的就是家教吃屎、和猪谈恋爱的孩子来说，开场白是否也有一样的效果。

我：我应该在他的报告里写些什么啊？

妈妈：就写他想象力挺丰富。

爸爸：女朋友听起来很可爱啊，什么时候带回来让我们见见？

2月23日，周一，象堡

我在大富翁棋盘上最贵的街区教课，住在棋盘上最便宜的老肯特郡路，两个地方近得扔个骰子就能到，这也算是某种缘分了。不过，我每次走出客户家回家时，反而会如释重负地长吁一口气，也不会觉得自己跌了身价似的。尽管如此，我已经怀疑搬到比布家可能是个错误。确实，T恤衫情侣可能对我已起杀心，但至少他们是在悄悄密谋。我说不出比布的任何一个孩子的名字，但对他们每个人制造的噪音一认一个准。

作为一个很快就要孕育出第一部杰作的作家，我尽量只在我那间独立自足的公寓套房和独立的私人卫生间活动。为了把他们的主卧（实话实说不好吗？）租给我，比布和她丈夫在一间更小的房间里塞进两张折叠床，自己和小婴儿住进第三个房间。我不知道这家人到底是什么情况，他们住在如此核心的地段，却仍然需要出租一间房子。

我总觉得比布让人琢磨不透，连名字都挺令人费解的，不过以我对这个国家的了解，就算最后发现比布是苏珊的某种简称我也不会觉得太奇怪。说句公道话，比布似乎是那种每天都乐于和陌生人分享自己人生故事的人，但是我必须得和她保持一定距离才能写得出东西。我在电脑前坐下，却觉得想象中的登东新镇离我越来越遥远，远不如我身在温伯恩明斯特时那样触手可及。我闭上眼睛，努力让自己穿越回去，但我满脑子都是《龙穴》[1]中企业家德博拉·米登的声音。

比布正在客厅看电视。

"附近有什么不错的咖啡厅吗？"

"咖啡厅？"比布说，"我知道有个麦当劳。"

这女人简直是个天才。香肠蛋麦满分配中杯卡布奇诺最能召唤出我的写作灵感了。我在麦当劳吃饱喝足，定下神来，再次开始构思剧本。但时时谨记最终目标也是很重要的。两分钟后，我开始流连于朱迪·丹奇的维基百科主页无法自拔。我本来是想查一查获了奥斯卡奖的剧本，查着查着却发现，艾玛·汤普森的主页就好像打开了新宇宙的虫洞，我开始不由自主地浏览各种女演员信息，根本停不下来。很快，我就发现了一些关于凯特·温斯莱特的冷知识，不和全世界分享一下简直天理不容：在同一部电影中扮演同一个角色年轻和年长版本的两位女演员同时获得提名，这在奥斯卡颁奖史

1　BBC（英国广播公司）播出的真人秀节目。

上只有一次，凯特·温斯莱特正是年轻版角色的扮演者，这消息正适合在我最近新注册的推特上宣传一番。我花了好一会儿润色语言，不过这不正在磨炼我的写作功底吗？终于改出满意的文字之后，我向对我仰慕已久的读者发布了这份迷你杰作——把它分享给 34 个关注了我推特的人。

　　我：我发了条推特。你能不能给我点个赞去？

　　佐耶：我完全不知道你在说啥。

2 月 25 日，周三，皮姆利科

　　我开始逐渐理解伦敦的不同板块是如何拼合在一起的，但并非所有人都被整齐地划入某个板块里。每次给霍勒斯上课之前，我都忍不住要翻翻卡罗琳的博客，看看她的最新动态。

　　她声称自己一整周都在计划着怎样盛装出席切尔滕纳姆赛马场的活动，听起来确实像是切尔西贵妇该做的事。但那天我见到她时，她喋喋不休地念叨着家里的水池出了什么问题，这显然是皮姆利科水管工该操心的事。

　　"这次你要在走之前做出点成果来了。"卡罗琳毫不客气地说。霍勒斯的老师要求第二天就要交初稿，卡罗琳可不想让老师失望。我几乎可以肯定她冲我使了个眼色，我心领神会，这个女人绝对不是愿意花冤枉钱的主儿。

我上楼一看，霍勒斯一如既往地慵懒。我开始充当人形提词器，念些现成的句子给他，但他打字的样子非常笨拙，我眼睁睁地看着时间一分一秒地流逝。这时，霍勒斯找到了个好时机。

"'独白'怎么拼呀？"

他把键盘转个方向对着我。我对天发誓，当时我只想打出他问的这一个词，但是我的手指一碰到键盘，就不由自主地动起来了。文思涌到了我指尖，何不就任它驰骋呢？文字如交响乐一般从我指间流淌出来。要是我以前就知道，花钱找个专业人士代写就能少受许多学校论文的折磨就好了。我希望说自己愧疚极了，这么做很可能随随便便就将一个老老实实自己用功写作的孩子甩在了霍勒斯后面，但我当时满心想着让客户满意。我暗自发誓，再也不这么做了。

马修：

霍勒斯的妈妈对你的工作非常满意！

有个类似的工作，不知道你还想不想接？

菲莉帕

新工作提示

工作编号：3705

科目：高中英语

内容：凯蒂的英语课程作业需要帮助。只上一节课。

地点：埃奇韦尔

时间：任意一天放学后

3月5日，周四，埃奇韦尔

不是每个人都能抵挡住经济萧条的冲击。我知道我距离成为一个高利润犯罪产业中冉冉升起的新星只有一步之遥了，但这次，菲莉帕解释说，这位客户只能买得起一节课。这次的工作机会居然自己送上门来，不需要我和其他申请者抢破头，但我在去上课的路上才意识到为什么会有这等好事。客户住在伦敦6区，正好位于伦敦地铁北线的末端，我完全没兴趣去查这里的房价。

地铁车厢穿出地下，驶入地上，咔嗒咔嗒地逐渐驶离市中心，富丽堂皇的古典联排别墅渐行渐远，取而代之的是朴素的城郊楼房。等我赶上公交车，最终来到客户居住的鹅卵石贴面半独立住宅前，已经过去了近两个小时，我不禁庆幸还好不必每周通勤。

凯蒂穿着校服、手拿着书，打开了门。她今年17岁，看起来很淡定，没有我那么紧张。我看向她的身后，却没有看到她的父母。通常情况下，不用应付望子成龙心切的父母正合我意，但这是不是意味着我们两个人要在家单独相处？

凯蒂在餐桌旁边坐下了。我这次突然意识到，这是我的第一个女学生。如果我坐在她对面，两个人面面相觑很是尴尬，教起来也不方便。但坐在她旁边好像又显得过于亲密了，她妈妈要是突然走进来会怎么想？有史以来第一次，我真希望客户知道我是同性恋。说不定我可以学着上世纪70年代情景剧的口吻宣布这个消息，再说点浮夸的恭维话夸夸她家的网纱窗帘。

"我已经列出了几个重点，咱们过一下。"凯蒂说着，看了看表。

我的所有疑虑立刻烟消云散。我开始上课后，很快发现凯蒂作为学生比霍勒斯要合格十倍。但我的心态也是截然不同的。帮霍勒斯作弊就像是一场游戏，他妈妈睁一只眼闭一只眼地表示默许，他自己对我们的罪恶行径也满不在乎。

而在这里，首先，课时费是会让客户肉疼一下的，而不是每周巨额生活费预算中一个可以忽略不计的零头。更重要的是，这节课是真的关乎前程。凯蒂告诉我她模拟考试不及格，如果成绩没有提高的话她就上不了大学了。

"你以前教过的吧？"她不安地问。

她指的是我们在学的那本书。但实话实说，这是我第一次真正地教一节像样的课。我可能并不是这份工作的最佳人选，但是我已经为了她仅有的这一个小时一路来到了埃奇韦尔。我沉下心来，为这节课尽了自己的最大努力。

我：我觉得我刚才上了节真正的课。

佐耶：我的天？你还好吗？

我：还好啊，感觉不错。

佐耶：我这就通知诺贝尔奖委员会！

3月9日，周一，海格特

我又想起，世界上还是有一些人在为了不被淘汰而努力奋斗。不知道为什么，这让我重新萌生了帮费利克斯一把的念头。霍勒斯这样的人有没有我都无所谓，无论如何他都会混到中学，拿到名牌大学的录取名额，再混完大学，然后捞到一份令人艳羡的工作，最后当上高官。说不定我侄子辈中还会有人再成为他的孩子的家教。

但费利克斯，他的问题要复杂得多。相比凯蒂，他确实占尽优势，可是这还远不足以解决问题。我需要在这个家里找个盟友，但又不想向古斯塔夫示好，因为现在他哪怕只是看我一眼，我都忍不住想要问他愿不愿意和我滚床单。我的最佳人选是佐拉伊达，她是这里的管家，今年50多岁，鹰钩鼻，总是满脸疲惫。我向她自我介绍的时候她毫无兴趣，我想通过讲西班牙语给她留个好印象，她更是无动于衷。我非常急切地想拉拢她。那天我到他们家时，费利克斯放学晚了还没到家，厨房里好像刚刚办过一场婚宴自助晚餐一样，佐拉伊达正忙着收拾。

"这些你能吃掉吗？"她问道，"他们都不吃。"

我努力思考着应该如何优雅地吃大虾，而佐拉伊达则无比惋惜地感叹何必准备这么多食物，反正费利克斯挑食得厉害，比阿特丽斯又几乎不知道固体食物为何物。

"她从来不吃东西，"佐拉伊达说，"只喝柠檬水。"

"我真想不通为什么不吃，"我说着，将一只大虾大卸八块，"太美味了。"

佐拉伊达嗤笑一声，模仿比阿特丽斯的语气说道："那些橄榄油？尝起来像尿液一样。那些洋蓟？一罐才40镑。"

"哇哦！"我说，"咱们应该要求他们多付点钱。"

话一出口，我就立刻后悔自己如此口无遮拦。佐拉伊达言语间并没有偏袒雇主的意思，但毕竟我初来乍到，和她还没有那么熟，这么说可能太唐突了。

"拜托，马特诺！[1]"她说，"你想收多少钱都可以。他们不差钱。"

统一战线形成。我一边祈祷着费利克斯被堵在路上，一边向佐拉伊达抛出我好奇了很久的问题——费利克斯的父亲在哪里？这家人怎么赚到这么多钱？佐拉伊达告诉我，比阿特丽斯的丈夫叫乔治，是个小有名气的对冲基金经理。这些信息对我来说就够了，因为对冲基金就像长除法一样，远远超出了我的理解范围。佐拉伊达说乔治一直是个工作狂，经济危机以来更是忙得团团转。

"他没有亏钱吗？"

"拜托，马特诺！"佐拉伊达说，"他赚得盆满钵满。"

我又找到了新的人生目标：多问些傻得可爱的问题，逗佐拉伊达用哥伦比亚腔无可奈何地说几句"拜托，马特诺！"。但现在，我需要先咨询她关于费利克斯的事。

"可怜的小家伙！"她说，"他们一刻都不让他消停。"

我承认我上课时无法让他写出任何像样的东西，随即询问他的沉默寡言背后是否还有更深层的原因。他会不会担心写作像一扇窗户，而他不想让别人窥见他内心的想法？

"可能吧。"佐拉伊达说，"但他很明白的。"

"什么？"

"他明白，他不做，也会有人帮他做好。"

霍勒斯：完蛋了马修。咱们摊上大事了。

1　佐拉伊达母语非英语，说话有口音，故叫马修时有时发音不同。

3月11日，周三，皮姆利科

霍勒斯在第一次上完课后，就与我互换了电话号码，这样他想不起来明喻和暗喻的区别时就可以随时发短信问我了。我之前一直不太确定直接和学生短信联系是否明智，但这次他先给我通风报信让我庆幸不已。霍勒斯收到了老师对课程作业初稿的反馈。老师只能提些建议，不能直接评论，但她明确指出，霍勒斯需要重写整篇文章，最重要的是确保这次的文章不是由其他人代笔。

"你回来了，太好了。"卡罗琳说。显然她很恼火我没有早点搞定这件事。我猜可能过不了多久她就要开始在博客上说我坏话了。

"只要稍稍修改几处就行了。"我边说边冲向楼梯。卡罗琳已经明确告诉了我她的期待，但是我想她还是希望能撇清自己的责任吧。

霍勒斯在楼上的房间里，还是一如既往地悠然自得，一点也不担心自己会因违纪行为而被开除。

"咱们得把文章的水平降低一点，大概到 B+ 或者 A− 的水平就行了。"他说道。

"你的论文一般会拿什么分数？"

"其实是 C 或者 D 啦！"

这是占领道德制高点的完美时机，我完全可以顺水推舟，告诉他我不想再参与这场闹剧了。但我读到老师对我的作品的大力赞赏，我内心的小魔鬼居然有些受宠若惊。要把这样的作品降级简直太可惜了，但把它修改到刚刚合格的学生水平也不失为又一次展示我才华的机会。我正是这项任务的不二人选。

我重新通读了文章后，明白问题出在了哪里。我一直想让语言尽可能简单一些，但同时也在不经意间把我的论点阐释得非常透彻。然而，大部分学生往往对自己的观点将信将疑，因此会矫枉过正，模仿高深的语言风格试图让自己的文字显得更有智慧，最终的结果往往是辞藻华丽而内容颠三倒四——而我的文章则浅显易懂却一针见血。这样的文字功底不是一天两天就能形成的，我之前竟没想到这一点。

"霍勒斯，这次你得自己来写了，不然还是会被老师识破的。"

"我不想把它写得很糟糕。"

"不用不用，只要写得更……乌托邦一点。"

我：我今天可能躲过了一场牢狱之灾，太刺激了。

佐耶：过来一起吃晚饭吧？

我：去不了，我还要创作呢！

佐耶：相信我——我带你见个人。

3 月 21 日，周六，克拉珀姆

无论是谁都不能只用一盘免费的希腊肉末茄饼，就让我屈尊与他们从公务员快速晋升通道随便拽出来的、人畜无害的同性恋朋友共进晚餐，只有佐耶是个例外。我就是这么信任她。

她想让我见的是她室友的朋友罗兰，一位雄心勃勃的电影导演，热切地想找一名编剧来合作。但最终罗兰还是取消了晚餐，不过他在 Facebook 上与我加了好友。罗兰看起来有点娘，但举手投足都透露出一种上流社会的气质，如果他在美国，一定会有人见到他后忍不住问："这人是基佬，还是只是很欧洲范儿？"

我很快在 Facebook 上看到一张他戴着黑帮电影里那种浅顶软呢帽在夜店拍的照片，留言里是他自己的评论——"大佬"。看到这里我就应该警觉起来，但是我当时激动得根本顾不上了。我的作品终于有机会被搬上银幕名垂千古，不必在麦当劳的小电脑里慢慢等着熬出头了。"大佬"和我开始交换意见。他怂恿我放手一搏，说只要他想做，就没有做不到的事。

"只有想不到，没有做不到。"他反复说。

能把毫无预算解读得这么乐观实属不易，但"大佬"的热情太有感染力了。他说他想用电影捕捉苏活区士绅化特质，于是我大笔一挥，写下十页新黑色电影风格的悬疑剧本，颇有阿尔莫多瓦的风格。"大佬"看了赞不绝口，不过他也提出他更倾向于在拍摄过程中"跟着感觉走"。但我一点也不担心，有我坐镇当编剧，他怎样开展工作还重要吗？

等到拍摄的那个周末，我已经给所有亲朋好友放出话，说我的第一部剧本就要正式投入制作了。我和"大佬"约好在克拉珀姆的 Costa 咖啡见面，他戴着玳瑁色的墨镜，大步流星地走进来，身上披的秘鲁披肩像是前后穿反了一样。他居然没有戴一顶软呢帽作为穿搭的点睛之笔，我有点失望。

"马修！""大佬"双手做手枪状指向我。

我实在是做不出在 Costa 咖啡克拉珀姆分店回个双手枪礼这样的事，但还是和他打了招呼，并告诉他我在剧本上又最后改动了几处。

"去他娘的剧本！"他大声说，"镜头自会书写我们的故事。"

我不是很懂他这话是什么意思，但无论如何，我们该先出发去图厅了。我们在那里与"大佬"的朋友内茜会合，她同意借我们一台复古款 16 mm 相机，如果"大佬"所言不虚，似乎写剧本的任务就要由这台相机接手了。"大佬"接过相机开始摆弄，内茜显然一分钟也不愿把相机托付给他，表示她会陪我们一起拍摄。

我们又动身来到苏活区。这已经是今天早上我换的第四个地方了，我们要是能有个拍摄计划就好了，但我们只能跟着感觉走。"大佬"展现出了惊人的自信，开始随意地将镜头扫向清洁工和车夫。我不知道镜头到底想讲述怎样的故事，但我可以肯定，这故事与低薪劳工脱不开关系，并且我们也没有向入镜的人拿到像样的拍摄许可。很快，镜头突然想起来，我们的电影恐怕还是得有个主角。

"我想拍你。""大佬"说着，把镜头对准我，此时我们刚刚来到一家冻酸奶店铺外面。我在爱丁堡国际艺穗节演出全面失败之后，作为演员的职业生涯就已经彻底画上了句号，但这总好过在冷风里傻站着。我开始不知所措地在酸奶店前走来走去，"大佬"一边拍着，内茜一边在一旁喜悦地柔声赞叹。

"我超爱这种《巴黎的陌生人》的调调。"内茜说。

"他可真是个小牛郎。""大佬"说。

我突然意识到，我对这位"大佬"知之甚少，心中升起一股不祥的预感，担心镜头书写的故事突然来一出我给某个已婚老男人提供全套亲密服务的场景。终于，"大佬"没了兴致，决定还是拍内茜算了。

"可以帮我拿一下吗？"内茜说着，把相机包递给我，准备进入角色，变身"大佬"的灵感女神。我看着他工作的样子，终于意识到他除了随心而动、信口胡诌，便没有什么了不得的本事了。他的创作在他眼前逐渐成形，而与此同时，我的剧本也彻底沦为电影史的注脚。他还是那个"大佬"，而我只是图厅女孩内茜的提包小弟。

比阿特丽斯：嘿！马修！：）明天你给费利克斯上完课可以来找一下我们吗？乔治想见见你。；）[1]

3 月 24 日，周二，海格特

我真想问问比阿特丽斯这个眨眼的表情是表达什么，虽然之前很好奇，但实际上我不想见乔治。和直男交朋友实在不是我的强项，更别说和这种直男了——他最近刚刚出现在《男士健康》的深度专题报道里，举着哑铃大摆造型，自称为"掌门人"。这篇报道给我的印象是，他似乎多少觉得妻儿是他的绊脚石，宁愿把空余时间和精力投入到凌晨 5 点的锻炼计划和无麸质鱼素饮食中。

"乔治抽出了 5 分钟。"比阿特丽斯说着，带我走向他的书房。乔治身材健美，轮廓分明，专门在职业装外面套了一件帽衫，刻意得有些做作。他不耐烦地看了我一眼，暗示我他抽出 5 分钟都很勉强。说实话，我不知道一只无人照管的对冲基金能坚持多久，但我想快

---

1 "：）"和"；）"分别是表示微笑和眨眼的表情。

点结束谈话的心情和他一样迫切。

"费利克斯下学期有几场考试，"乔治说，"我估摸着应该挺重要的吧。"

根据他的措辞，我估摸着他应该希望我能领会，强调这些考试很重要的人并不是他。

"可不是嘛！"比阿特丽斯说，"太重要了。老师会把成绩写进报告里的，有些学校可能会参考这些报告来决定要不要录取费利克斯。"

我觉得这听起来好像也没有那么重要，但对这种话题我似乎应该摆出行家的架势来。

"嗯。"

"那你复活节有空帮他复习功课吗？"乔治问。

"绝对有！"

我的回答好像有点太过热切了。我正想安排个能让我养活自己的排班表，但学校一放假，我就完全失去了经济来源，真让人一筹莫展。我靠着透支信用卡勉强度过了圣诞节，不过如果复活节期间能多来几趟海格特，我的日子可能不至于太惨。

"太好了，"比阿特丽斯说，"你会滑雪吗？"

我：你们居然从来没教过我滑雪！

爸爸：是啊，我们可太过分了呢。

妈妈：我有教过你玩英式二十一点啊！

圣莫里茨

我感觉自己像是置身 007 电影中，要么就是穿越到了上世纪 90 年代的汽车广告中。我在苏黎世落地时，租车铺子里效率奇高的瑞士人已经免费给我升级了座驾，把一辆完全不适合滑雪季的车像烫手山芋一样甩给了我。等我想到这一层的时候，我已经开着洁白的梅赛德斯敞篷车踏上了通向阿尔卑斯山脉的奢华之旅。

作为考了三次才拿到驾照、只有开碰碰车时才操作自如的人，我本以为"奢华之旅"这个概念离我很遥远。比阿特丽斯称，单独给我包一辆车就能多给我一点独立的空间，不过我的理解是这家人希望我能多给他们一点独立的空间。开车路上种种实在是一言难尽，这么说吧，我一路打滑、东倒西歪地开到了圣莫里茨，停在诺索弗家的小木屋前。比阿特丽斯戴着围脖走出来，一脸惊恐。

"马修，"她说道，"这是我们给你订的车吗？"

我立刻意识到问题出在哪里了。之前安排的车本来是适合家政人员使用的级别，而我的车升级之后显得非常出格。我解释了事情的原委，但比阿特丽斯听说还有免费升级这种事后，不禁打了个寒战。

"进来吧！"她说着，热情得近乎怜悯，"你正好赶上早餐了。"

她带着我走过楼梯间，进入一间巨大的开放式客厅，屋顶木梁的清香清晰可闻，不知道是木材本身的气味足够持久，还是管家在定期保养时喷了什么木质气味剂。乔治和费利克斯已经在长长的餐桌前坐好，西奥则和保姆坐在角落玩，看起来像是其他家人的小小卫星群。

不过，在场的还有另一个人——一个30多岁的大胡子男人，他正忙着料理早餐，阵势完全可以媲美我之前在伦敦看到的满桌玉盘珍馐。他神采飞扬地操着澳大利亚口音介绍说他名叫柯蒂斯，然后以超出寻常的热情询问我一路过来感觉如何。不过这还只是寒暄，他真正想知道的是接下来的这个问题——"你想吃什么样的蛋？炒蛋？班尼迪克蛋？还是海明威蛋？"

只有这几种选项吗？我对私人厨师的使用规则一无所知。我可以问他要一份定制餐吗？如果我只想吃一碗即食燕麦呢？我当然很爱吃美式炒蛋，但是我从来不相信有人能把它炒得正合我的口味。至于海明威蛋，只有彻头彻尾的蠢蛋才会喜欢吧。

"来个海明威蛋吧。"我脱口而出。

我其实根本不知道我点的是什么，但是它听起来就像是有钱人早晨会吃的东西。就算柯蒂斯递给我一盘浸在朗姆酒里的鸡蛋，我也会毫不犹豫地把它吃光。很快，柯蒂斯就把鸡蛋端上来了，但是除了加了点三文鱼，这道菜就没有什么特别之处了。

"柯蒂斯的蛋不错吧？"我刚咬了一大口，食物还没到达味蕾，比阿特丽斯就开始发问了，"他做得最好吃了，是吧？"

"嗯。"

"上次我们去卡普里的时候，柯蒂斯在我们的游艇上做的意式菠菜烘蛋简直绝了。"

她开始深情地回忆柯蒂斯做过的拿手好菜，一直盘点到他在巴黎给乔治做的贝果。说实话，这鸡蛋挺一般的，但我想如果你已经带了私人厨师来度假，肯定得让自己由衷地相信这钱没白花。

"不用说，莱昂纳多也在这里。"比阿特丽斯说。"莱昂纳多·迪卡普里奥。"她漫不经心地补充了一句，好像这是个无关紧要的细节，谁都应该知道她说的是哪个莱昂纳多。"不用说"也是个关键词，因为没有任何证据表明传言可信，也没有任何迹象透露出比阿特丽斯的信息来源。她开始口若悬河地讲起自己往年邂逅过哪些名人，而乔治安静地读着报纸，费利克斯则在一旁玩游戏机。

"我有一次在朴次茅斯的一家超市里碰见了埃德·米利班德。"我搭话道。

我抬起头，看到一个十几岁的女孩走了过来。她穿着滑雪服，头发剪得短短的，带着一股自己是学校里第一个剪这么大胆的发型的大姐大的气势，尽管在她之前其实已经有三个人剪过了，但气场不能输。我知道费利克斯有个姐姐叫埃斯梅，但她在寄宿学校就读，所以我之前完全忘记了她的存在。埃斯梅淡淡地看了我一眼，并没有表现出太多好奇。

"马修也来滑雪吗？"

"我不去了！"我赶紧说，"我不会滑雪。"

他们一家的反应就好像我说我上厕所不用纸一样。其实在一次短暂的智利之旅中，我差点就要在安第斯山脉上一节滑雪课。基于那次平平无奇的经历，我已经构思了一部讨喜的滑稽剧，来解释我并没有什么滑雪天赋。现在好戏上演的机会就在眼前，我却厌了。

"那今晚晚餐来吗？"埃斯梅问。

我敏锐地感觉到她好像很想让我去，却完全不知道这是为什么。

"来啊，当然来！"比阿特丽斯说，显然她之前根本就没想过这个问题。乔治放下报纸，不耐烦地抬起头。

"我们安排好费利克斯什么时候学习了吗？"

比阿特丽斯的话匣子一下就打开了，开始详细罗列各种计划，每罗列一个费利克斯都要哀号一声。乔治一言不发，看着比阿特丽斯绞尽脑汁，并得出唯一可行的结论——一切都得围着费利克斯转。乔治精简了自己的工作安排，这也意味着一家人每天都有日程，而上课就只能安排在费利克斯滑雪一整天之后了。

"那他不是已经累得没精神了吗？"埃斯梅问道。

但乔治无动于衷地耸了耸肩。这反正不是他需要考虑的问题，留给我去头痛就好了。

他们一家出发，走入严寒之中，而我留在屋里烤着暖气，此时此刻我一点也不嫉妒他们。但是我并没有得意多久。透过窗户，我看到人们纷纷沿着蜿蜒的滑雪道驰骋而下，这当中的大多数幼时就已经娴熟地掌握了滑雪的技巧。

中学时，我的同学每年冬天也都会去滑雪，我以前一直告诉自己，这么冷的天去度假没什么让人羡慕的。但他们返校时都元气满满，皮肤也晒成了小麦色，兴致勃勃地讲着潘多拉差点从滑雪缆车上掉下来的故事。显然，这些故事你必须当时在场才会觉得有趣。

我很反感他们给我带来的这种感受。理性地讲，我知道我的生活已经非常幸运了，但有钱人总会让你无法知足。我为什么就这么迫切地想融入这群人呢？我想透透气，起身走向市中心。

阿尔卑斯地区的建筑平庸得惊人，至少外观上乏善可陈，道路两旁都堆着泥沙，这样的圣莫里茨和我心目中有钱人的世外桃源相去甚远。但我还是嗅到了有钱人的气息。一家人穿着滑雪服正在逛街，我注意到过马路时看护孩子的并不是父母，而是走在最后焦头烂额的保姆。父母此时走在最前面无忧无虑地聊着天，路过我身边时，这位妈妈低头瞥了一眼我的运动鞋。又是鞋子的问题吗？

我又紧张了起来，不知道晚餐该穿什么。我做家教时的标准着装是卡其裤和格子衬衫，看起来就像是禁欲系摩门教传教士一样。有钱人的打扮总是不经意间就能凸显出自己的财富。我见过的最有钱的人就只穿短裤，还会随身带一瓶番茄酱。但这样的自信用钱是买不来的。我需要的可远远不只是短裤和番茄酱。

市中心的购物街满是设计师名牌——平日里这样的商店我是做梦也不会进去的。但在走过这些橱窗时，一双迪奥运动鞋吸引了我的目光。这双鞋的主人一定不是四处奔走的家庭教师——不够格当老师，也不会滑雪。只要穿上这双鞋，我就会摇身一变成为有钱人的样子。我必须要得到它。

商店里没有顾客，却有 5 个售货员。他们都穿着统一的黑色制服，不过每个人都用雷人的发型或者某种夸张的配饰展示了内在的自我。现在看来，这里店员人数多得离谱，不过说不定有一个高峰期，顾客鱼贯而入，每个都需要一对一服务。显然，店里高级的人员配置不是为这个时段设计的，因为他们看见我走进来都吃了一惊，甚至有点恼火。

"我可以试试橱窗里那双运动鞋吗？"我紧张地问。

"他说的是那双休闲运动鞋。"蓝色头发的售货员说。

戴鼻环的售货员问了我的鞋码之后翩然进到后屋，整个过程行云流水浑然天成，我怀疑谁来负责招待我不是出于自愿，而是取决于某种心照不宣的严格阶层关系，其他四个阶层更高的店员就靠它衬托自我价值了。等待的时候，我能感觉到他们在对我评头论足。但好戏才刚刚开场。

售货员拿来了我要的鞋子，我才刚刚蹬在脚上，屋里的气氛立刻大变，5名售货员齐刷刷发出了赞叹声。这样异口同声的溢美之词已经熟练到无懈可击，并且与他们到底看见了什么毫无关联。我敢说就算是面对一个穿着裘皮大衣、踩着黄绿色猫跟鞋[1]的丑女人，他们也会逐字背出台词。但效果还是有的。我忍不住想起了万事达信用卡广告，要是买下这双鞋，我的信用卡就透支到底了，但要是它能给我一点自信呢？这可是无价的。戴着复古款眼镜的售货员把我带到店铺后面付钱，手腕文了身的店员则把鞋子打包装好。也许原本就是所有店员同时服务一位顾客，这样的阵势本身就是为了创造出他们想要的效果。如果真是这样，那我的专属私人表演很快就要落下帷幕了。光头店员为我打开店门，我再次踏入店外扑面而来的寒冷之中。他们没问问我要不要直接穿上刚买的新鞋再走真是太可惜了，我现在最想做的就是给佐耶发一张照片，但是有钱人是万万

1　猫跟鞋，一种舒适度较高的高跟鞋，高度较低，走路轻快，有时也被称为"起步鞋"。

不会这样做的。另外，从国外发彩信回去也太贵了。

　　滑雪之后可能是最不适合上课的时间。虽然我自己从来没滑过雪，但也能明显看出，费利克斯从雪坡下来后已经累得快散架了，而狂飙一整天的肾上腺素恰好也在此时跌到谷底。我也状态不佳，我不得不百无聊赖地等了一整天，就像温布尔登网球锦标赛上被安排在最后上场的运动员一样。费利克斯已经在男子双打中奋力拼杀很久了，听说自己还要再来一局难免暴怒。

　　"我爸爸不让我滑黑道！"他大声嚷着走进来，踢掉了雪地靴，"混蛋！"

　　怎么又学会骂人了呢。但我根本没顾上纠正他这个毛病，费利克斯就撕开了一包薯片，皱着眉吃了一片，立刻一扬手把整包扔到了背后，薯片在地毯上撒得到处都是。

　　"你这是做什么？"

　　"芝士洋葱味的。恶心。"

　　"那你觉得谁应该收拾干净？"

　　"清洁工啊。"费利克斯看着我，仿佛在看弱智。

　　我终于忍不住爆发了。

　　"天哪，你真是被惯坏了。"

　　我们对视了片刻，谁都不敢相信我竟然脱口而出这样的话。

　　"我才没有。"费利克斯委屈地说。

　　我起身捡起薯片放回包装袋中。跟孩子这样说话其实不是我的作风，但我这么恼火也是有原因的。今天早些时候，我想找些白纸，无意间发现了给诺索弗家打扫小屋的人留下的便条。"我们为你们工作了十年，"他们说，"但是一次小费也没收到过。"想到他们还要清理费利克斯扔了一地的薯片，我刚才忍不住就发火了，但是我心里也有一点窃喜。费利克斯的态度问题会不会成为一个有意义的项目呢？我对提高他的考试成绩兴趣寥寥，改变他的态度这个挑战倒是让我跃跃欲试——不然谁知道以后还会不会有像这些清洁工一样的受害者呢。

晚上，我们驱车来到山顶。白天轰轰烈烈的购物之旅告一段落，我觉得今天就把新鞋穿上还是很难为情。比阿特丽斯跟我讲了好几次，说古斯塔夫已经给我们订好了景观最好的座位，但他显然指的是白天的景观，一到晚上，从这里放眼望去，到处都笼罩在黑暗和萧瑟中。这是一间低调的阿尔卑斯小酒馆，看上去和其他建筑没什么两样，但当我打开菜单时，映入眼帘的尽是鹅肝、金箔这样的词。

"想吃什么随便点。"乔治说。

我上一次听到这话还是爷爷带我和我哥去吃 Beefeater[1] 的时候，那次我当然是恭敬不如从命，点了一份菜名无比豪横的"丰饶角"。我肯定无法接受 60 欧元一份的意式烩饭，但既然诺索弗一家有意好好招待我，我最终选了一份蛙腿。

"真有意思啊！"比阿特丽斯的表情扭曲了一下。

比阿特丽斯点了一份沙拉，而乔治点了一份没有出现在菜单上的煎蛋卷，我意识到我又做错了。虽然菜单上全是美味佳肴，但诺索弗家打定主意要向我展示他们不是那种放肆吃喝的人。要是没打

1　英国连锁快餐店。

算挥霍一把，又何必要来这种地方呢？谢天谢地我没穿上刚买的那双鞋。与每周上门一次上一个小时的课相比，陪客户一起旅行简直处处是雷区。唯一庆幸的是，没达到他们家道德标准的不止我一个人。邻桌点了一瓶价值5000英镑的唐培里侬香槟王，终于给一家人提供了共同话题。

"那桌人问题可太大了。"埃斯梅说。

"倒也不是说他们有什么问题，"乔治说，"就是很俗气。"

埃斯梅耸耸肩："这不就是资本主义吗？"

她冲我粲然一笑，像是在先锋经济理论论坛上发表获奖感言一样。

不得不承认，她的话我大体上还是赞同的，但是给头脑空空而钱包鼓鼓的人太多鼓励可能反而不妙。埃斯梅可能随随便便就会花上3年的时间在艺术学校里构思一场表演，取名为"资本主义的前世今生"，上演的内容就是一把火烧掉自己衣橱里的设计师名牌，说不定还会在开幕之夜请来出身贵族的名模维多利亚·赫维，然后被《伦敦旗帜晚报》报道一番。我本着不违背总体政治立场的原则敷衍了她几句之后，服务员终于端来了蛙腿。

为了赶飞机，当天我凌晨3点就醒了，现在早已昏昏欲睡，但这一天的惊喜还没有结束。柯蒂斯正在餐厅外等着我们。我本以为他今晚可以休假了，没想到他又出现在这里，还带着一堆雪橇，毫不掩饰满脸的不乐意。

"这是传统！"比阿特丽斯说。

"没劲透了。"埃斯梅说。

费利克斯抬头看了我一眼，又确认了一下他姐姐不会听到他的话。

"其实还挺酷的。"

我们一人一架雪橇，从山顶出发向下滑去。等我滑到山底时，柯蒂斯已经在吉普车旁边等着我们了。他把雪橇装进车里，载着我们又一次驶向山顶，再滑一轮。小时候我家附近有一个城郊公园，我记得下雪的时候我们也会坐着自己的雪橇嗖地从小山丘上滑下来，然后把雪橇拖到山顶再滑一次，直到累得脸蛋通红，筋疲力尽才作罢。我真希望我能说那样更有满足感——拖雪橇的过程为滑行平添几分刺激——但柯蒂斯开着吉普车平稳地送我们上山时，我真不明白自己小时候怎么能受得了那种苦。

> 我：我真不敢相信你们以前居然让我自己拖着雪橇上坡。
>
> 妈妈：你喝多了吗？
>
> 爸爸：那怎么办呢，要不你报警吧。

从那以后，我们的日程安排逐渐固定下来，我每天下午3点才开始上课。3点之前我可以安心地写剧本。弗吉尼亚·伍尔夫说，女人需要钱和一间自己的房间，我发现男人也一样。如果有一间豪华滑雪小屋和一位任你差遣的私人厨师，那生产力真是成倍地增长。虚构的登东新镇中，暖心喜剧正如火如荼地上演，我又引入了一条情节辅线，讲述了一位超级明星装扮成小熊维尼的遭遇，喜剧效果拉满。

在写作和教课的间隙，我有时会去阳光露台上享受室外按摩浴

池，想象我未来登上《格拉汉姆·诺顿秀》[1]的情形。有一天，我仰头靠在浴缸边沿，突然发现隔壁的家政人员正看着我。被我发现后，他们立刻回去继续打扫房间去了，但我的脸涨得通红，我想大声告诉他们我只是个员工，不过是利用下班时间休息一下罢了，与雇我们干活的超级富豪不是一路人。可我最终什么也没说，闭上双眼继续徜徉在泡泡的海洋中。

上次的薯片争端之后，费利克斯上课的态度由原本的不屑一顾转为充满忧郁的不情愿，但上课的效果一点没有改善。

"水变成气体的过程叫什么？"

"H_2O"

"不，这个化学式是——"

"水。"

"对，但是——"

"凝结。"

"不对，你好好听题——"

"是积雨云吗？"

现在的问题已经远远不是英国人沉迷于教小孩子专业气象学术语了。费利克斯的大脑中充满了信息——诚然，这些信息本身是正确的，但他完全没有能力用逻辑思维处理这些信息。我注意到他还有个习惯：他总是着急想要把问题赶快答完，仓促之下就随便甩出一点知识，不管这知识到底是什么，也不肯花上片刻的时间质疑这些答案，去想想可能性和原因。我告诉费利克斯，他现在能学到的

1　英国一个喜剧性谈话节目。

最有用的方法就是在回答任何问题之前先暂停 5 分钟。费利克斯暂停了 5 分钟，思考我说的话。

"那也太浪费时间了吧。"

"你得加把劲，费利克斯。这些考试很重要的。"

"谁说的？"

"你妈妈。"

费利克斯大笑起来。我这才意识到，我很少在他的小脸上看到这样的笑容。但玩笑归玩笑，比阿特丽斯确实是盯上我们了。她越来越频繁地询问复习的进展，总在吃饭的时候过来问我："咱们的小兵怎么样啦？"

把费利克斯比作军工复合体中勤勤恳恳的一分子恐怕还是差点意思，但我还是顺着她的话，说些他是个冲锋兵之类的话。比阿特丽斯并不满足，开始在我们上课的时候突击检查。她已经发现我太有礼貌了——其实我想用的词是"怯懦"，不过咱们就说"礼貌"好了——她问我喝不喝咖啡，我从来不会拒绝。当然了，调各种咖啡柯蒂斯都不在话下，但他是否有兴致一杯又一杯地换着花样调咖啡我就不得而知了，说不定他正祈祷着我只喝美式咖啡。

"来一杯玛琪雅朵咖啡吧？"有一天比阿特丽斯问我，"柯蒂斯做这个做得好极了。"还有一次，我同意来一杯希腊法拉沛咖啡，但那一杯太多了，我最后不得不倒了一半到马桶里。但有一天，乔治提早滑完了黑道，比原计划提前到家，正好把比阿特丽斯抓了个现行。

"别去烦他们。"他低声训斥道。

"我就给马修端一杯拿铁咖啡。"

"让柯蒂斯端上去不就行了吗？老天啊！"

好像哪怕只让他的妻子做一项家务事，也是在侮辱与他的收入相匹配的生活方式，但比阿特丽斯完全没有终止行动的意思。她秉持着负责任的供应方的自我修养，将行动转到了地下。

有一天，我无意间抬头，看见她端着满满一杯馥芮白咖啡站在一旁，也就是说，她悄无声息地上了楼，一滴咖啡也没洒，不知道她是怎么做到的。第二天，她等乔治离开，又端着一杯榛果卡布奇诺现身了。没过一会儿，她又冲回到屋里来。

"他来了！快把咖啡藏起来！"

我简直不敢相信她是认真的，但是比阿特丽斯坚持要我把卡布奇诺藏到课桌底下才肯离开，赶在乔治进门前几秒钟赶到了楼下。

比阿特丽斯的行为很快就变得神经质起来，不过她已经忘记了监督我们学习的初心，乔治的禁令反而激起了她的逆反心理。我的私人饮品服务又持续了几天。但我们在圣莫里茨的最后一个早晨，比阿特丽斯有些自满大意了。放下一杯告尔多咖啡之后，她留下聊了几句，却没发现身后有一个身影正慢慢靠近。

"你在这里干什么？"乔治怒道，"我不是说了让你别来烦他们吗?！"

他怒视着比阿特丽斯，如果只看他的愤怒程度，你一定想不到这一切的罪魁祸首只是一杯告尔多咖啡。但她的反应同样让我瞠目结舌，她踮着脚尖倒退着走出了房间，像是《乐一通》里的卡通人物一样。埃斯梅站住楼梯平台上，目睹了这一切。

"你怎么能允许他这么对你呢？"埃斯梅对她妈妈说，"我真受不了。"

这是一周里我最喜欢埃斯梅的时刻。

"别听她的。"乔治对比阿特丽斯说。

"你看！"埃斯梅说，"这一点也不正常！"

连乔治都蒙了，他能看出埃斯梅已经彻底豁出去了。我本来应该感到尴尬才对，但我那时一心记挂着费利克斯，他这会儿正嘴唇颤抖着看着这一幕。最伤人心碎的莫过于一个极力忍住不哭的孩子了。

作为家教，我很容易就能走入客户的生活内部，但这是我第一次在帷幕之后目睹平静表面之下的汹涌暗流。几杯咖啡不过是导火索，这家人一定还有更深层的问题。费利克斯为什么扔书，为什么把薯片撒得到处都是，这些行为的原因终于开始逐渐浮出水面。但除此之外，该怎样解决这些问题我还是毫无头绪。

第二天，风和日丽。我们本来该启程回家了，但乔治说他们正在滑雪的兴头上，现在打道回府就太可惜了。我怀疑可能是没人想在刚刚大吵一架后以这样的状态离开。费利克斯的课程取消了，比阿特丽斯坚持要我也尝试一下滑雪。一周以来，她已经数次提出让我跟他们一起去滑雪了，不过每次都是客气一下，而这次的要求则强硬得近乎命令。

我们一行人来到平缓的练习坡，和我一样初次上场的大多是小孩子，有几个孩子甚至还不太会走路。毫不夸张地说，我看见一个小婴儿从坡顶一冲而下，整套动作行云流水，无可挑剔。我不由得想起去古巴那年，总看到一些连说话都还没学会的小孩子扭着屁股跳雷击顿舞，那节奏感是我上再多的舞蹈课也学不来的。今天我不出丑是不可能的了。

费利克斯自告奋勇要教我，给我讲解怎样屈膝，怎样保持平衡。

"很简单的。"他一直说。

我看到他担任这一角色，心里一喜。也许对他指手画脚的人太多了，而我应该多想想怎么尽到"学习伙伴"里"伙伴"的职责。我眼下的任务是顺利滑到坡底去，同时注意别踹翻了哪个大户人家的继承人。不过，这也不是我眼下就需要考虑的风险，因为我连试6次，每次都摔得人仰马翻。

"你滑雪也太差劲了。"费利克斯看到我又摔了个跟头，大笑起来。

"确实，"我也咧嘴笑起来，"最差劲了。"

我发现我将调节气氛的角色扮演到了极致，每个人都看得乐不可支，就连乔治看见我不小心摔到劈叉大声呼痛也露出了微笑。我不知道埃斯梅的资本主义分析会如何解读我为了博有钱的雇主一笑而扭伤关节，但这可能是他们所有人都做不到的事，因为我的身份得天独厚，能够自由游走于诺索弗一家的家庭战争之中。不过想想我自杀式的下坡方式，"游走"这个词实在是过誉了。

我很乐意能让这家人开心一下，但真正让我欣喜不已的还是费利克斯的变化。我本以为他很快就会觉得无聊，会跑开去黑道那边捣乱，但他在初级道上乖乖待了几个小时，在我一遍遍在雪里摔得狗啃泥之后，努力地用我能够听懂的方式耐心讲解。

第二天早上，我们坐车去了机场。我听见乔治给古斯塔夫打电话说重新预订航班的事，问他"看看他们还有没有PJ"。这要求听起来有点古怪，不过也许头等舱的服务里也包括提供睡衣[1]吧。抵达目的地之后，看到眼前的飞机库和机场，我才意识到乔治想要的可不是一套睡衣那么简单——他订了一架私人专机[2]。

登机流程每走一步，我就更确信一分，私人机场一定是犯罪集团的重要靠山。倒不是我们的航班有什么可疑之处，只是跨国犯罪头目想要从这里通过也太容易了，而且这样的事情极有可能已经发生过很多次了。

机长给我们打招呼时带着五分谄媚五分雀跃，我猜他最近一定刚刚载着一群脱衣舞娘去参加什么性派对，并拿了一大笔小费。一位自称海关人员的女士无比潦草地扫了一眼我的护照，我敢说就算我拿的是什么业主互助会的旧支票簿，她也会大手一挥放我过去。

副机长兼做乘务员，漫不经心地做了安全事项的展示，给我们指了指三明治放在哪里，示意我们飞行期间可以随便取用。乔治面露尴尬。如果钱花到位了，专机上应该可以全员到岗，随时供应香槟的，但这架 PJ 是临时调用的。乔治特意订了一架专机，最后却落得和乡间教区大会一样的餐饮服务。

"爸爸，我希望你能做点什么抵消你这次包机制造的碳消耗。"埃斯梅说。

"你要是有意见可以坐大巴回家。"乔治答道。

以前的假期露营，我总是背着帐篷坐摆渡车到加来，所以我从上学后到 17 岁就没怎么坐过飞机。有一次学校郊游我终于坐了次飞

---

1 睡衣英文为 "pyjamas"，可缩写为 "PJ"。
2 私人专机英文为 "private jet"，也可缩写为 "PJ"。

机，起飞时同班同学不敢相信我居然激动成那个样子。在后来的岁月里，我逐渐学会了不将兴奋之情表露出来。但私人专机沿着跑道加速时，我还是用尽全力才控制住自己不尖叫出来。

在起飞前能独占机舱确实很方便，但飞机一腾空，新世界的大门才算彻底打开。在专属于我们的小世界中遨游碧空，两侧的美景随心观赏，我确凿无疑地感到这趟航班千真万确是完完全全属于我们的。

我一直知道财富最易滋生优越感，但这是我第一次亲身体验。人们很难证明这一切是合理且必要的，最合理的解释当然就是自己确非等闲之辈，值得拥有这一切。我很想说自己以置身事外的超然态度看着这一切，但事实是，我沉迷于此，简直无法自拔。

我还没来得及好好品味一下这种优越感，我们就在英格兰降落了。两辆配好司机的车已候在停机坪，载着我们绝尘而去，再停下来时，20 米开外就是一架直升机。

"您 8 位是吗？"直升机飞行员问。

"7 位。"乔治答道。

我赶忙挤到前排。

"那您怎么走？"

我难为情地看了飞行员一眼。

"我打车去象堡。"

他们一家坐着直升机离开了，而我则被带到了空无一人的等候室。过了一会儿，一位工作人员忧心忡忡地向我走来："先生，实在抱歉，所有梅赛德斯都已经订完了，您看给您订一辆普通出租车可以吗？"

2009 年夏季学期

佐耶：什么时候给我讲讲你滑雪的全过程？

我：明天一起吃午饭吧？今晚不行……我有约会。

4 月 18 日，周六，苏活区

还好与诺索弗家共度一周时光后，我没对公共交通过敏。穿着脏兮兮的匡威鞋跳上地铁的感觉好极了。虽然我冲动消费买了双鞋子，这一趟仍然收获颇丰，自从还了学生贷款，我的银行账户里头一回攒下了一些钱。我差点就同意和一个在环保组织工作的男人出去喝一杯了，但是刚刚坐完私人飞机就和环保人士喝酒聊天似乎不太明智。

我想了想自己甚至会被一名课堂助理搞得非常内疚的状态，便选了一个应该不会因我最近纸醉金迷的生活而对我进行道德审判的人来约会。伊斯梅尔是一位市场营销经理，在威尔士登枢纽站上班，照片上他正在温泉酒店里喝粉色香槟。

填个人资料时，我也迈出了重要的一步，在职业栏写下了"家教/作家"。我鼓足了勇气才写下这几个字，但我觉得自己现在比之前任何时候都更像个作家。在诺索弗家舒适的滑雪小屋住着，享受着柯蒂斯的蛋时，我终于完成了登东新镇里上演的暖心喜剧的初稿。

　　我读到过一些建议，说初稿写完后应该先把它收进抽屉，搁置两周之后再重读一遍，但我手边也没有抽屉，就干脆随便选了些电影业的专业人士，把稿子寄出去了。目前，我只收到了邮件小助手的自动回复，不过我有信心，一场竞价争夺战很快就要打响了。

　　我到达约定见面的酒吧时，伊斯梅尔已经在门口等我了。他看上去和照片里一样迷人，只是顶着个匪夷所思的发型，刘海像凤头鹦鹉一般向后立起，很不符合物理定律。

　　"绝了！"他看着我走来，说道。

　　我心里喜滋滋的，可惜等我们走进酒吧之后，真相大白——任何事物，只要稍微有那么点优点，伊斯梅尔都会用"绝了"来形容。酒吧"绝了"，有靠窗的座位"绝了"，我们的椰奶菠萝鸡尾酒端上来了……你懂的。

　　"那你是作家呗？"伊斯梅尔问。

　　"不……"我说道，"呃……不是啦。"

　　我做错事一般喃喃地讲了刚发出去的稿子，心中暗想还不如给他讲讲我最近发的推特。我转移了话题，开始讲在圣莫里茨的经历。毫不意外，"绝了"又成了对话的主旋律，不光私人专机和蛙腿"绝了"，我不堪回首的滑雪初体验也达到了伊斯梅尔"绝了"的标准。我脑补了一下与慈善组织员工约会的场景，我们可能会深刻剖析我与诺索弗一家的经历，以及我如此沉迷其中的原因。但谁让我自己选了更轻松的选项呢。

"那学习伙伴到底是做什么的？"伊斯梅尔问道，"是像老师一样吗？"

"对。呃，其实也不是啦。理论上我是去做老师的，但是他们不是为了这个雇我。"

伊斯梅尔做了个鬼脸。

"怎么说呢，他们雇的确实是老师，但是其实更像是……老师和朋友的合体。"

这个组合听起来很"绝了"，但是伊斯梅尔看起来比之前更加困惑。

"这是怎么做到的？"

亲爱的马修：

感谢赐稿。剧本开头很有力，但您似乎对剧情的走向没有明确的把握。

祝好！

珍妮·卡思伯特

倒计时影业

5月5日，周二，海格特

我走进游戏室，一股阿玛尼男士香水气味扑面而来。费利克斯正在和一个与我年纪相仿的男人玩气垫曲棍球。他相貌清秀，但看起来平平无奇，肩膀宽阔，穿着哈佛大学的套头衫——我权当这是在向戴安娜王妃的经典出街穿搭致敬吧——那人正笃定地解说着他们的比赛，听起来像是尼克儿童频道系列节目里的体育教练，只可惜节目播出的时间段不够晚，无法为他的角色加入一点隐晦的深度[1]。这蠢货是谁？

"我是贾斯廷，"贾斯廷笑着说，"费利克斯的大伙伴。"

费利克斯的什么？我本来就对他没什么好印象，没承想他得寸进尺，上前一步使劲握了我的手，痛得我差点叫出声。我一直无法理解大力握手这种男人之间的礼仪，拼命攥紧对方的手来打招呼的方式，总有种说不出的古怪。但我总是忘记男人就是这样，当我反应过来时，我的手往往已经被捏到快散架了。不知道他到底想从这次较量中得到什么，只能希望他得偿所愿了。

"认识你太高兴了！"大伙伴说。

他转向费利克斯，两人立刻来了一套连环击掌，一通操作之后，他们以碰碰拳头、摆摆手指圆满收尾，显然没少排练。我连标准的握手都应付不来，而他们已经是好兄弟了。我带费利克斯走向课桌。这是他考试之前的最后一次复习课了，但傻子也能看出来，我唯一感兴趣的只有摸清这位大伙伴的底细。

"你们俩都一起做些什么呀？"

"好玩的。"费利克斯说，"上周我们玩了'激光追踪'。"

还有什么是这家人不外包的吗？

---

1 同一频道晚间播出的节目面向成人。

"很棒啊。"我说，"谁赢了？"

我已经想好了，如果费利克斯赢了，那一定是大伙伴不知廉耻地拍马屁；如果大伙伴赢了，我就可以谴责他以自我为中心。

"我们俩组队，"费利克斯说，"打败了另一队日本的游客。"

看看，这位大伙伴妥妥地种族歧视，错不了。

"你记得我滑雪时出的糗吗？"

"记得啊，"费利克斯咯咯笑了起来，"我正跟贾斯廷说呢。"

他和大伙伴当然已经在背后嘲笑我了。一山不容二虎，我必须得打败他。

新工作提示

工作编号：4124

科目：作业帮助

内容：双胞胎！两个美国男孩放学后需要个有趣活泼的人来帮忙。时薪为常规小时费率加5英镑。

地点：肯辛顿宫花园

时间：周一、周四下午5点

我：看看这地址！

佐耶：可以啊。四舍五入你教的就是威廉王子了。

5月14日，周四，肯辛顿

我真是中头彩了，人们常说肯辛顿宫花园是全英国最贵的街区，甚至可能是全世界最贵的街区。据传，某钢铁大亨曾掷金7000万英镑在这里买下一栋房子。我从道路一端走来，路过庞大的宫殿，觉得能借上课之机时常来转转也不错，说不定还能碰见威廉王子，或者至少在他边撒尿边从卫生间的窗户向外看时闯入他的眼帘。

走过肯辛顿宫之后，一栋栋婚礼蛋糕般精致的豪宅也一样富丽堂皇，毫不逊色，但当我最终来到目的地——一栋现代公寓大楼时，我发现楼的入口并不在肯辛顿宫花园里，其实从另一条街走过来要更方便些，根本不必途经这赫赫有名的邻街。不过我猜既然这家人的住处与王室只有一街之隔，撒些小小的善意的谎言就显得非常有诱惑力了。

这座大楼具备能够举办会议的宾馆的所有特征。除了一名门卫，整栋楼空空荡荡，安静得有点诡异。这里电梯效率惊人，我还没来得及对着镜子整理好发型，电梯门就开了，我就这样被径直带到客户家门前。双胞胎的妈妈贝琳达正等着我。

"见笑了。"她说着，示意我看她的嘴唇，"过敏了。"

我不由得观察了起来，发现她嘴唇肿起来是因为里面塞了丰唇的填充物。贝琳达穿着天鹅绒运动套装，身后跟着一只不断喘气的吉娃娃。她一边带我进屋，一边罗列她各种各样的过敏原，这下我的注意力更难以从她的嘴唇上移开了。如果她没有这样喋喋不休，我反而可能根本注意不到。

房间是米色的，仿佛没人住，衬托得窗外的公园胜景更加引人注目。我注意到一张椅子还用塑料布包着，也不知是刚刚送到还是某种特意为之的装饰风格。

"双胞胎在学校成绩可好了。"贝琳达说。

她说着，手指扫过几本练习册，连珠炮似的报着两人以往的考试成绩，像是《舞动奇迹》里过度亢奋的裁判。"10分！10分！9分！又是10分！"

听到她对自己的孩子如此自信，我暗暗松了口气，问她怎么会想雇个家教。

"呃，他们班上其他人都有啊。"

贝琳达的手机响起来了，她示意我沿着走廊一直往前走就能找到双胞胎了。走廊尽头的房间里有两个11岁的男孩，他们额前的头发翘得一模一样，正在玩电脑游戏。

"哟，是《侠盗猎车手》吗？"

"才不是呢。"二人异口同声，嫌弃地答道。

留个好印象的机会就这么一次，但我已经搞砸了。我还觉得自己挺潮的，至少不会提些《魔法师西蒙》之类老掉牙的游戏。

"你们是哈利和海登吧。"

他们彼此对视一眼，各自报上姓名。哈利是戴眼镜的那个，海登则没有眼镜。我立刻来了灵感，用哈利·波特来记不就好了！他们给我看了他们的作业，没有多说什么，直接就开始学习了。我坐回椅子上，有一搭没一搭地检查他们的进度，坚信我很快就能报告他们下一轮完美的成绩了。

"哈利，这个拼写得再仔细看看。"

哈利抬头看着我。

"我是海登。"

不对吧？哈利不是戴眼镜的那个吗？海登·波特听起来可不大对头，但是看样子我们也只能这么将就了。我很快改了口，让他们接着做作业。过了一会儿，哈利去了趟洗手间，海登继续埋头看书，而我的思绪则已经飘远了，盘算着回家的路上要不要用辅导双胞胎多赚到的5英镑时薪买下那个贵得要死的椰香甜甜圈。等我抬起头时，海登·波特正站在门边。

我又看了看海登，他不是在桌边看书吗？但坐在桌前的确确实实是哈利。应该是吧……我皱起眉头，满脸疑惑。

"我是海登。"海登说着，我权当他说的是真话吧。

"我是哈利。"哈利得意地笑着。

行吧，我懂了，你们两个小混球。但是我怎么就分不清这两个人呢？我很后悔没有给他们起个不那么容易混淆的绰号，比如臭蛋和罗恩·韦斯莱。臭蛋朝韦斯莱咧嘴一笑，我这才搞清楚状况。他们俩是故意的。他们要么是说了假话，要么是互换了眼镜，或者是每个人都有一副眼镜——我已经无力分辨了。

臭蛋和韦斯莱笑得打滚，显然是已经耍过不少人了，而且完全没有收手的意思，说不定以后他们还会写一部粗制滥造的喜剧《每对废柴双胞胎》[1]，再让他们老爸出钱搞一场百老汇演出。但当时，我脑中唯一的念头就是他们在嘲笑我。

1　英国歌手尼克·贝里1986年曾发行单曲《每个废柴都是赢家》(*Every Loser Wins*)，与《每对废柴双胞胎》(*Every Loser Twins*)仅差一个字母。该单曲曾于英国单曲榜上排名第一。

亲爱的马修：

感谢来稿，文稿已仔细阅读，只可惜与我司风格不符。

祝好！

迈克尔·萨切尔

帕拉韦尔影业

5 月 24 日，周日，滑铁卢

我开始质疑我的策略了，我是不是不该用仅有的一份匆匆写完的初稿吓跑所有我能想到的圈内人士。现在出席为年轻电影制作人举办的电影节时机尚不成熟，但是佐耶说我要是不去一定会后悔的。听说我最近在迪奥豪气撒钱之后，她甚至主动提出先给我买杯鸡尾酒。

我们坐在河的南岸，周围都是难得从平日紧张忙碌的工作里脱身，来这里放松的年轻人。我总觉得自己与他们格格不入。光是投稿被拒就已经让我非常煎熬了，更别说我现在觉得自己作为学习伙伴也不合格。我告诉佐耶我有些后悔接下双胞胎的工作了。

"有意思，"佐耶说，"又是男孩。"

我也注意到了，给自己的孩子选性别一致的家教似乎是普遍做法。大多数家长都明显表达出了这样的倾向，但佐耶认为这未必是出于安全的考虑，而更多是一种崇高的希望——希望能给孩子找个模范榜样。

"要是雇我来当男孩的模范榜样，那我可得给人家退钱。"

"胡说！"佐耶说，"他们给钱你就该拿着，而且女孩怎么就不能拿你当模范榜样了？"

"我谁的模范榜样都不想当！"

我给她讲了我面对大伙伴和他周身散发的男子气概时有多心虚。小时候，我父母对我和女孩子交朋友、收集森贝儿家族的过家家小玩偶这些小癖好不以为意，但我很快就在学校意识到，我要是不装出一副热情洋溢地给劳拉·克劳馥的胸投支持票的样子，日子恐怕会很难过。

"到底什么是大伙伴啊？"我说道，"他比我要高两英寸[1]呢。简直了。"

"马修，他又不是你的大伙伴。问题谁是费利克斯真正的小伙伴呢？"

我顿时无比同情费利克斯，又想起了圣莫里茨的闹剧。大伙伴的事先搁置，我开始真心实意地感到自己应该对他负责。

"你们已经有感情了，"佐耶说，"你现在正式加入伙伴豪华套餐了。"

"但是我根本没法让他好好学习。"

"陪他学习并不是你对他的唯一价值。"

"这话你该对他父母说。他们一门心思惦记着那些蠢得要命的考试。"

我以为佐耶会附和说那些考试没有比阿特丽斯说得那么重要，

---

1 1英寸等于2.54厘米。

但恰恰相反，佐耶也向我强调了考试的重要性。升学的压力相当大，竞争白热化，可能真要用过去的考试成绩和学校报告来定胜负。

"我的老天！那我真得让他好好用功了。"

"确实——如果你想保住这个饭碗的话。"

我当时并没有停下来想一想自己要不要继续为这家人工作，以免继续身陷这种扭曲的家庭氛围中。佐耶拍着胸脯保证以后一定会好起来的，随后向我传授了一个帮助她成功应对了棘手学生的妙招——和他们学校的老师见面谈一谈。

我们走进电影节大礼堂，到处都是像我一样心怀抱负的电影制作人。但是类似那些家教，我莫名地不愿承认他们也是活生生的人，有自己的梦想，有自己的剧本，甚至可能——但愿不要吧——比我的剧本写得更好。

电影节活动上，座谈的人努力把他们高度个人化的入行经历转化为放之四海而皆准的老生常谈。一位电视导演强调了勇于承担风险的重要性，说这是让别人注意到自己的唯一可行之道。虽然整个大礼堂的人都在听，但她这话显然是专门说给我听的嘛。活动结束后，我加快脚步，在出口处截住了她。

"您刚才那一番话真是让我醍醐灌顶。"我说道。

"能帮到大家就好。"她说着，准备转身离开。

"那……我能把我写的剧本发给您吗？"

比阿特丽斯：嘿，马修！你愿意和费利克斯的班主任谈谈真是太好了！好主意啊！！！卢卡斯小姐人特别好。我这就介绍你们认识！！

6月4日，周四，汉普斯特德

我还记得自己上小学时发现老师除了姓氏还有名字的时候，惊呆了的样子。现在我觉得，他们可能是故意想借此营造一些距离感。卢卡斯小姐看上去有些冷淡，表情应是经过多次细心调整的，避免留下任何话柄。我怀疑卢卡斯小姐每个工作日的日程都是精心安排好的，因为她欢迎我进入教室时的语气透着一股不情愿，暗示我这本来是一封邮件就能解决的事。

"太感谢您抽空见我了。"我说。

"是她逼你来的吧，是吧？"

"谁？"

"费利克斯的妈妈。我不会因为这个就改写费利克斯的报告的。"

"不不不，是我自己要来的。她说您是能和我谈谈的最佳人选。说实话，我已经没什么办法了。"

卢卡斯小姐露出一丝同情，伸手示意我坐下。

"这是情理之中的事，"她说，"我没教过比费利克斯更不爱学习的学生。"

我表示了赞同。但是她的解决办法呢？

卢卡斯小姐盯着我看了半晌："我想那是你分内的事。"

别呀。我大老远跑过来，以为卢卡斯小姐会明明白白地告诉我需要做什么，应该怎么做，这样我就能得到比阿特丽斯的赞许，在与大伙伴的竞争中占到先机。但卢卡斯小姐的话匣子才刚刚打开。

"他根本就不想用功。"她说道，"他内心有很深的抗拒。所以除非你能搬开这块拦路石——"

她说着，从桌下捡起一支不知道是谁掉的铅笔。我瞥了一眼挂满数学公式和图表的墙壁，心想卢卡斯小姐可能就算在睡梦里也能做长除法。她一边滔滔不绝地说着，一边不易察觉地眯了一下眼睛，我突然意识到，如果我走神就会立刻被她发现。我要是不当心点，她就要给我和费利克斯扣一分团体分了——上一次我遭此横祸还是上二年级的时候，当时我在我的一生之敌马修·詹西的填色本上乱涂乱画被抓个正着。我赶紧回过神来。

　　"方法我倒是有一个，"卢卡斯小姐说，"但是恐怕你不会乐意的。"

　　她看了看表。我们面谈正好用了 16 分钟，和她预想的情况一模一样。她要是抓紧时间，还来得及赶 17：04 的地铁到马斯韦尔山，我敢说她已经在冰箱里解冻好了美味的三文鱼排。

　　我告诉她我愿意接受任何建议。卢卡斯小姐拿起手包，向我露出了今天最温柔的微笑。

　　"我不禁好奇，可能有家教反而使他的情况更糟糕了。"

　　佐耶：我的老天爷！
　　佐耶：杀人诛心哪这是！

6月8日，周一，海格特

　　费利克斯无论如何都不肯告诉我他考得怎么样，我实在无法分辨他到底是考砸了，还是根本不在乎。在等成绩的这段时间，他的课程安排中已经明显能嗅到年末将近的气息。一名老师已经彻底躺平，干脆在上课时放《小魔女蒙娜》，另一名老师则布置了颇为复杂的作业——建一个撒克逊人的小村庄。对我来说，这项工作正中下怀，因为我可是从小看着《蓝色彼得》[1] 长大的。我报名参加了节目组的所有比赛，我相信自己是超越时代的天才，至今我都难以相信，在一次新温莎野生动物园的设计竞赛中，我设计的令人叹为观止的宽吻海豚保护区模型，最后竟然输给一个布里斯托尔来的土老帽，而他的设计思路无聊透顶，只是在原址上建一座气象站。现在，我终于有机会大显身手了。周六时，我已经给小村庄取好了优美的名字——潘多琳，也想好了要怎样颠覆性地使用灰篱笆墙来把它建起来。

我走进大厅时，比阿特丽斯正容光焕发地和大伙伴说着话。为什么女人见到我就不会容光焕发呢？

"马修，你们俩——"

"已经见过了。"我气鼓鼓地说。

"贾斯廷可以帮我做模型吗？"费利克斯问。

听到大伙伴说他乐意效劳，我忍不住皱起眉头。不过，很快我就意识到，我正好可以趁机扳回一局。要论做模型的造诣，大伙伴无论如何都不可能成为我的对手。来到游戏室后，我掏出全套建模材料，开始指点江山。

我一定要让费利克斯有参与感，但也不能让这么小的孩子担负起建起整个村庄的责任，不如把一些简单的初级任务交给费利克斯，

1　英国 BBC 儿童节目，含益智手工类内容。

比如让他充分发挥自己的创造性，让他给村子里的牛羊畜群做点水果什么的，主体结构和公共设施这些工作还是我亲自上阵吧。

"建个吊桥怎么样？"大伙伴问。

吊桥？毫无历史依据，我真丢不起这个脸。如果他给《蓝色彼得》的比赛提交过哪怕一次参赛作品，我都会鼓励他试试看。但是这既然是我们的合作项目，我必须纠正他。

"好！"费利克斯说。

我一言不发地看着大伙伴撕开我专门为纺织屋留出的硬纸板。费利克斯说的那一个字让我把话又咽了下去。提供准确的历史依据当然是我作为家教的职责，但是比大伙伴更讨费利克斯欢心也很重要，我不能总是做那个扫兴的人。我看了看大伙伴搭起来的庞然大物，肯定无法承担我打算用毛根条做的牛群的重量。

"超棒。"我说。

嘿，马修：

我读了你的剧本！有空我们通个电话吧。

阿曼达

6月19日，周五，象堡

"可能我不是合适的受众。"阿曼达说。

这样的开场白总是给我一种不祥的预感。不过，到目前为止，在独立自足小公寓的舒适空间里打电话，可能是我与行业会议距离最近的一次。阿曼达非常努力地想要先夸我一下，所以好消息是——我会写作吧！但坏消息是，我的剧本里几乎挑不出什么她欣赏的内容。

"这些角色总是说一套做一套。我不知道观众到底应该喜欢他们，还是讨厌他们。但我认为主要的问题是，我不知道你到底想表达什么。"

想表达什么？我从未想表达什么，我只想赢个奥斯卡金像奖。阿曼达一直在说我很有天赋，但她显然认为我不该想着一口吃成个胖子。

"你有没有考虑过写个短片？"

这真是奇耻大辱。我有那么多奇思妙想和连珠妙语，一个短片怎么可能容纳得下呢？不过，我倒是愿意采纳阿曼达的另一个建议，把我的剧本改成大众喜闻乐见的热门剧集，赢下注定属于它的奖项。她建议我将剧本暂时搁置几天，也许再读时会有些全新的见解，但老话不是说要趁热打铁吗？我下定决心立刻开始改写——不过人有三急，先去趟洗手间再说。但进到洗手间之后，我发现已经有一个高个子法国人在里面了，正在使用电动鼻毛修剪器。

"啊，抱歉。"他说道，意识到是自己没锁门。

"没事，我的错。"我随口应了一句。

回到房间后，我才逐渐反应过来刚才发生了什么。我的专属卫生间里为什么会有个法国人在修鼻毛？我为什么还乐呵呵地和他交谈，没有要求他立刻报上名来？我去找比布一问究竟时，她正在看电视，身上挂着两三个小孩子。我向她走了过去，她抬起头来。

"哦，对了！"她说，"咱们又有新房客了。"

"哦。他要用我的洗手间吗？"

"不不不，当然不会了。"比布说，"呃，好吧，确实会的。要不你还是别告诉他你也是这里的房客吧。"

"他已经看见我了！那我应该说自己是谁啊？"

我真不知道当时自己是怎么想的。以这个女人的个性，她一定会毫不犹豫地给我捏造一个新的身份，说不定连全套假发和道具都准备好了，让我接下来 6 个月都顶着这个假身份生活。但此时此刻，比布沉迷于真人秀《与我共进大餐》，什么都顾不上了。

"你随便编一个就行。"

佐耶：我跟你讲……写写比布呀！稳赢奥斯卡。

佐耶：不过那个女人不喜欢你的剧本还是蛮可惜的。

6 月 24 日，周三，肯辛顿

我心意已决，不能就这样成为那对双胞胎的手下败将。如果哈利或海登的学习成绩比海登或哈利差一点的话，那么区分哈利或海登和海登或哈利或许还有必要。但实际上，他们俩的成绩不相上下，所以就不必把他们区分开了。我决定暂且就按照双胞胎 1 号和双胞胎 2 号来记。

今天我到他们家的时候，两人脸上正挂着标志性的狡黠笑容。

但既然我已经剥夺了他们各自的个人身份，他们做什么都伤害不了我了。

"快告诉他。"双胞胎1号对双胞胎2号说。

"告诉我什么？"

双胞胎2号看着我，咧嘴一笑。

"你玩手机被我们抓到了。"

我早就发现，监督做作业是发短信的绝佳时机。我一点也没有负罪感——自从卢卡斯小姐企图扼杀我的职业生涯之后我就想好了，只要学生能不需要我帮忙独立完成作业，就算是我的胜利。我很想问问双胞胎2号，在他对着一篇关于红隼的无聊透顶的阅读理解苦思冥想并拿到6分时，除了玩手机他还指望我能做点什么。

"不只如此，我们还录下来了。"双胞胎1号说，"我们给妈看了。"

完蛋。我努力回想之前上课的时候我到底用手机干了些什么，但是我实在是没有头绪，我有可能给我妈发短信聊沉浸式表演《你我碰碰车》(一言难尽)，也可能读了一篇明年奥斯卡最佳女配角早期角逐者的深度报道。甚至还有那么一丁点可能，我忙于应付伊斯梅尔发来的调情短信，虽然我拒绝了他第二次约会的邀请，他却不肯就此放手。他的短信要是被发现了，我肯定会被开除。这节课上完的时候，我的心已经提到了嗓子眼，但贝琳达压根没从沙发上起身。

"谢了，马克！[1]"她兴高采烈地大声说道，"下周见！"

我一时间有些困惑。难道双胞胎在骗我？不对，他们应该全告诉她了，只是她毫不在乎。有了我，她就能告诉其他妈妈，她家里

1　原文如此，她记错了作者的名字。

也有家教，这就够了。双胞胎知道我的存在对他们其实是毫无意义的，我突然就对他们为什么要戏弄我有了全新的理解。这样的行为当然是有针对性的，只是他们针对的并不是我。

6月25日，周四，海格特

"波哥大就是这一点特别有意思。"佐拉伊达说。

我看了一眼她用诺索弗家的剩菜拼拼凑凑给我做的金枪鱼三明治，不禁屏住了呼吸。我从小就很反感这种味道，但我知道浪费粮食是佐拉伊达的心头大忌，只得告诉她，这看起来很好吃。根据佐拉伊达的说法，波哥大的有趣之处多着呢，她兴致勃勃、事无巨细地描述了一番，而这只是开了个头，她的逸闻清单还很长。很快，她又聊起波哥大的交通系统，并信誓旦旦地说这段故事可有意思了，但我有些不耐烦了。

"你有没有听说费利克斯考得如何呀？"我终于有机会问道。

上周就应该出考试成绩了，但是一周过去了，谁都没提这件事。费利克斯一口咬定自己什么都没听说，比阿特丽斯情绪极度紧绷，我根本不敢问她。我急着打听考试结果，甚至不惜向我一直刻意疏远的古斯塔夫套近乎，问他是否有任何能向我透露的消息，但古斯塔夫对此也一无所知。

那肯定是坏消息了。他们当然可以继续保持沉默，但是在目睹圣莫里茨发生的一切之后，我完全能想象到比阿特丽斯怎样嗫嚅着报出费利克斯的考试成绩，而乔治暴怒的声音在房间里回响。这时，比阿特丽斯走进来了。

"马修，他的成绩好极了！"

"我……你们什么时候知道成绩的？"

"就昨晚。"

"哦。"

"乔治不太满意，但是他从来就没满意过。"

我看了看成绩，并没有比阿特丽斯说得那么好，但是也没有我担心得那么差。费利克斯说他一点也不在乎，但我猜像往常一样，他的真实感受依然是个谜。他今天没有任何作业，急着想玩桌上足球。但我不想再参与任何体育活动，免得再次出丑，又要沦为大伙伴的笑柄。不过我也不得不承认，费利克斯应该得到奖励。

我的表现和我预期的一样糟，但我们玩的时候，费利克斯一直无拘无束地和我聊天。不知道是因为没有了压力，还是因为游戏分散了注意力，我们从迈克尔·杰克逊的死一直聊到人工授精现象。

"很好笑吧，人生这个东西？"费利克斯喃喃地说。

我还没反应过来，我们就开始聊他的父母了。他承认自己恨透了他们吵架，告诉我他最大的梦想就是搬到澳大利亚。

"我想住在大堡礁，"他一本正经地说，"这样就能住在水下的玻璃屋里了。"

我很乐意让他保留这种梦想。我以前从来没有看到过费利克斯的这一面。他的生命中有多少过客只是因为拿了他父母的钱才愿意陪他？可能赢得他的信任必然要花费一番精力和时间。但对我们在关系中刚刚建立的坦诚相待的精神，费利克斯显然有自己的理解。

他满脸真诚地看着我："你想知道我在拉便便的时候有什么梦想吗？"

我：嗯？你想知道吗？

佐耶：马修，我在吃饭。

7月4日，周六，威尔特郡

"哇！"我姑姑说，"你这一年听起来乐趣多多啊。"

我来到斯温登附近的一个乡村大礼堂参加家庭聚会。我姑姑的这番评价让我无法反驳，毕竟我刚刚给她讲了我乘坐私人专机的传奇旅程。把这一年多的经历串联起来，并拿掉我的感情生活和写作生涯，听起来倒也确实有趣。不过，我给爸妈汇报进展时就没那么乐观了，他们已经听过了我做家教时的所有故事，所以，唯一的新消息就是阿曼达对我的剧本极具杀伤力的评价。

"这不过是一家之言嘛。"我妈妈说。

"肯定会有伯乐欣赏它的。"我爸爸说。

"我给你们讲了没，我的新邻居有一条木头假腿？"我奶奶说，"他给我切了一块超大的蛋糕，却只配了一只小汤匙！不过他人很好的。"

我初次写剧本就选了暖心喜剧，场景设在虚构的登东新镇，原因其实很好理解。在出席聚会的家人里，我奶奶甚至都算不上古怪的。我的伯父迈克40年前在墨西哥乡下的一处村庄定居，这次只是刚好回英国。他一会儿讲邻居卡西尔多刚买的公牛，一会儿又吹嘘自己发明的太阳能电饭锅可以用来煮豆子，耗时仅 24 小时。家里有我伯父迈克这样的人总让我感到十分宽慰。我的大多数亲戚都是循规蹈矩的中产阶级上班族，而迈克则突然改变了自己的人生轨迹，出乎所有人的意料，但没有一个人对此评头论足。

"你们两个小伙子最近怎么样？"迈克问道。

他指的是我和我哥哥。我哥哥和我一样选择成为自由职业者，不过他是记者。迈克很满意地听着我们两个人的情况，但似乎没有意识到我们并没有试图找工作。

"你们有没有考虑过开家公司？"

我哥哥和我对视了一眼。

"您的意思是？"

"墨西哥有一种装在小金属盒子里卖的果汁。你们想想，要是把它引进到欧洲来卖，肯定能发大财。"

"小金属盒子里装果汁？就是盒装果汁吗？"

"这个名字好，"伯父迈克说，"盒装果汁。"

你好，马修：

可以给我回个电话吗？

可能有个工作要派给你……

菲莉帕

我：我天！

佐耶：不是吧?！

莫斯科

　　我不该坐公交去寡头家里的。一开始所有事情都异常顺利，我前一天到达机场的时候，一名司机正在等着我。奥列格身材粗短结实，额头留着厚厚的刘海，手里的接机牌上写的正是我的名字。我走向他，微笑着指了指接机牌，他随即面无表情地转身向停车场走去。一个小时后，他将我带到一个高档小区的租赁公寓里，脸上依然没有一丝表情，连刘海都没有移动分毫。

　　"太谢谢你了，"我说，"请问明天你什么时候来接我？"

　　"对。"奥列格说。

　　第二天早上，我在奥列格送我下车的地方等了半个小时才接受现实——他不会来了。自从菲莉帕告诉我有一个临时的急活，以及客户家的小男孩正在申请英国的寄宿学校后，这是我第一次有一丝喘息之机。

　　他原来的家教拿到了高盛集团的聘用通知，于是我通过接替别人的职位晋升一级，这在我的职业生涯中已经是第二次了，我甚至接过了他们为前一位家教订好的航班。但顺利的交接到此戛然而止。

奥列格擅离职守不说，自从落地之后我的手机也无法使用了。幸好我将客户的地址写了下来。我走近一位站在路边的丰腴中年女人，指了指纸上写下的地址。她盯着纸上的字，好像在看象形文字一样。我当即意识到，我的字可能跟象形文字也差不多。我竭尽全力把地址念了出来。

"卢比窝卡。"那女人说道，看上去一脸凝重，就好像我们人在中土，而我刚刚宣布接下来向魔多进发。她带我来到正确的公交前面，又在我手足无措地询问怎样付钱时给了我一枚亮闪闪的硬币作为车费。

公交上人很多，开了几站之后，一个穿着短夹克、汗津津的男人在我身边坐下了，嘴里念念有词。我完全听不懂他在说什么，只能礼貌地向他微笑，不料他却怒目以对，好像我刚刚给了他一个飞吻一样。我突然意识到，我身处一个对同性恋有强烈敌对情绪的国家，又毫无沟通交流的能力，可谓四面楚歌。我在动身之前就已经打定主意要把我的性取向瞒得密不透风，现在看来我必须时刻绷着脸才行了。

半个小时后，公交车逐渐驶离莫斯科郊区，驶入一片松林中，我开始担心自己会不会坐错车了。我努力回想着身边这个浑身是汗的男人上车时嘟囔的是什么，现在我越来越确信，他肯定是用俄语说："这是带土豆采摘工去西伯利亚的车吗？"可惜我无法回答是或不是，除非用手跟他比画。

这时我终于听到报站了，卢比窝卡——和刚才那个女人的发音一样神秘诡谲。我像听到有人宣布一场糟糕透顶的聚会终于散场一样从座位上一跃而起，跳下公交，至于余下的一车土豆采摘工，就让他们继续向冰天雪地的目的地进发好了。

我慢慢走下公路，但这里没有任何表明我来到了寡头地盘的迹象，除了篱墙我什么也看不到。我突然有种似曾相识的感觉。我家在多塞特，那里有一条穿过丛林的蜿蜒小路，那条路向来以两点著称：高昂的房价和车震。开车穿过这条路是绝佳的驾驶练习——特点二决定了这条路上会有零零散散停下的车，特点一则决定了这里会有长长的车道和高高的篱墙。来这种地方参加生日聚会之后，我才真正意识到这些房子有多大。

如果你们期待在这里看到一段生动描绘我在俄罗斯车震小区里的奇妙经历的文字，那我恐怕要让各位失望了。我很快就到了目的地，一路风平浪静，没有遇到什么奇怪的事。篱墙之后是一栋现代豪宅，外墙粉刷得十分精致，建筑风格似乎融合了装饰艺术派、杏仁霜和天线宝宝。我走过大门时，一只动物突然冲向我，我定睛一看，那是一只硕大的狗，但是它既没有耳朵也没有尾巴，口水正从嘴里哗哗地往外流。

"马亚特？[1]"

我抬起头，看见一位光彩照人的女士，30 多岁的样子，她站在门廊里，像拿手包一样抱着一只约克夏梗犬。我猜这应该就是我学生的妈妈玛丽亚了，但此时此刻那只大狗正在我的大腿根拱来拱去，在我身上蹭上了大片口水，这种状态下我很难确认面前的人到底是谁。

"我们把它的耳朵和尾巴剪了，"玛丽亚轻描淡写地说，"这样狼就不会咬人了。"

---

1 原文如此，她叫错了作者的名字。

等一下——狼？我不是没有想过接一份莫斯科的工作潜在的风险，但我万万没有想到被狼咬会是其中之一。玛丽亚邀请我进屋，大狗也想尾随我进来，却被玛丽亚关在了门外。

"它从来不进屋，"她笑着说，"看门狗。"

进来之后，玛丽亚给我介绍了她的约克夏梗犬多莉。多莉涂着和主人一样的红指甲，金色的毛发也梳成了和主人一样引人瞩目的造型。和看门狗相比，多莉的生活相当滋润，如此区别对待似乎不太符合传统的社会主义原则。我给玛丽亚讲了手机的问题，提出我可能需要一张新的手机卡。"不必了，马亚特，"玛丽亚说，"奥列格会给你拿一部新手机的。"

玛丽亚并不关心我是怎么过来的，以及我路上遭遇的各种困难是谁造成的，可能她不屑于为这等小事费神。她对带我参观房子倒是兴致盎然。这栋房子是他们根据自己的设计刚刚新建的，面积大到他们已经不知道该怎样填充这些空间了。

玛丽亚会在一进屋时报出每个房间的功能——卧室、浴室之类的，但慢慢地，她就想不出房间名了。有个房间里除了一台高尔夫推杆练习机和一台老爷钟什么都没有，还有个房间里只放着一个拳击吊袋、一台超声加湿器和一幅巨大的苹果静物画。参观厨房时，连玛丽亚自己也搞不清房间布局了。她递给我一根系着电子发光老鼠的逗猫棒，并指了指她的猫："请吧。"

我完全有理由相信，由于某种沟通失误，我千里迢迢飞到俄罗斯，就是为了逗寡头的猫玩一个月。但玛丽亚终于想起来她还有个儿子，他正在地下室，坐在一辆等比例复制的卡丁车里玩游戏，我要是在伯恩茅斯游戏厅看见这种卡丁车，一定会立刻花上 50 便士坐一次。他看上去温文尔雅，一副乖巧可人的样子，作为一个 10 岁的小男孩干净得有些异常，他长长的直发闪着光泽，去做护发产品的国际品牌大使也绰绰有余。

"这是尼基。"玛丽亚说。

"我是尼基。"他重复着，听起来有些迟疑。

"尼基塔？"我问道，这是中介告诉我的名字。

"尼基塔是女孩的名字。"

"尼基也是女孩的名字啊！"

尼基看起来很震惊。原来，中介的人说如果他想去英国上学，最好用名字的英式变体，所以才留了"尼基塔"这个名字。我努力想要解释清楚不同选项间的微妙差别，没想到却适得其反，最后玛丽亚坚信，最适合自己儿子的名字是"尼古拉斯·尼克"。尼古拉斯·尼克看起来忧心忡忡。我注意到他穿着曼彻斯特联足球俱乐部的衬衫，决定岔开话题，聊两句足球，希望能让他放松下来。

"啊，"我说，"你喜欢曼联啊。"

"不，"尼古拉斯·尼克彬彬有礼地说，"利物浦。"[1]

佐耶：怎么样啊？

佐耶：马修？？？

佐耶：这些消息没发出去啊……

佐耶：人呢？？？

---

1 这两支球队积怨颇深，球迷之间的摩擦和敌对情绪较多。

当天晚上，我们开车去城里和玛丽亚的丈夫共进晚餐。我满心期待着看看红场和那些有着穹顶的大教堂，但我们还没出郊区就停下了。餐厅的外墙没有任何特别之处，但一进门就能感受到，劳伦斯·卢埃林-鲍恩[1]的设计风格显然在俄罗斯被玩坏了。墙面上装饰着银色的贴花螺旋，餐厅正中间是一座喷泉——好像所有食客都在和一只呕吐不止的天鹅共进晚餐。玛丽亚激动地看着我。

"你喜欢吗？"

"嗯。"

"那就好。你可以什么时候想来就什么时候来，想吃什么就吃什么，因为……餐厅是我家开的！"

服务员引着我们向餐桌走去，玛丽亚边走边解释道，他们常去的那家莫斯科餐厅的景观已经被每天晚上堵得水泄不通的街道彻底毁了，他们不愿在喧嚣的环境里将就，干脆找了个更方便的位置，雇了主厨，按自己喜欢的风格装修，这样就能随时享受定制的就餐体验了。只要不考虑成本，这么做确实再合理不过了。

谢尔盖在房间的另一侧等我们。玛丽亚自豪地介绍说他的牛奶产量在俄罗斯数一数二，听起来好像他是什么产奶怪物一样。我一直想象着他有巨大的乳房，这样才好以惊人的速度产奶，但亲眼见到他时我却大失所望，他更像是某波罗的海小国第一名女首相的丈夫，在公共场所露脸时还有些害羞。

"欢迎欢迎，"他说道，"我们喜欢英国的一切。"

"确实！"玛丽亚说，"路虎揽胜。宾利。约克夏梗犬。"

---

1 英国知名商业室内设计师。

"你见过她了吗？"谢尔盖问。

我愣了一下才反应过来，他说的不是他的妻子，而是他妻子的狗。他们刚才也不是随便举几个例子，而是在列举他们的私人财产。

"我们也喜欢你。"谢尔盖说，"你是剑桥毕业的吧。"

菲莉帕从一开始就明确地告诉我，我的学位在家教圈子里是块耀眼的招牌，但在这里我的学历已经达到了设计师品牌的级别。谢尔盖问了些关于我如何在剑桥度过大学时光的问题，我一一回答，但他似乎没有完全理解我对大学体系的解释，我意识到我需要用他们能听懂的语言来说。

"有点像……哈利·波特！"

一家人大笑起来，一遍又一遍地重复着我的话。我松了口气——过去一年里，我一直努力想要把握伦敦不同区域微妙的阶级差异，而在这里，似乎供我发挥的空间要大一点。如果这么容易就能应付过去，也许我只要随便说几句"马麦酱"或者"帕丁顿熊"，就能成为莫斯科精英阶层的知名段子手。同时，菲莉帕也明确地说过，我能否成功就取决于我能否为科扎霍夫家族再送上一个享誉国际的英国品牌了——这是少有的他们用金钱买不来的东西。

"那么，"谢尔盖说着，突然紧张了起来，"我们要怎么拿到伊顿公学的名额？"

其实我也不知道怎么拿到伊顿公学的名额，要不是菲莉帕在最后关头决定让一个哈利·波特大学的毕业生顶上，这份工作也轮不到我。幸好尼古拉斯·尼克是我教过的最优秀的学生，他细心认真又勤奋好学，每次做错的题都会在日记本里整整齐齐地记下来。一

名校文凭

"喜欢英国的一切"

想到尼古拉斯·尼克有一天有可能会与霍勒斯和费利克斯这样的人在权力角逐之中一较高下，我就忍不住担心起自己国家未来的地缘政治和外交。他唯一的问题就是过于热切地使用英语俗语。我们上第一节课的时候，他把一支笔掉在了地上。

"哎哟起来没事啦！傻瓜吱呀乱叫！"他叫道。

尼古拉斯·尼克要到第二年8月才参加考试，所以现在确实毫无压力。在经历过费利克斯这种让人操心费劲的学生之后，我不敢相信自己居然能够如此幸运，不仅接下来的一个月基本上可以撒手不管，而且还拿到了一部性能上佳的苹果手机。但玛丽亚可不想就这样让自己的钱打了水漂。谢尔盖总是工作到很晚，这就意味着大多数情况下我都在家与尼古拉斯·尼克和玛丽亚共进晚餐。她坚持要我坐在餐桌主位，不论管家做了什么饭菜都亲自端给我。光是这样假扮相亲相爱一家人就已经很令人不安了，有一天，尼古拉斯·尼克因为吃饭时总是再要一份，赢得了"小猪猪"的称号，之后以"妈咪猪猪"和"爹地猪猪"称号正式确立我们之间的关系恐怕是躲不掉了。

佐耶：！！！

从那时起，我们猪猪一家人关系就越来越密切了。我觉得玛丽亚似乎希望我能填补她的丈夫留下的一切空白——当然，最重要的是要逗她开心。她教我一些俄语短句，我再如一只兢兢业业的凤头鹦鹉一般学舌，并且一直重复，直到榨干这些短句的全部娱乐价值。

"爹地猪猪"理解了自己应该扮演的角色之后，开始更加精心地设计这些表演。一天晚上，我将抹布顶在头上当作修女的头巾，倾情演唱了一首《音乐之声》电影的经典曲目《如何解决玛丽亚的问题》。玛丽亚显然没听过这首歌，她似乎以为我现场为她创作表演了一出原创作品。

　　"超级聪明的猪猪！"她叫道。

　　长久以来，我一直认为家长制是社会最大的毒瘤之一。但如今我坐上大家长位置后，我很难忽略它给我带来的好处。我已经做好充分准备，要好好享受我的统治，但第二天晚上，谢尔盖准时回家吃晚饭了。晚餐快结束的时候，玛丽亚问谁想吃最后一个饺子。

　　"你吃吧，爹地猪猪。"尼古拉斯·尼克微笑着对我说。

　　谢尔盖紧紧盯着自己的儿子。玛丽亚完全愣住了。我绝望地拼命思考把锅甩在俄罗斯车震小区这个段子上是会缓和气氛还是越描越黑。但尼古拉斯·尼克一脸无辜地解释了我们的昵称之后，谢尔盖并没有生气，反而被逗乐了。尽管如此，我们还是默契地达成了共识，只要谢尔盖在家，我们就不要用这些"猪猪"称号了。

　　佐耶：在我心里，你永远都是"爹地猪猪"。

　　玛丽亚刚刚开了一家美容院，她无比自豪地说自己是这家店的CEO。这是她和她最好的朋友尼娜共同开办的合资企业。尼娜身材高挑，总是很快活，像是玛丽亚的小跟班。尼娜常常过来开"商务会议"，主要内容一般就是尼娜以研发之名给玛丽亚做个按摩或是美甲。因为尼娜也很少见到谢尔盖，她自然也逐渐成为猪猪家族的

115

一员。很快，因为她有着令人羡慕的曼妙身材，我们决定给她冠以"靓妹猪猪"的称号。

"'靓妹猪猪'可以给你把脚做得美美的。"玛丽亚说。我听得云里雾里，但她没有多加解释，只是问我想不想去沙龙看看。美容院在莫斯科的一处工业区，离交通环岛很近，这里到处都是霓虹灯条和滥俗的标语，不过来到"肤浅之美美容院"后，气氛就完全不一样了。

首先，店名是用英文写的，光凭这一点，档次立刻就上去了。进入店内，顾客等候区的家具用了全套的紫红色人造革，不过没有任何迹象表明这里有真正付费的顾客。玛丽亚一边带我参观各个房间，一边罗列着服务项目。

"你可以做做眉蜡……也可以把疣子点掉……"

听她的口气像是要为我本人提供这些服务，我开始有些担心她真的打算这么干，说不定我要体验一遍胶原蛋白注射和全套脱毛服务才能走出美容院的大门。但玛丽亚没有忘记她的承诺，"靓妹猪猪"拿出自己的看家本事为我做了足部护理，而玛丽亚则在一旁给我们拍照——至于是用于店面宣传还是个人收藏，我就不得而知了。

我的美容院之旅成了当天晚餐的焦点话题。如往常一样，谢尔盖并不恼火，只是饶有兴趣地看着他的妻子从她最新的英国玩具中发掘各种价值。在此之前，他从来没有对我表现出任何兴趣，但这天晚餐快结束的时候，他邀请我坐宾利兜兜风。

玛丽亚和尼古拉斯·尼克和我一样惊讶，但谢尔盖的邀请显然是不容拒绝的。我们驶入夜色之中，谢尔盖开始为我一一解说路过的地方。虽然他机械的语调放在攻略网站上拿不到什么好评，但他对本地社区了如指掌，对篱墙之后那些房产的主人也烂熟于心。他指向一座庞大的建筑。

"这个是房子……后面，游泳池……再往后，停机坪！"

就这样，整栋建筑的布局突然赤裸裸地展现在了我的眼前。一分钟之后，我们又路过了另一处大院，谢尔盖告诉我房主的名字，然后兀自笑了起来。我茫然地看着他。

"很好笑的，因为他是个恐怖分子。"

"哈哈。"我挤出了两声笑。

我们终于到了街区的尽头，开出了卢比窝卡，驶向空荡荡的高速公路。谢尔盖似乎也是漫无目的地开车，可能并没有想过我们兜风要兜去哪里，只是现在就打道回府似乎有些太早了。我绞尽脑汁地没话找话。

"玛丽亚说你是俄罗斯最大的牛奶生产商之一。"

"是的。"

"你是怎么生产那么多牛奶的？"

"牛啊。"

"我知道——"

"400万头。"

"哇。"

没用的知识又增加了。幸好谢尔盖也没什么兴致了，我们掉头往家开去。到家后，玛丽亚和尼古拉斯·尼克已经睡了，我也迫不及待地想去睡觉，但谢尔盖意犹未尽。

"来吧！"他说，"这是传统项目。"

上次有客户跟我这么说的时候，我享受了私人主厨开车带着我

没话找话

和我的雪橇上山下山的待遇。我不得不承认，我很好奇参与怎样的深夜传统项目能获得俄罗斯超级富豪的青睐。

"猪油。"谢尔盖咧嘴一笑。

他解释道，这项传统其实就是边吃猪油片边喝下一杯又一杯伏特加，他说着就带我来到厨房，翻出冰箱里的存货。猪油居然出乎意料地好吃，伏特加却未如谢尔盖所愿成为我们之间化学反应的催化剂。过了一会儿，谢尔盖只得投降，打开电视，詹妮弗·洛佩兹的身影出现在屏幕上。

"她屁股挺大。"谢尔盖说。

一片沉默中，我们等待着下一首歌。我不知道谢尔盖如何看待同性恋，如果瑞奇·马丁扭着胯出现在屏幕上他又会有什么反应。谢天谢地，接下来出场的是 Jay-Z。

"我和蓝尼·克罗维兹吃过晚餐。"谢尔盖说，"辛迪·克劳馥也去了。她都 45 岁了，但很漂亮。她也有达米安·赫斯特的艺术品。"

第二天早晨，我们已经完全把男孩之夜抛在脑后了，只对外宣称一切圆满。玛丽亚笑而不语，她应该很清楚，要论待客之道，她的丈夫一定远不及她。几天后，她冲我眨了眨眼："今晚，咱们去唱卡拉 OK。"

我一直努力无视女性对我的兴趣，但在过去的一个月中，玛丽亚对我愈发亲昵，同时对我还没有女朋友表示难以置信。佐耶在短信里也不断地火上浇油，夸张地猜测玛丽亚可能在楼上拿着她在美容院拍的那些照片做什么。我忍不住猜想：谢尔盖不在的时候，"爹地猪猪"还有哪些额外职责？

那天晚上，玛丽亚开车载我们来到俄罗斯小有名气的卡拉OK连锁店"名人录"。我们刚到时，店里还没什么人，玛丽亚点了些鸡尾酒，我猜今晚的计划可能就是先喝酒热热身，等醉得差不多了再借着酒劲唱唱歌。玛丽亚却想直入主题。我盘算着选一首活泼轻快的歌，最好再带点娘娘腔。

"'I'm Yours'（《我是你的》）。"玛丽亚一脸灿烂地点了歌。

我起身唱歌，努力使自己的声音在能蒙混过关的前提下显得尽可能冷漠，毕竟欣赏表演的人是我的金主，而她又点了一首用歌词宣示对我的所有权的歌。一曲唱毕，玛丽亚疯狂鼓掌，随后去了卫生间。这时，我几乎可以确定她准备行动了。我在心里默默预演着所有可能的借口，从专业层面到道德层面，甚至做好了最终直接出柜的准备。

但玛丽亚从洗手间出来时，店里一阵喧闹。有人进来了，吸引了所有人的目光——一名身穿镶嵌装饰的皮夹克和牛仔靴的俄罗斯流行歌手在一群人的簇拥下走了进来。众人开始起哄，要求他献上一曲。大明星一开始佯装毫无兴趣，但显然，他来到莫斯科知名的卡拉OK店是有原因的。很快，他就开始表演自己的拿手曲目，观众疯狂地欢呼起来。

"马马虎虎。"玛丽亚说着，耸了耸肩。

人们已经开始起哄要求歌星再唱一首了。他笑了起来，摇摇头佯作推辞，但谁都能看得出他很快就会再回到台上。玛丽亚扭头看着我，满脸急切。

"詹姆斯·布朗特。"她说话的语气好像是在说紧急预案的暗号，"詹姆斯·布朗特！快上！"

我心领神会。"You're Beautiful"(《你很美丽》)风靡全球,但这首歌在俄罗斯尤其意义非凡。我曾向玛丽亚许诺一定会给她唱一次,而她一直将这首歌作为将今夜推向高潮的保留节目,却不承想正巧赶上这种机会。

没有人敢接在流行歌手之后上台表演,我走上台时,每个人都像看疯子一样看着我。但玛丽亚信心满满。我一开口,所有人都惊得倒抽一口冷气。一个喝得烂醉的人显然以为我就是詹姆斯·布朗特本人,说不定到现在他依然这么想。

但最开心的人还是玛丽亚。她本以为自己只能看一场私人演出,但眼下这场即兴欧洲电视金曲大赛比我们预想的有趣太多了。玛丽亚带头起立鼓掌欢呼。五分钟后,那位流行歌手起身黯然离去。

"爹地猪猪"就这样拿下了莫斯科。但"妈咪猪猪"醉得太厉害了,无法开车回家。她打了一通电话,一会儿就来了两个人,一个接过玛丽亚的车钥匙,另一个带我们走向他的车。你不得不承认,有钱人在让自己的生活过得更加舒适上真是在不断努力。

"我好累。"玛丽亚说着,我们两个人一起跟跟跄跄地上了车坐下。可惜出租车服务公司还没有想出在车后座加个床的点子,所以玛丽亚只能有气无力地将头枕在我的大腿上了。不得不承认,以前从来没有女性离我的生殖器官这么近,但我猜玛丽亚并没有预谋用这样的方法勾引我。这会儿她根本顾不上什么策略,只能跟着感觉走,本能地将我用作她眼下最需要的东西,而此时此刻她最需要的就是人形抱枕。不过,哪怕到了这种时候,玛丽亚仍然想着如何充分利用我。她迷迷糊糊地睡着,突然睁开眼,睡眼蒙眬地抬头看着我。

"下次咱们上对话课。就咱俩,找个小岛。要不就巴厘岛?"

佐耶：马修，说真的——你找到真命天女了。

几天之后，地下室打屁股的一幕就上演了。我拿不准谢尔盖到底是想借机联络感情还是宣示主权。也许他一直冷眼旁观我和他妻子的密切往来，默默计算着我的恶行应该挨多少下桦木条。但他打我屁股的行为也很有可能毫无恶意，因为我和他之间一点火花也擦不出来，而这种仪式可能是最能拉近我们二人距离的方式了。

但无论如何，玛丽亚完全没有掩饰自己心思的意图。我离开的前一天，她开车带我和尼古拉斯·尼克来到附近的公园。我们来到一个可以俯瞰全城的地方，玛丽亚带我们来到一处长椅前，上面被年轻的恋人用记号笔涂满了甜言蜜语。

"献给可爱的人。"玛丽亚说。

我们坐在那里看日落，周围有年轻的情侣边牵着手散步边喝着塑料瓶装的啤酒。我无法想象这是寡头的妻子做出来的事情，这让我不禁好奇，玛丽亚将自己的餐厅和美容院开在郊区到底是图方便，还是她感到这样比身处一群城市精英中要舒服自在。

"马修，我给你准备了一份礼物。"玛丽亚说，"我自己设计的。专门为你设计的。"

她从包里掏出了一个精美的包裹递给我。打开包装后，里面是一个定制的丝绸靠垫，印着她的约克夏梗犬多莉的照片。照片是在摄影棚里拍的，小狗的外套被整理得一丝不苟，小狗头上顶着红色的蝴蝶结，照片底下印着一行字——"来自俄罗斯的爱"。

苏格兰

我在莫斯科收到的薪水是迄今为止最大的一笔钱。在伦敦工作时，我单次工作时长很难超过 1 小时，但在俄罗斯，不管我是否教书，每天都能拿 4 小时的薪水，而且整整一个月没有任何开销。

这是自我记事以来第一次手里有了闲钱，理性地把它存起来自然是不可能的，但夏天已经快过完了，能花钱的地方非常有限。有一天，我读到一篇文章，里面提到蒂尔达·斯文顿[1]组织的旅行电影节。这听起来实在很像个恶作剧，或者最多就是伦敦大学金匠学院学生的某种艺术作品。但我想错了——真有这么个网站，邀请参与者花一周的时间与移动影院一起横跨苏格兰。买了票后，我立刻收到了一封落款为蒂尔达的邮件，里面引用了些罗伯特·布列松的名言，还有些实用的小贴士，比如因弗内斯有哪些餐厅可以花不到 10 英镑就吃上一顿晚餐。

---

1 蒂尔达·斯文顿，英国演员，代表作有《纳尼亚传奇》《雪国列车》《英格兰末日》等。

"我刚刚收到蒂尔达·斯文顿的邮件了。"我向妈妈宣布道。

"那挺好，"我妈说，"我还收到过乔尼·博登[1]的邮件呢。"

我回多塞特主要是为了偷偷拿走我爸妈的野营设备。他们很乐意把帐篷借给我，但是我妈妈不肯让我用她最喜欢的锅，她说这口锅承载着她妈妈用它来做面包酱的记忆。我不太理解为什么我不能再用这口锅创造一些新的记忆，比如说为奥斯卡金像奖得主蒂尔达·斯文顿煮些豆子汤。不知道怎么回事，我马上就要去见大明星，我爸妈却不怎么激动。

我从多塞特转了两趟火车和一趟汽车才到达苏格兰高地。到集合地点后，我一眼就看见了获得了奥斯卡金像奖的女演员，她身边围着一群穿着厚风衣、叽叽喳喳的电影发烧友。她留着浅金色的短发，气场非常强，总是让人不由自主地想盯着她看。

现在我终于见到她了，却不太确定自己怀着怎样的期待来到这里。我和别人随便聊了聊，有个人告诉我他来这里只有一个目的，就是让蒂尔达读一读他的短片剧本。我突然觉得如释重负，至少我没有这种蠢想法。但不是所有人都这么愤世嫉俗。我和一位戴着草帽的友好的美国女士攀谈起来。

"我爱死蒂尔达了，"她快活地说，"但是我不太喜欢她的电影。我以前在 MySpace[2] 上玩角色扮演，演的就是她在电影《纳尼亚传奇》演的白女巫的秃头仆人。"

我很快发现，在这场朝圣之旅中，每个人都在分散我的注意力。

1　乔尼·博登，英国企业家，其公司博登服饰主要通过在线目录和邮寄销售，直到 2015 年才有线下实体店。
2　一个社交网络服务网站。

同行的人中有个人和我年龄相仿，叫彼得，他身材矮小，长着一张娃娃脸，是来自加拿大的电影新闻记者——我知道这些不是因为他告诉了我，而是因为到苏格兰之前我就在电影节的 Facebook 小组里看到了他，然后立刻和佐耶严肃地探讨他更适合当我的丈夫还是夏日的露水情人。

但是，很快这两种希望就都破灭了，我发现彼得和一个名叫托比的德国学生好上了。不过我们三人逐渐熟悉起来，成了朋友，之前那两个选项也被我抛在了脑后。每到达新城市，到当天晚上电影放映时间，我们总是聚在移动影院的最后排，抱着一箱红酒从头笑到尾，等电影结束后再找一片草地或者湖滨，一直聊到深夜。

"那部电影真是给我留下心理阴影了，"彼得说，"里面的反派让我想起一个直男，有一次他逼我坐在他脸上叫他爸爸。"

不管什么场景，托比和彼得总有故事可以讲。我在剑桥度过了三年时光，却从来没遇见过任何人，能像他们这样轻描淡写地讲出这么疯狂的经历。我听得入迷。

"伦敦的男人是什么样的？"一天晚上，托比这样问我。

我有些心虚，可能我并不适合回答这个问题。自从搬到伦敦，我倒是去过一家古怪的同性恋酒吧，但是因为工作时我需要隐瞒自己的性取向，私人生活也逐渐受到了影响。仅有的那几次不温不火的邂逅与这两位新同性恋伙伴讲述的惊天冒险完全不是一个级别。

"天哪！"我回答道，"我不知道从哪里说起。"

一周的时间飞快地过去了。大家聚在一起，又哄然散去，我甚至没能记住他们的名字，大家都是这样的感受。每一天我们都有机会重新开始,不光我的个人生活迎来转机,有人问我做什么工作时,我也不再遮遮掩掩地开玩笑说我靠给小孩子做作业过活,而是轻快地回复:"哦,就是写写剧本教教书啦。"很快,被阿曼达拒绝的经历就被我写进了与一位知名导演合著的电影剧本里。

最后一天晚上,我们从超市买了很多伏特加,几乎快要抱不动,然后来到海滩上,一直待到日出时分。第二天,我跌跌撞撞地回到城里,跳上回家的火车。过去的一周,信号时断时续,手机又常常没电,这是一周以来我第一次与外界联系。我立刻给佐耶发了短信。

说出来你可能不信,昨晚我和蒂尔达一起裸泳来着,然后在海滩上和我的苏格兰情人、达斯汀·兰斯·布莱克的前任,以及一个德国模特深情地吻作一团。

严格来说,这些都是谎话。我和奥斯卡金像奖得主都没有半夜跑去裸泳;托比当然很有吸引力,但他不是模特;彼得和达斯汀·兰斯·布莱克只是一夜情;所谓"苏格兰情人"其实就是当地的小伙子,他喝了太多廉价威士忌后莫名其妙加入了我们。

但从另一个角度来讲,我也不全是在说谎。在我心里,在苏格兰时的我完全是另一个人——我不再是单身孤独的笨拙家教,而是无拘无束的青年作家,恣意徜徉在自由之中,灵感不断迸发。可惜这段旅程结束了,我已经拿到了新学年的客户清单,不用我说你们也知道他们会见到的是哪个版本的我。唯一的问题就是,我还能坚持扮演家教多久。

YEAR TWO　　第二年

2009 年秋季学期

新工作提示

工作编号：4417

内容：伯蒂正在申请圣保罗公学。他的妈妈约卡斯达想约候选人在"电力小屋"喝杯咖啡。

地点：诺丁山

时间：周四下午4点

9月8日，周二，诺丁山

我还没回到英格兰，菲莉帕就发邮件告诉我开学季对有经验的家教需求量很大。我倒不觉得自己算是有经验的家教，因为我现在

129

想重点关注入学考试准备，不再做学习伙伴。我希望这能让我的目标更明确，更不用说之前科扎霍夫家为了追求他们的目标可是付了我一大笔钱。

我上网查了"电力小屋"，看起来还挺不错的，它是苏活精英创作者俱乐部的支部。我接着搜索发现，约卡斯达是一名时尚设计师，也是伦敦各种聚会的常客。这样看来，她的价值就不仅是潜在客户了，而是潜在的最新闺密。

如果不是玛丽亚，我也不会这么想。但玛丽亚让我认识到，我与核心客户的关系不一定要通过孩子建立，与父母直接建立联系也完全可行。约卡斯达过着光鲜的生活，但说不定我这样的人会让她很有新鲜感。她可能会逐渐开始信任我的判断，抛弃她的亲密朋友，带着我乘飞机参加米兰时装周，好让我为拉夫·西蒙斯新品设计出谋划策。

我走进"电力小屋"时她正坐在吧台旁，一边翻阅行业杂志一边小口啜饮拿铁咖啡，我猜里面加的不是牛奶。她有着一头棕色卷发，身穿蓝色皮夹克，我猜这身衣服背后一定有什么可爱的小故事，故事很可能涉及在科文特花园旁边的街道上邂逅了她从圣保罗公学毕业典礼上就开始关注的性感年轻设计师。

"你不介意吧？"我刚刚坐好，约卡斯达就问道，"伯蒂的上一个家教完全搞错了。"

我很想告诉她，我完全不可能介意和最近出现在薇薇恩·韦斯特伍德[1]公司照片中的女人见面，但我知道我还是应该表现得淡定一

1　薇薇恩·韦斯特伍德，英国时装大师，建立以自己名字为名的服装品牌。

点。也许伯蒂的上一个家教的问题就出在这里。

"入学录取现在就像噩梦，"约卡斯达哀叹道，"那种焦虑、各种明争暗斗、对刷报告的执念。"

"噢！我的天哪，"我附和道，"真的就像噩梦。"

"那你有什么被圣保罗公学录取的小窍门吗？"

我顿了顿，故作沉吟地冲她一笑，假装自己有什么不愿轻易和盘托出的秘诀。菲莉帕可以随手把我塞进竞争激烈的辅导入学考试的家教行列，但我在莫斯科的经历丝毫没能把我变成这方面的专家。

"我的父母都是老师，"我说道，心想这么说可能会让我瞎编的鬼话听起来权威一点，"当然，现在基本全靠面试了。"

约卡斯达向前探了探身，好像我是预言家一样。

"我不是说笔试不重要，"我接着说，小心翼翼地确保自己的话滴水不漏，"但是很多人都是在面试这关倒下的。"

其实你仔细想想就会发现，我实际上等于什么也没说。但是约卡斯达完全被我说服了。她立刻开始以意识流的手法给我讲她儿子的情况，而我则满脸同情地频频点头。不一会儿，房间另一头的一名演员吸引了我的注意力，我很确定之前在电视上见过他，他在塔姆金·奥斯威特主演的剧里当配角。

"你同意真是太好了，"约卡斯达说，但其实我对自己到底同意了些什么毫无头绪，"我觉得你非常适合伯蒂。"

我信誓旦旦地让她放心，暗自后悔刚才没有认真听听这个男孩的情况就夸下海口说我们志同道合。约卡斯达扫了一眼手机，说自己有事得离开了，我突然有些怀疑她是不是也在狡黠地演一出戏，导致我又上当了，再次接下一个令人头大的学生。她看向房间另一边，显然关注点已经不在我身上了，我之前怎么想的，竟然觉得她会对我有兴趣？说不定她已经打算以后都让保姆来打发我，不会再跟我费口舌了。

我抬起头，正看见我刚刚认出的那个演员冲我们大步走过来。

"托拜厄斯，"约卡斯达随意地打了个招呼，"这是我朋友马修。"

比阿特丽斯：马修，你明天一大早可以过来吗？我们想和你简单聊聊费利克斯的情况。抱抱。

9 月 12 日，周六，海格特

"我就是圣保罗公学毕业的，"乔治说，"诺索弗家的男人都得去那里。"

费利克斯看起来好像想找个地缝钻进去一样。暑假期间，诺索弗一家去了趟他们在肯尼亚的私人农场，我对这次旅行能改变费利克斯的学习态度不抱任何希望。

圣保罗公学是公认的伦敦顶尖男校，我有两位客户将这所学校当作首选不足为奇。与约卡斯达见面时，这事听起来好像还挺稀奇。但是，如果连乔治都愿意抽出 5 分钟和我讨论，也许入学这事比我想得严肃多了。

"我们觉得最好还是……和你谈谈。"比阿特丽斯说。

"把那玩意儿给他看看。"乔治说。

比阿特丽斯拿出费利克斯的暑假练习册。

"唉！马修，"比阿特丽斯说，"这看上去像是醉酒的狒狒写的。"

我相当确定育儿书肯定不建议当着孩子说这样的话，但是费利克斯一副不为所动的样子，我甚至怀疑是不是比阿特丽斯真的说中了，他确实花钱雇了狒狒来帮他写作业。我看了看他的练习册，平心而论，他比醉酒狒狒的水平还是高多了，只是再想找出什么优点也很困难了。

"如果他就是这个水平，"乔治说道，"还有希望进圣保罗公学吗？"

"希望当然有了。"

这也不算是假话，哪怕百万分之一的希望也是希望啊。

"这学校的选拔过程真的非常离谱。"比阿特丽斯叹气道。

圣保罗公学到底对申请人做什么了？我怎么在毫不知情的情况下，就接了两个这样的任务？

"他只申请圣保罗公学一所学校吗？"

"对啊！"乔治站起身，不耐烦地说。不知道这样简单粗暴地结束一段对话的习惯他有没有和心理治疗师聊过，不过我想现在不是问这个问题的时候。

"这是为了确保你能被圣保罗公学录取。"乔治对费利克斯说，"不然你永远没有足够的动力为一件事全力以赴。"

佐耶：我等不及要见你了！到车站后发消息给我！

9月18日，周五，肯特郡

过了 24 岁生日基本就算步入老年了，我必须得做点能让自己宽心的事。我本想在我独立自足的小公寓里办个生日派对，又突然想起我的朋友多半在我的误导下相信我住着顶级豪华套房。我也考虑过干脆在别人家办派对，但那群与我同龄却已经坐拥大宅的人绝对不在我的邀请之列。左右为难时，突然有人伸出了援手——婴儿潮一代。佐耶的父母要出门一段时间，不知为何，他们很乐意让我们借用他们在肯特郡的房子。

我提前一天坐火车赶过去，帮佐耶做准备。我很想说我们在筹备一场彻夜狂欢派对，但实际上我们筹备的只是一顿晚餐。与其死死抓住青春的尾巴不放手，不如向自己和他人证明我现在已经是个有品位和深度的成年人了。

"你带了餐巾吗？"佐耶在车站一接到我就问。

"完蛋。"

我的计划泡汤了。不过，在客人来之前，我们还有一点时间可以挽救局面。在绕路去超市的路上，我们聊起了当家教的事。佐耶最近正舒舒服服地教着中学高级考试的英语课——这项任务目标明确，意义重大。我承认说我的客户如临大敌般地对待入学考试让我感到非常意外。

"这有什么好意外的？"佐耶说，"这对他们来说可是天大的事。"

"但是他们有那么多学校可以选啊。"

"你开玩笑吗？他们绝对不可能把孩子送到一所名不见经传的公

立学校去。"

我心知肚明，私立学校也分三六九等。我上的学校有独立的剧院、体育中心和大草坪，但在某些父母眼中，我的学校完全不值得考虑，这实在荒谬。

"像圣保罗公学这种学校……其实更像大学，"佐耶解释道，"只要能上牛津剑桥，你就已经遥遥领先了，等你毕业的时候，整个世界都任你指挥。这就是一块金字招牌。"

这就能解释为什么有像尼克这样的人了。我这时又想起他，主要是因为我从苏格兰回来后不久，便得知他请到了一名传奇戏剧女演员出演他的最新戏剧。上一秒我还在为亲眼见到著名女演员沾沾自喜，下一秒我就开始质疑我的每一个选择，感到心灰意冷。我告诉佐耶我还是更喜欢自己在苏格兰时的状态。

佐耶毫不意外："每个人度假时都会变成另一个人。"

事情要是有这么简单就好了。我知道如果我能埋头苦干写出那份奥斯卡级别的剧本，这些问题都会自然而然地烟消云散。但佐耶建议我，与其在所有的空闲时间里为我的写作生涯黯然神伤，不妨想想除了做家教，还能从其他什么事情中找些乐子。

"这么说你和那个意大利人进展还挺顺利的？"

"是挺顺利的，"佐耶说，"不过我指的不光是约会，你还可以做些其他事嘛，比如养养蜜蜂什么的。"

"行吧，"我说，"那我就在这两项里选一个好了。"

马修，你好：

感谢你对我们周末的活动感兴趣，我马上把具体内容转发过去。

期待在活动现场见到你！

马丁：）

10 月 10 日，周六，芬斯伯里

大概一两周的时间里，我对如何践行佐耶的建议毫无头绪。有一天，我看了《米尔克》[1]，决定我该为同性解放运动出一分力了。电影中，不惑之年的哈维·米尔克突然意识到他从未做过什么自己引以为豪的事，由此萌生了想要行动起来的想法。

我倒是没有到那个阶段，但我上次做志愿者已经是上学时候的事了，那时我参与的志愿者项目是在养老院表演未经彩排的《吉尔伯特与沙利文》，而且我去参加那个也是为了逃掉橄榄球训练。

我给一家知名慈善组织发了邮件，询问他们是否提供志愿服务的机会。自 1533 年《性悖轨法案》颁布以后，整个国家在同性恋问题上取得了巨大进步，现在慈善组织的工作重点是解决学校和工作场所的恐同问题。我联系上一个叫马丁的人，他建议我担任青年导师，为在学校和大学发起反霸凌运动的年轻人提供支持。不过，首先我们得带他们去打保龄球。

马丁胖乎乎的，总是笑眯眯的，他一定是那种能在尼娜心情不好时，精确挑到她喜欢的猫猫视频逗她开心的人。我们在他选定的

1　一名同性活动家的传记电影。

136

保龄球场门前集合。我不确定同性权益的未来之星们会如何看待伦敦最怀旧的娱乐场所，但我看到他们第一眼时就知道，这些年轻人未来可期。他们自信满满地大步走来，这样的自信是我在他们那个年纪时想都不敢想的。

保龄球道旁人很多，有第一次出来约会全程傻笑的情侣，有醉到没法直线投球的年轻人，还有一群每次投出好球都像孔雀一样趾高气扬的男人。我们也开始玩了，有人称赞我的后旋球角度清奇，但当所有人看到这后旋球的命中率后，他们渐渐沉默了。我不知道除了在他们面前装成熟，我还能做些什么，还好马丁及时出现，并让我去订 16 份薯片，我如释重负。我来到酒吧，两个参加活动的年轻人正在这里聊得激动。

"我觉得敢于展现与众不同的自我太重要了。"家住伯明翰的海伦说道，她这话不光在说性取向，她独树一帜的绿色平头短发也证明了这一点。

我觉得自己就是个骗子，这些年轻人要是知道我在工作时隐瞒了自己的性取向，又会怎么想？我做家教时倒也没有把自己伪装成钢铁直男，只是我刻意隐瞒了相关信息，因为回避问题总好过公然撒谎，况且我本来也不必在工作中把个人信息和盘托出。最初这种做法看起来只是常规的职业行为，或者至少是个不错的策略，但随着我与客户之间的关系愈发密切，我开始觉得自己在欺骗他们。

我向保龄球道那边走去，马丁看到我回来了。

"你觉得我们这些年轻人和你教的超级富豪家的孩子比怎么样？那些孩子有这么酷吗？"

"哈哈！他们根本没法比。"

佐耶：那些孩子怎么样？

我：超级快活，超级同性恋。

佐耶：我真为他们高兴！

10月15日，周四，诺丁山

我和一个羊驼标本面对面站着，羊驼旁边还有一座戴牛仔帽的希腊哲学家仿大理石雕像，我身旁是一座铜钟，上面写着"如果感到愉悦，你就敲敲钟"。正常情况下我一定会抖个机灵，开玩笑说要是把手指伸进钟里，钟应该会感到无与伦比的"愉悦"，但这里的气氛让我无法插科打诨。

"要不要来一杯慢金酒？"约卡斯达问道。

"要不还是来杯快点的吧。"我回答说。

"我是说黑刺李杜松子酒[1]。"约卡斯达大笑说，"伯蒂要晚些到，他正从他爸爸那边赶过来。"

她带我来到客厅，这里的书从地板一直堆到天花板。这房子像是把出版社搬到家里来了，这也让我愈发想要打入约卡斯达的朋友圈。唯一格格不入的是躺椅上的巴哥犬，它彻底躺平，陷进躺椅的垫子里，睡相完全说不上优雅，它原本就不太顺畅的呼吸也变得更艰难了。它每吸一口气就要发出咯咯的声音，时喘时停，听起来气

---

1 英文黑刺李（sloe）与慢（slow）同音。

管随时可能彻底堵死。但约卡斯达一点也不担心。我们听到了大门打开的声音。

"是你吗，宝贝？"

"是我！"一个童音欢快地高声答道，"我是凯茜，我回来啦！[1]"

约卡斯达转头看向我："你懂我的意思了吧？"

我其实不太懂，因为之前见面谈话进行到关键阶段时我走神了。但如果她那时和我说的是她儿子喜欢把凯特·布什的歌词加进日常对话里，我一定会欣然应承。伯蒂今年 11 岁，他身上自然而然地流露出一种优雅气质，融合了他身上的孩子气和超出他年龄的成熟。

他看了看我，不断拨动着额前的刘海，就好像他花了好几个小时研究扎克·埃夫隆的电影才整出了这个理想发型。我顿时与他惺惺相惜起来。约卡斯达询问伯蒂的爸爸有没有给他吃什么零食，得到否定的答复之后，她一副很欣慰的样子。

"快先去吃点东西吧！不然你一会儿肯定要把我们可怜的老马修折腾坏了。"

"好吧，"伯蒂说，"不过家里最好还有福卡恰。"

约卡斯达和我担心这样的噩梦成真，赶忙跟着伯蒂走进厨房，我看见他以惊人的娴熟手法做好了一个福卡恰三明治，质量拿到店里去卖也绰绰有余。

"这是他的又一个天赋了，"约卡斯达赞许地说，"他一直是个出色的小厨师。"

伯蒂看着我，歪着嘴角一笑。

1　取自英国 20 世纪 80 年代摇滚女星凯特·布什的歌词。

"我可真是个小天才呀。"

这个评价着实让我无法反驳。我很想说，他让我想起了我自己在这个年纪时的样子，但是就像面对保龄球道旁那群十几岁的年轻人时一样，我做梦都不敢想象自己像他们这样自信。不过，伯蒂还是感受到了一股不同寻常的气氛。开始上课十分钟后，他装出一副若无其事的样子问我："你有女朋友吗？"

"没有。"

"你笑什么呀？"

"我没笑！"

我敦促他专心学习。不过，事实证明，伯蒂和尼古拉斯·尼克都是好学生，我问什么问题他都对答如流，教学大纲里的内容也烂熟于心。伯蒂大概是对自己的才华感到厌倦了，开始换成标准的得克萨斯州口音回答我的问题。很快，他又开始高声扮演一名富有且多情的美国交际花。

"凯文真是个甜心，而史蒂夫——可人的宝贝。"伯蒂沉吟道，"但我把自己的真心留在了南汉普顿，留给了巧克力大亨比尔。"

课快上完的时候，我忍不住告诉约卡斯达，相比另一个在同一个预科学校，同样以圣保罗公学为目标的客户的孩子来说，她这边的情况可要好多了。

"你说的不会是比阿特丽斯·诺索弗吧？"约卡斯达说。

我承认我说的客户正是她。

"我和她很熟，"约卡斯达这样说着，脸色却很难看，"伯蒂和费利克斯是好朋友。"

140

10 月 21 日，周三，汉普郡

"才不是呢！"费利克斯说，"他是个彻头彻尾的同性恋。"

"费利克斯！"比阿特丽斯制止道，"伯蒂是个很可爱的男孩子。"

比阿特丽斯带着费利克斯来车站接我，现在是期中假期，他们要去乡间别墅度假。自从我在谷歌地图上用实景地图的功能查了这个地方之后，我就一直暗暗期待着能来一次。费利克斯的考试进入了倒计时，这就意味着这一周的时间非常宝贵，不容浪费。

在伦敦，诺索弗一家去哪里都有司机送他们——我也终于意识到"私人司机"这种说法这么常见——而我们来到这处房产前，并沿着私家车道往前走时，比阿特丽斯表现得像是在巴尔莫勒尔的英国女王，只是想体验一下普通人的生活。不过，这车道的长度却完全不普通，似乎怎么走也走不到头。

"我们到了！"比阿特丽斯终于说。

我们走过转角，一座巨大的庄园宅邸映入眼帘。无论始建这座庄园的公爵或者伯爵是谁，这景色显然都值得人们赞叹一声"哇哦"，但我正学着不要对这类事物做出反应。科扎霍夫家可能喜欢我惊叹于他们的奢靡与财富，但比阿特丽斯一定希望我假装这只是一座老房子。不过，今天的重要活动就让她无法掩饰她激动的心情了，这项活动也是庄园主引以为傲的快乐源泉——猎野鸡。

"第一轮费利克斯可以不来，但是第二轮一定不能错过。"比阿特丽斯说，"所以你们学习一个小时之后，比夫会用小车赶你过来的。"

这听起来像是金融家雅各布·里斯–莫格出的数学题，不过我猜如果比夫准备好要赶我过来，我到时候会知道的。而在此之前，

141

费利克斯还有更大的问题亟待解决。入学考试的第一步是资格考试，主要考查文字逻辑推理和图形逻辑推理。考逻辑推理是为了测试候选人的天赋，因为出题人认为这是不能提前准备的，只是私人家教产业从业者可就不这么想了。

"来吧！"我对费利克斯说，"看你能不能解出这一题。5个人住在一个公寓单元里，埃米住在约翰和玛丽之间，萨拉住在一楼，苏珊住在玛丽楼下，约翰住在5号房。那么谁住在4号房？"

"玛丽。"

"不对。"

"苏珊。"

"不对。"

"保罗。"

"根本就没有叫保罗的人。"

我努力向费利克斯解释，这样的问题不仔细思考是不可能回答出来的。当然，如果你满心想着猎野鸡，也不可能回答出来。刚刚到11点，费利克斯突然起身，显然传统猎野鸡的时间安排已经深深刻进了他的生物钟。比夫是个性情暴躁的管家，他正在高尔夫小车里等着我们。

我非常崇拜任何敢于在工作期间公开表现暴躁情绪的员工，但我不知道他这么暴躁是不是因为他的真名是"特里"，而有人不顾他的反对强行给他扣上了一个昵称。我想和他寒暄几句，最初他无视我的努力，直到他得知我也是员工，不在猎野鸡一行人之列，我们就立刻成了最佳盟友。

"这些人过个周末就要花5000英镑！"比夫冷笑道，似乎毫不在意费利克斯能不能听到，"你知道他们给我儿子付多少钱吗？30
英镑。"

"你儿子是做什么的？"

"他是驱猎人。"

"驱猎人？"

"对啊，驱赶那些鸟的。"

我突然意识到我对猎野鸡这项活动几乎一无所知，不禁担心这
会不会比我预想的更加暴力。但现在没时间再问问题了，我们已经
到了狩猎场。乔治和比阿特丽斯正带着10多个人有说有笑地挥舞着
枪。比阿特丽斯似乎特别喜欢她的枪，我甚至怀疑她会不会趁她丈
夫背过身去的时候用这把枪干掉他。

"谢了，比佛！"乔治看到我们过来，高声说道。

看比夫的表情，"比佛"似乎已经超过了他能忍受的极限，假
如比阿特丽斯决定执行她的计划，那么他一定会很可靠地帮忙处理
尸体。我在这群人之间显得格格不入，不过我也很难想象自己穿着
这么多件巴伯尔油蜡的衣服的样子，毕竟这又不是化装舞会。一个
穿着粗花呢马裤的人仔细端详了我一阵，好像他以前在哪里见过我
一样。

"你家是萨福克郡的吗？"

"不是，我家在多塞特郡。"我正想这么回答。

"快点，费利克斯！"比阿特丽斯叫道，"你的时间不多了。"

一个戴平顶帽的男人通过对讲机发出信号，突然间，目之所及
全是工作人员。树林里，有几个人正边朝我们走过来边剧烈地挥舞
着白旗，旗子在空气中发出窸窸窣窣的噪声。看着鸟一只接一只地

飞起来，我觉得自己理解了什么叫驱猎，但眼前的场景看起来仍然像是这些人在投降，仿佛他们觉得 30 英镑的薪水终究还是不值得自己冒挨枪子的风险。

"该你了，费利克斯！"乔治叫道。

其他人都暂时停火，让费利克斯独自开枪。根据他们中一部分人的反应判断，这应该不是标准操作，但现在小少爷打定主意要杀野鸡，什么标准都不重要了。我看着费利克斯向着他父母雇用的一群人的养的鸟扫射小小的金属弹头，猜测他到底在想些什么。他真的在意自己能不能打中野鸡？还是他只是漫无目的、兴致寥寥地随机开枪，就像刚才随随便便地答题一样？

很快我就听到了羽毛的簌簌声，紧接着我就看到一只野鸡翻滚着落了下来。这时，我惊恐地发现，野鸡的空气动力学运动轨迹和我初三学的物理完全不一样——这野鸡径直向我飞来。我奋力一跃想避开它，差点撞到比夫和他的高尔夫球车。野鸡最终落在离我不远的地方，疯狂地扑扇着翅膀，不一会儿一只狗跑了过来，开始撕咬它。

"干得漂亮！"比阿特丽斯说着，转头看向我，"你要不要试一试？"

妈妈：怎么样？

爸爸：让我们猜猜——你是不是简直不敢相信我们居然没带你猎过野鸡？

我：并没有。幸好你们没带我去过。

新工作提示

工作编号：4530

内容：法拉正在申请切尔滕纳姆女子学院。她所有科目成绩都很好，只是对申请流程不太熟悉。

地点：蓓尔美尔

时间：周三下午4点

10月28日，周三，诺丁山

我决定这一学年不再只教男生了，倒不是因为我觉得帮女生进入精英私立学校更加高尚——这和将萨拉·佩林[1] 称作女权偶像是一样的逻辑。但也许准备考试是必须经历的痛苦，而它带来的真正价值会体现于别处。我已经能清晰地想象出这样的场景：我用学生的芭比娃娃办一场华丽的高级时装秀，然后好好给她讲讲异性恋父权制度害人不浅的审美标准，她听完后冲动之下把娃娃都扔进了垃圾桶。

切尔滕纳姆女子学院总让我想到骑在马上的歌剧女主角，她的人生将在我们相遇后迎来转折。我自然乐意再拿下一处《大富翁》

---

1 萨拉·佩林，美国共和党政客，曾公开反对堕胎和同性婚姻。

里的广场，但是游戏里蓓尔美尔的排名居中，未能真正体现出这里的时尚与奢华。客户的住处与白金汉宫离得很近，旁边还有一家有着百年历史的绅士俱乐部。我不知道什么样的人会选择住在这条街上，这里到处是傲慢的银行家和退休的上校，时不时会就着红酒炖牛肉喝下第二瓶梅洛葡萄酒，然后跌跌撞撞地坐进黑色计程车里。

抵达客户的住处之后，给我开门的是个身材矮小、大腹便便的男人，他脸上的笑容无比灿烂。我之前在谷歌上查过他的信息，他在印度尼西亚做建筑生意，发了一笔大财。英格兰的私立学校绝大多数都是白人，但自从经济衰退，这些学校也愈发依赖外资了。

"你叫马修对吗？"那男人咯咯笑着说，"是家教，对吧？"

直觉判断得以证实之后，他又嘎嘎大笑了一阵。

"我是拉马瓦蒂先生。"他说着，向我伸出了手。

我从来没见过看到我这么高兴的客户。其实我从来没见过看到我这么高兴的人——我在国外交换学习一年后回家我爸妈都没这么高兴，我家的猫被关在地窖里一周后看到我也没这么高兴。我还没来得及进门，拉马瓦蒂先生就开始测试我的水平了。

"你能教拉丁语吗？"

"能啊，没问题。"

我的拉丁语教学水平停留在只能背一首打油诗的水平，开头是"阳性，阴性，中性，我骑着滑板车玩得尽兴"，后面三句比这句还没营养，不过这些就不必让拉马瓦蒂先生知道了。

"那逻辑题怎么样，你能教吗？"

"可以啊，我超爱这些。"

我实在不愿让他失望。只要能博拉马瓦蒂先生一笑，天才厨师和西洋双陆棋高手这样的头衔我也报得出来。

法拉坐在餐桌旁等着我。她身材娇小，非常机灵，显然是个内向的女孩。不过这是个很理想的起点，一段美好的友谊将就此展开。现在是时候请拉马瓦蒂先生离开了，我尴尬地冲他微微点头，当你身处陌生人的厨房，希望他能让你与他的女儿独处恐怕也只能示意到这个程度了，但拉马瓦蒂先生似乎没有读懂我的意思。他在餐桌主位上坐下，一副在剧院订到了前排座位，正等着好戏开演的样子。

卡罗琳：你好呀，马修！好久不见。你有空吗？我有个有意思的工作想交给你。

11 月 16 日，周一，皮姆利科

我想了一会儿才想起卡罗琳是谁。与客户告别可能会让我痛苦一阵，但我总能以惊人的速度把他们忘得干干净净。想起她是谁之后，我登录卡罗琳的博客去看看她最近有什么新闻。霍勒斯开始学高中课程了，卡罗琳洋洋洒洒地写了一篇博客，长篇大论地抱怨霍勒斯的老师看不到他身上的潜能。

我真的不确定自己还想不想再蹚这趟浑水，我也不知道她所谓"有意思"指的是什么。不过，她最终告诉我她希望我能帮帮她的小

儿子阿瑟，然后急忙补充说不是补课。我这学期压力太大了，这也许能让我稍微放松一下。

卡罗琳一边拿着印有刺猬太太迪基·温克尔的茶巾擦手，一边打开了门。

"不好意思，"她说，"我正在给树干蛋糕上糖霜。"

她开始喋喋不休地念叨她的糖霜，抱怨线上超市奥凯多换掉了她最喜欢的有机巧克力品牌。这让我忍不住在想，也许她不知名的博客读者还真说中了些什么，一辈子生活在切尔西的人，想吃巧克力树干蛋糕当然会去福南梅森[1]吧？她自己做蛋糕完全就是皮姆利科做派。但这一次，有这种刻薄想法的并不是卡罗琳的读者，而是我本人。我终于成为他们之中的一员了吗？

"霍勒斯最近怎么样？"我问道。

"茁壮成长。"卡罗琳简短地答道，"他现在开始真正崭露头角了。"

她带着我走进音乐室，阿瑟正按照她的指示坐在钢琴凳上，耷拉着肩膀，一副不战而败的样子。"上帝保佑他！"卡罗琳说，"他特别希望能拿到《大卫城中歌》的独唱。"

对一些人来说，表演《大卫城中歌》第一小节的童声高音独唱是个文化传统，也是许多年轻歌手必过的一关。虽然卡罗琳这样说，阿瑟却似乎没什么热情。

我本期待着这会是乏味的入学考试辅导之外的喘息之机，却没想到自己又要面对父母将自己的野心投射在孩子身上这种事。卡罗

1　英国著名食品商店，销售的食品大多比较高级和昂贵。

琳又开始滔滔不绝地讲起阿瑟参加甘美兰乐团的收获，不巧的是，我的肚子咕咕叫了起来，她问我要不要吃一块树干蛋糕，我嘴上答应，希望这样就能快点打发她，让她离开。

"来吧！"我对阿瑟说着，帮他从椅子上跳下来，"我们先来'嗯啊哼'开开嗓吧？"

卡罗琳找我帮忙主要是因为我参加过她梦想着让阿瑟加入的大学唱诗班，但这不意味着我就能当声乐老师。"嗯啊哼"是我能记起来的唯一热身练习了，不过这也是个测试阿瑟音域的好机会。热身练习正好涵盖一个整八拍，一般来说最初的低音区演唱者可能底气充沛，随着"嗯啊哼"练习推进到高音，声音难免会弱下来。但我几乎从头到尾都听不见阿瑟的声音，他的音量就像是在餐厅遇到邻桌在唱生日歌，他想加入分享快乐，却只能小声唱，以免唱到寿星人名的时候尴尬地戛然而止。阿瑟的音量在这种情形里再适合不过了，可惜卡罗琳的志向远不止于此。

"我们从高音开始唱一遍吧？"我提议道。阿瑟犹豫了一会儿，好像担心我很快会改变主意，要求从音阶的三分之二处开始唱一遍。我开始弹琴，希望这熟悉的旋律能引着他唱出新高潮。然而这次，阿瑟的挣扎显得更加无力了，他已经到了破音的边缘，我敢肯定，卡罗琳这么不顾一切地想要他今年入选，就是为了赶在他彻底变声之前。但阿瑟越努力，他声音里的青春期特质就越明显，我还不如直接让他站在那里数腋毛来得干脆。

我努力转移重点，关注其他问题。阿瑟总在用假声发音，导致他吐字不清，让人很难听懂。

"要个嬷嬷。"他唱出来是这样子的。

"尽量把元音发准。有个妈妈——"

"要个——"

"有个。"

"要个嬷嬷发下八百。"

"放下宝贝。"

"发下八百。"

败局已定。阿瑟的元音发音方式是他们家代代相传的习惯，而且他太过迫切地想要达到我的要求，竟然解锁了一种全新的音调，这种音调很像嘎嘎的鹅叫声。这倒霉孩子不可能得到独唱的机会了，我现在唯一能做的就是别让他这么尴尬。高潮即将开始的时候，我开口陪他一起唱了起来。

不一会儿，卡罗琳拿着一块树干蛋糕回到了房间。"哇！"她说，"你是怎么让他唱成这样的？"

阿瑟和我面面相觑。

"你知道吗？"卡罗琳说着，把蛋糕放在钢琴盖上，"我觉得我们已经志在必得了。"

我：我小时候怎么就从来没唱过《大卫城中歌》的独唱？说不定我会成为新一代的阿利德·琼斯[1]呢。

妈妈：我们问过你想不想做唱诗班歌手，你自己说不想的。

1　威尔士少年高音歌手。

11月24日，周二，帕丁顿

当初我参加11+考试[1]准备考文法学校时，从来没人告诉过我，我可以为这次考试做做准备。老师只是在某一天念出了准备参加考试的学生名单，不用考试的同学就可以出去玩了。有个女孩申请的是普通中学，她甚至不知道为什么自己的名字会出现在名单上，后来才想起她妈妈在第二志愿里替她填写了文法学校。

面对私立学校入学考试，家长一般都很紧张。资格考试的前一天，比阿特丽斯和约卡斯达都热切地向我发短信告知最新进展。虽然她们处境完全相同，但两位母亲的文字风格截然不同。

约卡斯达想尽量显得镇静一些。她的短信非常简短，只用现在时，摒弃了传统的语法结构，尽可能让我产生身临其境之感。"心态积极"是她的开场白，却没有明确指出这算是给我的指示还是报告孩子的情况。另一条短信简单地写着"交给我了"——这句话能解读的内容太多了，但我觉得没必要追根究底。她传达的信息非常明确：一切按部就班，有条不紊。

比阿特丽斯就没有这么克制了。我已经习惯了她难以捉摸的短信风格——她最近开始早上6点发消息给我，我从睡梦中醒来，却发现信息的内容是卡通驴子唱《平安夜》的视频——但这一天她的

1　按照学校性质分类，英国的中学大体可分为公立学校（state school）和私立学校（private school）。公立学校又可分为普通中学（comprehensive school）和文法学校（grammar school）。文法学校数量较少，学校招生要择优录取。普通中学就近入学。11+考试（eleven plus）是孩子在小学最后一年，准备小学升初中的选拔考试，针对想去文法学校和私立学校念书的学生。这场考试通常会在学生小学的最后一年举行，学生年龄大多是10或11岁，因此被命名为11+考试。

短信还是让我措手不及。

"今天！可是！大日子！"这是她的开场白，语气坚定，不容置疑。但从这里开始，情况就迅速恶化。先是"费利克斯头疼！！！"，紧接着是"马修！！！他没法集中注意力！！！"，随后又补充道"我觉得他可能坚持不下来了！！！"。

我开始能够欣赏费利克斯从头到尾表现出的超然态度了。但他妈妈截然相反，随着时间推移，她的焦虑逐渐扩大，一发不可收拾："我好怕他搞砸了？！"这个问号比任何语言都更能传达她此时的心情。我回复信息的语气逐渐冷淡，最终她说她要去做个头部按摩。几小时后，我收到了约卡斯达的信息，她刚刚从学校接走伯蒂。

"一切顺利。"她说。

佐耶：你要不要来参加尼科什的派对？

我：这次还是算了，我有点不舒服。

12月4日，周五，象堡

我实话实说，秋季学期让我筋疲力尽——这个学年从夏天就开始了，现在圣诞临近，整个学年才过了三分之一，太不合理了。我本希望辅导学生入学考试备考能让我目标更明确，实际上这却让客户把全部的焦虑都转移到我身上。这学期我总觉得焦躁不安，好像精心制定了计划却没能实施。也许这并不是因为当家教，我的写作没有取得任何进展，虚构的登东新镇的暖心喜剧早就被我压在箱底了。我在家乡多塞特想出这个点子的时候，眼前似乎尽是坦途。但在之后一年的时间里，我一路磕磕绊绊、屡次碰壁，一部华而不实的喜剧已经无法让我提起兴致了。

这种时候，我本应暂停脚步好好思考一下阿曼达的问题——想想我到底想表达什么，想想一开始到底是怎样的自负和发展性创伤促使我开始写作。但这无助于我赢得奥斯卡金像奖。我需要更加戏剧化的故事情节，却无法在两个选项之间做出选择。最终我选择上一个双保险，我构想了一部令人揪心的剧本，背景设定在充斥着动物走私和同性恋收养的残酷世界。

我知道主流观点认为，描绘好世界上的一种残酷就足够了，但我坚信这样的双保险正是我的神来之笔。一天，我上完课后骑车回家，决定把主要情节填补完整，正式开始写剧本初稿。我到家后，看到走廊上有几个行李箱，我以为那个法国人要搬走了，便去和他道别，顺便确认我的独立私人卫生间使用权是否终于重归我独享了。他要离开我并不惊讶，即便在我独立自足的公寓套房里旁观，我也能看出在这套房子里增加额外的租客必定会导致这种后果。更为紧迫的问题是，比布和她丈夫为这个法国人腾出了自己的房间，他们和最小的孩子只能睡在客厅的地板上。

法国人正在自己的房间里看纪录片，根据我看到的几个短镜头，片子的主题不是气候变化就是火腿。房间里仍然堆满了他的个人物品。

"你要搬走了吗？"我问道。

"不。"他回答。

外面的走廊里，一个戴着彩虹色防汗带的北欧女人从孩子们的卧室里走了出来。"你好哇！"她快活地说道。我来到客厅，比布正伏在地上，准备在屋里再放四张床。

"对了，"她说，"你见过那些新房客了吗？"

我转过身，正巧碰见另一个北欧女人抱着一个巨大的纸壳大象模型走过走廊。"你吼哇！"她说着，转身看向比布，"我们的卫生间在哪里？"

我：我又有两个新室友了。

妈妈：啥？！现在你们几个人合租了？

我：太多了。我得搬走。

12月11日，周五，诺丁山

这学期我本来打算沉下心好好写作，而现实是，我要和一个法国男人、两个瑞典女人、五个孩子，以及一个叫比布的女人生活在一起。我实在没必要留在这里打探那个瑞典女人拿来的纸壳大象是干什么的。我正打算委屈自己再去 Gumtree 找找租房信息时，约卡斯达问我是否愿意周末过去帮她照顾家里的狗。

"不好意思，家里有点乱！"我来到她家里，看到她留下的字条，"我刚刚翻箱倒柜地找《闲谈者》。"

她一定不理解，在我眼里，这样的房子，再乱的酒杯、再脏的

客户家的厨房之一

上 班

我租的房子

下 班

盘子都是无比浪漫的。约卡斯达说我可以带一个朋友过来，我理解为邀请四个朋友过来也是可以的。我们表面上说是搞场阅读活动，我也非常肯定有人一度掏出过《黛洛维夫人》。三瓶森宝利超市的廉价气泡酒下肚后，我们已经确信，我们就是新一代布卢姆斯伯里派。

我去过不少有钱人家的房子，但拿到房子的使用权还是第一次。拥有巨大的个人空间后，随之而来的就是高度的自由感，我这才意识到，那些一掷千金购置房产的人攥着这些钢筋水泥不肯放手不完全是因为虚荣。唯一美中不足的是，我还要去遛巴哥犬克伦威尔，它皱成一团的脸在它运动时真的给它带来了不小的挑战。但每次我以为它哼哼的呼吸声要彻底停止时，它总能再喘上一口气，准备继续战斗。

周日晚上，约卡斯达回家后，我告诉她能让我从目前租的房子里清净几天真是太好了。我很清楚长期与 10 个人共享一套三居室是不可持续的，但对约卡斯达来说，这简直不可思议。

"你不能继续住那边了，马修。你应该搬过来住！"

"搬来这里？"

"对啊，"约卡斯达说，"我一直想找个房客。要是你能帮我遛遛狗，再做做家教，我房租可以给你再降点。"

约卡斯达的提议瞬间让我从房客变成了家政助理，但我太激动了，根本管不了那么多。我低头看看克伦威尔，它正试图用脸上的褶子闷死自己。约卡斯达开出的条件包括遛狗，我确实不是很想做这个，但遛狗原本就不是我得到的奖赏，而是我需要付出的代价，这都是为了能成为我整个学期心心念念、梦寐以求的家庭中的一员。

"你不用问问伯蒂吗？"

"这还用问吗？他肯定特别激动。"

比阿特丽斯：马修！费利克斯通过资格考试了！

我：太好了！现在他终于可以好好享受假期了。

比阿特丽斯：其实我们正想问问你下周有空吗？

迪拜

"你看！看到了吗？世界上最高的楼。"

我努力透过出租车的车窗向外看去。我们正驶过两侧高墙围护的地下通道，眼前除了混凝土什么也没有。如果我拼命伸长脖子去看，能看到远处有一根碍眼的金属色柱子傲然耸立。

"嗯。"我说。

"看到了，"赛义德说，"哇哦。"

赛义德告诉我他已经来迪拜好几年了，但到现在不管什么时候看到都还是一副难以置信的样子。鉴于迪拜禁止服用致幻剂，所以我不确定他是天生的乐天派，还是发现这是多拿小费的最佳途径。

"那边是朱美拉海滩酒店，建筑是波浪形状的。"

我还是只能看见混凝土墙。

"旁边是阿拉伯塔酒店，形状酷似帆船，你懂吧？"

是的，我懂。但我总要看得到才行呀！不过，赛义德没打算放过迪拜的各种疯狂建筑带来的商机。

"你们听说过'世界'吗？"他问道。原来赛义德指的是"世界岛"——300个人工岛屿构成的群岛，模拟地球上的陆地板块建造而成。从他的描述判断，那里好像是个充满未来感的主题公园。但我后来上网查了查，才发现它看起来像个烤盘，像是8岁小孩原本野心勃勃地想烤些黄油酥饼，然后做到一半觉得无聊就放弃了。非洲和南美洲还是比较准确地用饼干模具复刻了出来，但澳大利亚就莫名其妙地被解构成了很多有着锯齿边缘的板块。

"还有个地方，很快就会有巨大的机器人走来走去。"

可能赛义德终究还是吸了大麻。

"机器人？"

赛义德坚持说真的有，又很不情愿地承认由于经济萧条，这项计划和"世界岛"只能暂停。不过，全球金融危机也无法完全阻止这个酋长国天马行空的想象力。

"我们到了！"他说着，在我的酒店门前停下，"你一会儿就能看见鲸鱼了。"

赛义德说得不对，但和实际情况也差得不多。酒店大厅里有个1100万升容量的巨型水族箱，里面有一只4米长的鲸鲨。酒店的宾客都聚在一起，带着病态的迷恋感，目不转睛地盯着看。他们不敢相信居然真的有人这样为所欲为。一个西班牙少年突然来了灵感，用错位透视法拍了张照片，看上去就像鲸鲨正向他口中游去，好笑极了。我猜，相比被困在玻璃盒子里示众，鲸鲨更想立刻消失在人的胃里。

我拿了钥匙准备去酒店房间。自从看了已经淡出大众视野的20世纪90年代的喜剧《小猴当家》后，我就一直想去五星级酒店住一住。我似乎不应该在这方面输给一只厚脸皮的红毛猩猩，但实际上，小时候我与五星级酒店距离最近的一次是在一家法国公路酒店住了一晚，酒店名叫"头等舱"，这名字也不知道是想骗谁。

现在，我真的住进了五星级酒店，却觉得好像也没什么了不起的。露营地有个好处就是你多好事都没关系，即便其他家庭在倒便盆或者打包帐篷也可以偷看。我们一家人喜欢给营地邻居取绰号，然后再发挥想象力编些故事。如今在这四方围墙之内，周围全是走廊，想要找这些乐子是不可能了。

也许迪拜到底好不好还是取决于你怎么看待它——这里可以是一处恢宏的群岛，也可以是一次失败的烘焙实验，可以是一处壮阔的海景，也可以是一间残酷的牢房。乔治·诺索弗是那种绝不会在罗夏墨迹测验[1]里放过任何一个负面解读图形的机会的人，但如果经济衰退让迪拜一蹶不振，乔治一定能让迪拜恢复往日荣光。诺索弗一家为了享受一周冬日暖阳前来度假，乔治却仍在谈些什么对冲基金的大生意。我还看到他和比阿特丽斯坐在泳池边，相对无言。

"你看到鲸鱼了吗？"比阿特丽斯问我。

我不确定这些人总是把鲨鱼认成鲸鱼是因为他们真的不知道，还是因为只有将鲨鱼称作鲸鱼才能真的展现出这酒店有多离谱。不过，无论如何客户正要为我的午餐买单，这可不是纠正他们生物分类学知识的好时候。

"看到了，"我说，"哇哦。"

1　罗夏墨迹测验，一种人格测验方式，瑞士精神科医生赫尔曼·罗夏于1921年创制。测验由 10 张有墨迹的图片组成，被试者需要回答图片上的图案看起来像什么。

费利克斯刚从附近的水上乐园回来，我赶紧祝贺他顺利通过考试。他像往常一样耸了耸肩——他度假的时候还有家教相伴，这实在没什么好激动的。我已经习惯乔治对儿子的学业表现得无动于衷了，但今天他破例问起了费利克斯和我要在哪里学习的问题。

"我觉得他们还是不要在酒店房间里学习了吧，"乔治说，"那里下午光线太差了。"

一场针对各个房间采光的调研就此展开，但我们的初步观测表明，由于一天中太阳会不断移动，根本不可能挑出光线理想的房间。

"要不看看风水吧？"比阿特丽斯提议道。

乔治狠狠瞪了她一眼，比阿特丽斯自认理亏，毕竟她自己也不知道风水是什么。侦察小队开始在酒店附近物色其他场所，因酒店面积庞大，这工作量着实不小。等我们评估完所有的地方，包括夹层的高级酒吧和一个明显是储物柜的地方，我开始怀疑乔治想对这里进行地毯式搜索根本不是为了优化学习条件，只是因为他今天下午没有任何会议罢了。

最终，乔治还是找到了心仪的地方——一张桌子，在一个安静昏暗的角落里。只有一个问题，那就是有人已经坐在那里了。

"不好意思，"乔治对坐在椅子上的一对老夫妻说，"我们要用这些桌椅。"

在这样的时刻，我才理解乔治为什么会如此成功。他能精准地把握怎样遣词造句能让他达到目标——不做过多解释，配合恰到好处的礼貌。

他完全不认识这对夫妻，也许他们在庆祝金婚纪念日，也许他们当中有人身患绝症，而这是他们最后一次共度假期。但乔治要是会因这些想法分心，又怎么赚来这万贯家财呢。这对夫妻疑惑地彼此对视了一眼，离开了座位，正如乔治所料。但这里的布置仍然不完全合他心意。

"我们能不能把这些稍微挪一下？"

乔治指着两把结实的红木椅子问一个路过的服务员。服务员手里端着堆满碟子的托盘，但在乔治眼里，他应当暂停手上的工作，帮他处理这项无比重要的任务。乔治片刻的凝视就足以让服务员放下托盘，将椅子拖到离桌子更近的地方，打乱花大价钱请某个瑞典设计顾问精心布置的符合人体工学的布局了。

"好了，"乔治说，"现在把这些也拿走吧。"

他指着桌子中间一个巨大的水晶花瓶。

"花瓶吗？"

"对，"乔治说，"我们不需要它了。"

服务员看起来一副准备举起花瓶了结乔治的样子，但他最终还是努力忍住了冲动，说他需要向经理请示一下。一周后，这个花瓶仍然没有挪窝。

在圣莫里茨时，诺索弗一家至少每天都一起去滑雪，但这次度假期间乔治一直很忙，费利克斯和西奥对附近的水上乐园着了迷，埃斯梅去沙姆沙伊赫考潜水证了，比阿特丽斯开始短信轰炸我，讨论附近有哪些好玩的地方。我完全不想骑着巨大的香蕉在大海里被拉着高速移动，也不想开车去沙漠深处给肚皮舞娘鼓掌叫好。比阿特丽斯开始提议去骑骆驼，我立刻声称有份剧本的截稿日期马上就到了，但这不过是我痴心妄想，整个英国电影界没有一个人关心我今年冬天在忙活些什么。

我已经给自己安排了不少娱乐活动。这次旅行正好赶上迪拜电影节，我在苏格兰认识的电影记者彼得也来了。彼得是电影节官方认证的记者，他说他可以带我去参加些活动，但我那时还没有意识到他所说的活动指的是什么。

"你确定吗？"我们沿着一家酒店的走廊走着，我开口问道，"我应该说我是谁呢？"

"不说呗。或者就说是我的同事。无所谓的。"彼得说。

彼得本来就娃娃脸，他今天还穿了短裤，背着亮红色的背包，看起来就更年轻了。我们来到媒体休息区，彼得出示证件，驻场的宣传团队愣了一下，好像他的证件是参加什么竞赛赢来的。

"陛下现在可以见你们了，"公关经纪人说，"你们有 10 分钟时间。"

我们被带到一间套房内去见电影节的重磅嘉宾——约旦的努尔王后。我们进门后，她站起身来，倒不是为了迎接我们，而是为了充分展示她的风采。她有一头完美、吹干定型的焦糖色头发，我好几个学生的妈妈都留着这样的发型，但她身上穿的刺绣袍子恐怕除了雍容华贵没有其他词语可以形容。

彼得去设置录音设备了，我却因为王室成员近在咫尺而不知所措起来，我也因为打入影视业内部而激动得难以自持。我不太确定王后陛下扮演的是什么角色，显然她自己也不清楚。她受邀前来以"打破边界"为主题发表主旨演讲，随后会亮相"文化桥梁"专家组——这名字多少就已经显现出专家组的文化程度了。

"我真正希望的，"王后陛下说道，"是以电影为刀，切割面包。"

这比喻越琢磨越觉得奇怪，但这种时候也是祭出我最喜欢的通用答案的完美时机。彼得静静地听女王陛下讲完，然后转向我。

"马修，你有什么问题想问吗？"

我怔怔地盯着他。没有几周的训练，我不可能问出一个专业新闻记者会问的问题。但眼前的情况是，进入影视业的机会就在我面前向我敞开大门，只要我敢于采取行动、开口胡诌就能抓住它。我深吸了一口气。

"女王陛下，您期待《阿凡达》上映吗？"

如果说有谁能够代表迪拜在充满想象力的愿景和癫狂的愚蠢之间的微妙界限，那就是詹姆斯·卡梅隆了。当天晚上，电影节的红毯就是为他那部斥资 3 亿美元打造的蓝色外星人狂想曲而铺的。在摄影师身前走过时我超级激动，甚至不介意我们走过的时候他们放下了相机。彼得和我看电影之前就已经在酒店房间里喝得酩酊大醉，电影的大部分内容我都记不清了。

电影节后的宴会上，每张桌子中间都有一位光彩照人的女服务员，桌布正好就成了她们的裙摆。其实这种概念还是停留在理论层面比较好，客人都自顾自地吃着开胃小菜，桌子中间的服务员除了尴尬地咧嘴笑也做不了什么。环顾四周，我们看到了一位以勾搭年轻人而闻名的好莱坞男演员。我们盯着他看时，一名面容清秀的年轻人悄无声息地溜到了我们身边。

"你们看到他了呀。"

他自称是那男演员的助理。我们很快就明白了，他的职责还包括寻找容易上钩的年轻人。

165

"你们想见见他吗？"助理问道，向我们眨了眨眼。

助理快步离开去找他老板了，彼得和我则匆忙讨论一会儿要说什么。我懊恼极了，早知道我应该先写出一稿以充斥着动物走私和同性恋收养的残酷世界为背景的揪心剧本。不知道他愿不愿意听我口头讲一遍呢？

"那也太无聊了，"彼得说，"我们应该问他要不要用他的奥斯卡奖杯跟我们来一发。"

助理带着男演员走过来了，我有些担心，只靠满嘴跑火车在好莱坞可能是不够的，我可能真得狠下心豁出去了。男演员上下打量了我们一会儿，一言不发地离开了。助理抱歉地冲我们耸耸肩。我看向彼得。

"看来咱们还是走不了捷径。"

电影节宴会禁止饮酒，所以宴会很早就结束了。但我和彼得不会就此作罢，便回到酒店继续喝酒。

"想想这里的同性恋，"彼得说，"他们可怎么过呀？"

在这个肛交会判死罪的国家，与朋友在酒店房间共饮一瓶廉价伏特加是我敢做的最接近同性恋聚会的事情了。但我们上网一查，发现当地的同性恋社群要胆大得多。几个街区外，一场激情之夜正在上演。

"咱们必须得去！"彼得说，"潇洒活一回。"

"那也得先能活啊。"

"违法的是同性恋性行为，他们不能只因为我们是同性恋就把我们抓起来。"

一瓶伏特加下肚，我们上路了。那家俱乐部在一栋酒店的地下室里，气氛很像我小学六年级的毕业迪斯科晚会，起码那次晚会快结束时我的手还在一个女孩的臀部停留了一会儿，我记得她叫劳伦·巴登，我们当时随着蓝调版《美妙的夜晚》一起轻轻摇摆。

但这家俱乐部里的人们彼此间完全没有肢体接触，他们努力远离彼此，甚至害怕碰到身边人的胳膊。我上学的时候，有老古板惠特菲尔德太太监督男女之间要保持一臂间距，但谁在这里维持这样的秩序就不得而知了。

"我去抽根烟。"彼得说。我不想再次和他结伴在众人的注视下面红耳赤地走过大厅，于是留在了楼下。我有些紧张，不知道会不会有人跟我搭讪，但我很快注意到有人以怀疑的目光注视着我。我们之前在网上读到，这样的场所常常有便衣警察混进来。很难相信有人会怀疑我是便衣，但正因如此，我也意识到，在场的任何人都可能是卧底，我一下就没了兴致。这样的狂欢夜本应让我们卸下伪装，做回自己，我却只觉得憋屈，因为我们在这里除了公开出柜，什么也做不了。

也许出柜本身就已经很了不起了。他们公开地表达自己的性取向，相比之下，我却瞒着所有客户。出柜对我造成影响的可能性微乎其微，我却守口如瓶，实在毫无道理。我想起与菲莉帕面试的经历，又想起更早的学生时代，开始怀疑自己是否早就开始自欺欺人了。我对穿着得体鞋子的执念会不会只是为了掩藏对自己格格不入的担忧？这两件事之间有多少联系？如果坚持做自己就会被孤立的想法有多根深蒂固？

彼得哆哆嗦嗦地回到地下室，他在外面抽烟时被警察拦下了，他解释了自己来这里的理由，警察却认为理由不够充分，将他塞进警车后座带回去盘问了一番。他一度担心自己的生命安全是否会受到威胁。

听他讲述方才的经历，我的心也跳到了嗓子眼。这时，我再回头看着一屋子狂欢的人，终于意识到他们不是胆怯，而是明智。他们当中一定有人明白，有许多人比彼得的境遇要艰难，却还是来到这里，在同性恋之夜尽情起舞，哪怕整个国家都在告诉他们，这种欲望会被判刑。我自己的恐惧突然变得微不足道起来。彼得和我在宽慰之余终于兴奋起来，加入众人，跳起舞来。

我醒来时头痛欲裂，半升廉价伏特加的效果果然名不虚传。费利克斯的课下午 4 点开始，如果我一上午都待在开足空调的购物中心里，缓解一下我脆弱的神经，应该还是可以按时上课的。这时，比阿特丽斯发来短信，问我要不要一起吃午饭。

"我们来瓶酒吧？"我在泳池旁的餐厅里找到比阿特丽斯时她这样提议道。她已经找到了一个能晒太阳的座位，说明她的防晒霜 SPF 值不低。我相当确定自己体内的酒精水平还在酒驾标准线之上，也不想在上课前为体内酒精含量再充上半瓶长相思白葡萄酒。但我还没想好借口，服务员就已经拿来了比阿特丽斯点好的酒。

"抱歉昨天为了找个学习的地方折腾了那么久。"她说着，一反常态地直接给自己倒了 375 毫升酒，"乔治对费利克斯要求很严格，不过这也是因为他把儿子的一生都安排好了。"

比阿特丽斯继续说着，我逐渐发现，乔治的安排与多年来支撑父权制社会发展的各种安排不谋而合——把接力棒塞给长子，不管他到底是否适合这个职位。我不明白为什么乔治不让埃斯梅这样活泼聪颖又爱出风头的人接手他的生意，比阿特丽斯也似乎从未这样想过。不过，我现在已经在喝第二杯酒了，但她还是想说服我子承父业的合理性。

"那你呢？"我问道，"你也希望费利克斯接手生意吗？"

她怔怔地看了我一会儿，我感觉可能很久没人问过比阿特丽斯她自己怎么想了。

"天哪！马修，有时候我也不知道。"她说，"我真的不知道了。"

我还没反应过来，她已经开始向我讲述她的人生故事了。我本希望能听到些乔治的黑料，或者至少听些她年轻时和什么当地小网红的恋爱故事。但比阿特丽斯真正想述说的是，她本来在圣保罗公学学习法律，并准备成为一名律师，却在结识乔治之后放弃学业，来到伦敦。我猜这至今仍会让她在深夜辗转难眠，但如果她想重新开始学习法律，似乎也可以。

"我们家不需要我去工作，"她轻轻地说，"我们非常幸运。"

我们的酒已经见底了。比阿特丽斯又点了两杯玛格丽塔，她明白只要酒劲稍微下去一点，她就难以承受内心深处的自我怀疑。我觉得我只要再喝一杯，就会忍不住问她为什么要和乔治这种人保持婚姻关系了。但玛格丽塔还没到，乔治就先出现了。

"又是葡萄酒又是鸡尾酒？"他边清点物证边说，"你不是要去教课了吗？"

这话有理，我应该早点考虑到这一点。

"马修只喝了一小口，"出人意料地，比阿特丽斯抢先答道，"他正准备去找费利克斯呢，对吧？"

"还有 15 分钟。"乔治看了看表说。

他在桌边坐下，现在的情况显然让他有点兴奋，对乔治来说，比当场抓包更有趣的就是抽丝剥茧、顺藤摸瓜了。"我没赶上真是可惜，"他打量着空空的酒瓶说，"这酒好喝吗？"

乔治看向我，我这才发现自己浑身是汗。这也不奇怪，因为我一直傻乎乎地坐在正午的太阳下，但此时此刻，每滴汗水都像是证明我有罪的力证。

"不好意思，"我一边说着，一边从包里掏出防晒霜，"我有点热。"

乔治默不作声，如果他是杀手，现在一定会静静等待，让对手自寻死路，绝不主动出手。此时他就等着我露出马脚，我手忙脚乱地想向手里挤一点防晒霜，却晕乎乎地几乎将一整瓶挤出来了。

乔治看着我满手的防晒霜。

"我真的特别容易晒伤。"我解释道。

我开始往脸上擦防晒霜。比阿特丽斯察觉到我这是在给自己挖坑，于是努力想将话题转移到室内滑雪坡道上，但乔治的注意力依然全部集中在我的身上。我试着把防晒霜涂匀，可脸上的防晒霜实在太多了，很快就形成了一层保护膜，导致皮肤完全无法继续吸收。我试着在脸上打圈按摩，但也没用，不过是把这坨防晒霜不断在脸上推来推去罢了。看来不换个手法是不行了，我开始轻拍脸颊，希望这也许这能让防晒霜渗进毛孔。

"你还好吧？"乔治问道。

"好，挺好的。"确实挺好的，因为我刚想出一个新办法，就是把多余的防晒霜一股脑抹到脖子后面去。防晒霜在我脖子后堆起来后，开始沿着我的后背往下流。

"这就好多了。"我说道。

我敢肯定，乔治早就看出我在说谎了。我觉得用防晒霜掩饰我的罪行非常合理，但可惜这是个醉汉逻辑。不过，只要我和比阿特丽斯口径一致，乔治也无计可施。我瞥了一眼比阿特丽斯，明白我们真正隐瞒的并非我喝了多少酒，而是她向我袒露了心声。她比任何人都清楚，谎言的力量不在其可信度有多高，而在于你有多强的意愿死死咬住绝不松口。

我离开比阿特丽斯和乔治时有种奇异的感觉，起初我以为这是如释重负的解脱感，紧接着我就意识到，这是又一波醉意涌来，更糟糕的是，方才因酒精而麻痹的头痛现在也变本加厉地汹涌袭来。如果乔治这关其实算是比较好过的一关呢？

"水上乐园怎么样？"落座之后我问费利克斯。其实我早就听得耳朵起茧了，但唯一能让费利克斯提起兴致聊一聊的只有水上乐园，而我需要点时间振作起来。

"噢！天哪！"费利克斯说着，眼睛一下子亮了起来，"我去玩了'疾速浸没'。"

我鼓励他多讲讲细节。

"滑得可快了！"他说，"基本上是竖着的。"

这个解释并没如我所愿多花点时间。

"有没有什么项目是转弯的，或者甩来甩去的？"

还真有。费利克斯开始绘声绘色地讲起"密西西比泥石流"，说他滑过一个急转弯时他的游泳圈被卡住了，好一会儿才脱身。这种费口舌的故事正是我此时最欢迎的，同时我绞尽脑汁地想能教他什么。我唯一能想到的就是创意写作，也就是让费利克斯写，我偶尔探个头看看，敦促他加个比喻就行了。现在我需要做的就是想个题目。

"鸬鹚。"我说。

费利克斯的脸马上垮下来了："鸬鹚？"

我也不知道我怎么就冒出这么个词，我立刻就后悔了，但是如果我不坚守立场，我可能就彻底演不下去了。

"对，"我说，就好像这是明摆着的一样，"鸬鹚。"

"鸬鹚有什么能写的啊？"费利克斯绝望地说。

"写什么都行。"我说。

这话是真的。他写什么我都全盘接受，只要他安安静静地坐在那里写就行。我给费利克斯建议说他可以写一篇一个没朋友的鸬鹚的幽默日记，或是一个有钱人非要在生日宴会上吃鸬鹚的故事，或是一个诨名"鸬鹚"的罪犯的故事。至此，我今日份的原创思维已经用完了。

费利克斯不愿手写，我只得取出我的笔记本电脑让他打字。我打开电脑，几个大字明晃晃地出现在屏幕上——同性恋迪拜。自从彼得和我前一天晚上查了哪里能过夜生活后，我就没碰过笔记本电脑了。我匆匆关掉网页，但费利克斯已经看见了，他扭头盯着我。

"你是同性恋吗？"

这件事我已经否认过很多次了。如果现在我告诉费利克斯是他误会了，还是来得及的。

"对呀。"我说。

"你开玩笑吧。"

我居然承认了，这完全出乎他的意料。这可能也出乎我自己的意料。

"你认真的？"费利克斯问。

"我认真的。"

离开迪拜后不久，我得知因一波又一波的抗议，那只鲸鲨已经被从酒店大厅的水族箱里放了出来，酒店坚持说它被放生了，但流言四起，说它在运输期间就死去了。

2010 年春季学期

1 月 14 日，周四，诺丁山

"那我们就说定一周 30 镑吧？"约卡斯达说。

"30 镑？"

"太好了。"

不知道约卡斯达是不是权当自己在做慈善，还是她真的不知道在伦敦的房屋租赁市场里，一周 30 镑连一张在厕所里的床位都租不到。无论如何，我怀疑她低到不可思议的房租可能也只会提供给头发乱蓬蓬的剑桥毕业生了。

"这扇门就不要关了，"约卡斯达说着，带我来到这栋房子里我从没去过的地方，"因为关门会吓到克伦威尔，它会把屋子搞得乱七八糟的。"

她的意思是，我的新家里还有一只可能会随地大小便的巴哥犬，但是我只顾着注意要敞开门这件事。

"本着敞开心扉的精神来说，"我尴尬地说，"我是同性恋。"

有那么一种人，他们花了很多年时间纠结要不要出柜，等终于下定决心后，又迷上了出柜瞬间的刺激感，只要有机会就会到处和人出柜，令人心生畏惧——现在我也成了他们之中的一员。

"马修，我在时尚界工作，你没听说过'同性恋快闪帮'吗？"

我还真没听说过，听起来好可怕。

"那是个俱乐部狂欢夜，"约卡斯达解释道，"典型的同性恋时尚达人活动，不过现场很热络——也是个欣赏男色的绝佳时机。"

我怎么遇到了这么个"宝藏"女人？我10秒前刚刚向她出柜，她就已经在帮我找对象了。我无比坚定地相信我们一定会拥有一段美好的友谊，说不定她很快就会把我介绍给某个年轻英俊的设计师，名叫弗洛里安或是卡济米尔，然后我们就可以好好彼此热络一下。

"我只有一条规矩，"约卡斯达说，好像已经看穿了我的心思似的，"伯蒂在家的时候……不能乱搞。"

佐耶：不能乱搞。

我：别闹，说得我都有心理阴影了。

佐耶：等下……那就是说稍微搞搞还是可以的？

我：别说了！

佐耶：这咱可得问清楚啊。

1月23日，周六，海格特

比阿特丽斯不敢相信我搬进约卡斯达家住了。

"我的天哪！"她感叹说，"她收了很高的房租吧？"

公开约卡斯达为我提供的慷慨的住房条款似乎不是明智之举，谁知道比阿特丽斯会不会把这写到什么育儿交流网站上。比阿特丽斯向来不擅长掩饰自己的情绪，她显然不喜欢我搬到对手的家里住，不过费利克斯丝毫没有表露自己对此有什么看法。

"伯蒂知道你是同性恋吗？"他只问了这么一句。

我不确定，但我突然想到，我现在公布性取向的做法也埋下了一些隐患。费利克斯告诉他父母了吗？我不愿多想这个问题，但是他在我的笔记本电脑上发现的事情，最好还是由我亲自告诉他父母，或者干脆别让他父母知道。不过，目前这只是个次要问题。圣保罗公学有个谜一般的遴选系统，通过资格考试的候选人会在1月至6月间陆续收到参加第二轮测试的通知。虽然学校声称通知顺序是随机的，但申请人都疯狂推测第一轮表现最好的候选人会最先接到通知。这样的不确定性也给这些年轻的申请人带来了很大的压力和不安全感。

我们现在唯一能做的就是不断准备。面试是这个阶段变数最大的环节。官方说法是，面试能够让学校在非正式环境中更好地了解候选人。但实际上，这已经暗示了，在这所学校上学，社交技能与课程学习一样重要。为了让费利克斯端正心态，我坚持要来一次完整的角色扮演，我来扮演为人友善的舍监，而他需要先在外面敲门，我会与他握手，并欢迎他的到来。

"你好，费利克斯，"我说，"欢迎来到圣保罗公学。"

费利克斯狐疑地看了我一眼。我已经与伯蒂这样练习过了，伯蒂立刻会意，轻而易举地进入角色，开始了恰如其分的表演。然而，费利克斯就没那么高的演艺天赋了。尽管如此，我扫了一眼在网上搜罗的问题清单，继续问了下去。

"行吧——你最想见哪位科学家或探险家？依然在世或已经辞世的都可以选。"

"朵拉。"

"谁？"

"《爱探险的朵拉》[1]。"

"别闹，费利克斯，认真点。"

我扫了一眼问题清单，找了个更保险的问题来问。

"你最喜欢哪本书或哪首诗？"

"豆子，豆子，吃了就放屁。"

我真希望我能当场录取他。他一次又一次识破了问题本身的荒谬之处，并公然拿它开玩笑。如果有人认为生活在 21 世纪的 10 岁男孩是真的有最喜欢的诗，而不是提前排练好了答案，那真是异想天开了。

无论如何，费利克斯的选择并不比别的答案逊色，这首诗节奏张弛有度，结构不落俗套。我一直觉得这首诗的中心思想有趣极了，放屁越多，吃的也越多，这首诗将摄入与排出的循环反了过来，体现出这名强迫症诗人对肠胃胀气的独特趣味。如果由我来负责招生，

1　一部面向学龄前儿童的动画片，朵拉为女主角。

我一定会鼓励这样的文学分析。但我们都很清楚，费利克斯面试时是不能这么说的。

"好吧，"我演不下去了，"你来选个问题吧。"

我把问题清单递给他。他扫了一眼，抬起头来。

"你有没有什么想问我们的？"

"什么？"

"清单上最后一个问题。"

他能这样牵着我的鼻子走，让我刮目相看。

"噢，好吧，那你有问题想问吗？"

费利克斯做了个古灵精怪的表情，贝蒂·戴维斯[1]看了都要拍手称道。

"这一切有什么意义呢？"

佐耶：这还真是个好问题。

2月3日，周三，圣詹姆斯

我对拉马瓦蒂先生的好感急转直下，这在所有客户中还是头一遭。在最开始插手介入后，我每次给法拉上课他都全程在场。我觉

1　贝蒂·戴维斯，美国女演员，她以直率的性格、清脆的嗓音和叼着香烟的不羁形象而为人熟知，她娇媚泼辣的眼神也经常被人模仿。

得他不是担心她的安全，也不是不相信我的能力，他只是非常在意教学成果，却没想到他的参与并无裨益，反而阻碍了我们的进度。法拉很快也要参加面试了，我决定也给她试一试之前与伯蒂和费利克斯做过的练习。

"你为什么想来切尔滕纳姆女子学院上学？"

"这是一所非常出色的学校，"法拉机械地回答道，"有绝佳的校园设施和美丽的操场。"

我狐疑地瞥了一眼拉马瓦蒂先生，他骄傲地冲我一笑。拉马瓦蒂先生好像已经不满足于只让家教辅导法拉了，他自己也要为她的面试做准备。我想着也许更宽泛一些的问题能给法拉更多的机会来展示自我，哪怕只是展示一些皮毛也好。

"那么你对未来有什么想法？"我说道，"等你长大一些，想做什么工作？"

拉马瓦蒂先生激动得几乎要尖叫出来了。

"噢噢噢！当然有了！"他说，"我们都计划好了。"

我的目光紧紧锁定法拉。

"计划？"

"对，"法拉面无表情地说，"我要当首相。"

我简直憋笑憋出内伤，好笑的不是这个梦想本身，梦想理应甜美又幼稚，好笑的是法拉还真的把这当作非常严肃的计划讲给我听了。我的脸上一定是写满了震惊，因为拉马瓦蒂先生突然有些难为情。

"我们当然还有备选计划。"

"那太好了，"我说着，依然看向法拉，"什么备选计划？"

如果这可怜的姑娘能说出她想当律师或者医生，那她不仅面试通过的胜算大一些，也能从她父亲为她设计好的疯狂的人生轨迹中脱身。

"英国央行行长，"拉马瓦蒂先生说，"或者联合国首脑也行。"

2月13日，周六，诺丁山

"马修，你不用在意我。"约卡斯达穿着半透明的和服走过楼梯平台。我不是那种目光会本能地被女人的乳房吸引的人，所以我不确定这套衣服是为了引人遐想而专门设计的，还是她丰满的乳房不经意间露了出来。但我心里多少还是有数的。

约卡斯达的卧室在我楼下，但我很难说她什么时候会突然出现，也很难说她出现的时候会穿什么衣服，或衣着暴露到什么程度。我与伯蒂和他妹妹伊莎贝尔不仅同住一层楼，也共用一个卫生间。

这里也没什么保障措施，但我还是严格要求自己，连清晨穿着短袖和平角短裤去洗手间的路上碰见他们的场景我都觉得无法忍受。我离开房间前总会先把门开条小缝，看看外面，这种行为远比我希望避免发生的事更加可疑。有一天，我竟然不由自主地开始评估起用瓶子解决上厕所问题的可能性，然后我突然想到，我明明可以买一件睡袍。

伊莎贝尔和她哥哥一样有趣。她今年6岁，并且认为我在文艺

180

上毫无修养。

"你喜欢贾斯汀·比伯吗？"有一天吃早饭的时候我问她。

"我怎么会喜欢他？"她不屑地吃了一口麦片，回答道。

接下来的对话中，我先谎称知道谁是劳瑞·安德森，又承认了只看过翻拍的《发胶明星梦》音乐剧版，而没看过原版，餐桌气氛急转直下。只有在我对跳房子表达了热情后，才重新赢回了伊莎贝尔的好感。

"你就像我另一个哥哥一样！"她咯咯笑着，拖着我去花园再玩一轮。

"马蒂！[1]"伯蒂找到我们时说，"我有个主意。"

不知道这新昵称说明了他越来越喜欢我，还是他在告诉我这里到底是谁的地盘。不过伯蒂的主意我们倒是都欣然赞成。之前，我挺不好意思地给他讲过我的电影梦，伯蒂觉得我们完全可以用手机制作一部电影，他甚至还想好了故事，故事情节一定会让"大佬"和他镜头下的拾荒人看完之后无地自容。故事的主人公叫嘉宝·福利，是个侦探。

"你来扮演主角吗？"我问道。

"不不，"伯蒂说，"我要扮演一对相互指责对方谋杀了自己的双胞胎姐妹。"

"那到底谁死了？"

"要的就是这个效果！"

伊莎贝尔表示，伯蒂既演凶手又演受害者不公平，于是伯蒂

---

1 马蒂（Matty）是马修（Matthew）的昵称。

"我要扮演一对相互指责对方谋杀了自己
的双胞胎姐妹。"

同意将故事改编为双胞胎谋杀了伊莎贝尔。万事俱备，只差主角嘉宝·福利了。我就算内心深处再渴望成为人们关注的焦点，也知道不能和两位年幼的主演争夺主角。不过直觉告诉我，这不是重点。

"我要戴这个吗？"伯蒂问。

他把茶壶保温套扣在了脑袋上。我想不出什么理由来说明为什么杀人的双胞胎不应该穿这样的衣服，又提出这对嘉宝·福利来说可能是个重要证据。

"就是说嘛！马蒂！"

这回答很有趣，因为除了进一步展示他浮夸的装扮，伯蒂一个又一个出其不意的选择背后的逻辑实在让人无法理解。或许他就是为了浮夸吧。我拍摄着伯蒂蹦蹦跳跳地穿过屏幕，夸张地转了个圈。

"噢！太好了！"伊莎贝尔赞许地说，"很有皮娜·鲍什的范儿。"

爸爸：哪个皮娜？

我：她是个划时代的编舞家。我不敢相信你们从来没教过我这些。

妈妈：你 6 岁的时候只爱看《博德格和獾》。

2 月 16 日，周二，海格特

我越是融入约卡斯达一家的生活，就越觉得去诺索弗家很奇怪。

我也是花了一些时间才明白他们在这个国家固化的社会阶层中处于什么位置。他们不算暴发户——乔治接受了私立学校教育，比阿特丽斯也出身富有的巴西家庭——但他们也不算传统意义的上流社会人士。

贵族可能会住城堡，但不会乘私人飞机出行。乔治的对冲基金规模巨大，这意味着诺索弗家族以其坐拥的巨额财富，应当属于全球化的巨富阶层。但他们与同阶层的其他家庭不同的是，他们仍然保留着一种极富英国特色的观念：炫富是件很没品的事。然而，他们也不愿把钱全部花掉——捐出去就更不可能了——于是他们一边过着常人难以想象的奢靡生活，一边担心别人看出自己享受这种生活方式。无论他们买下多少房产、雇用多少家政人员，这些都只是外壳，他们的生活内核实则空空如也。

我在费利克斯这里的作用也显得愈发苍白。我最初的工作内容至少还是以提高他的学习成绩为重点，但现在我只剩下一个目标——让费利克斯追随他父亲的脚步踏入圣保罗公学，而在我们知道这一目标能否实现之前，整个家族的未来都被按下了暂停键。

"好久不见啊。"有一天我去上课时，古斯塔夫对我说。

自从我改为周末给费利克斯上课以后，我们就没再打过照面了，但最近比阿特丽斯又给每周加了一节课。

"你想我了吗？"我咧嘴一笑。

我本来没想调戏他，但也许"不能乱搞"政策开始让我有点心里痒痒了。古斯塔夫显然也始料未及，我们两个人都吓了一跳，我赶紧去了厨房。我和朋友说，我对约卡斯达定下的规矩没什么意见，毕竟我住在学生家里，这个要求也似乎很合理。但我也说不好，为了学生付出这么多到底是否值得。

费利克斯和西奥正坐在早餐吧台前，尽情享用柯蒂斯准备的满桌佳肴。诺索弗一家的生活方方面面都是如此，最初让我觉得无比奢靡，慢慢却觉得有些用力过猛。费利克斯已经过了那个只吃又干又脆的食物的阶段，但是面前的选择太多，他似乎有些茫然，不知道这顿饭应该吃点什么。这会儿他正往法式巧克力面包上抹奶油奶酪，西奥也不甘落后于哥哥，正把培根往粥里泡。西奥抬起头来，灿烂一笑。

"我可以让马修把这个吃掉吗？"

"不可以，"佐拉伊达说，"去换衣服吧，你们两个。"

我其实还想尝尝培根粥，但我能看出佐拉伊达需要喘口气。我原以为她等下会火力全开，和我一起疯狂讲八卦，但费利克斯一走到听不到我们说话的地方，她就忧心忡忡地看着我。

"我很担心他，马特诺，"她说，"他最近不太对劲。"

随着这学期时间流逝，费利克斯的情绪也越来越糟。其他学生陆陆续续都收到面试邀请电话了，伯蒂自然也在其中，但诺索弗家什么通知都没收到。不出所料，费利克斯对此缄口不言，但如果连佐拉伊达都注意到了异样，那么他一定已经不堪重负了。我告诉佐拉伊达他曾经向我敞开心扉，并承诺说我会和他谈谈。但我们单独相处的时候，他却闪烁其词，比以前更加难以捉摸，只说自己根本不在乎。

"你可以跟我讲讲你的感受的，"我说，"我绝不告诉任何人。"

"我要去厕所。"

"不是吧，费利克斯？"

"奶油奶酪。我一吃就想大便。"

拉马瓦蒂先生：好消息，马修。法拉收到面试通知了。

2 月 24 日，周三，圣詹姆斯

今天是给法拉上的最后一节课。我们之间的师生情谊好像还没开始就已经结束了，这感觉很怪，但我知道我应该做一件我一直以来都没勇气做的事情，这是我欠她的。

"我觉得今天我们上课的时候您最好别坐在旁边了。"拉马瓦蒂先生请我进屋时我对他说道。

拉马瓦蒂先生一副要窒息的样子。

"我本来也没打算这样。"

"哦。"

"嗯，我有很多邮件要发。"

这也太巧了不是。拉马瓦蒂先生的小小谎言，会让我们两个人都得到解脱，因为我都不敢想，我原本精心准备的那番话会有多让人煎熬。

我走下楼，法拉看起来有些惊慌。但如果她父亲不在身边她就觉得不知所措的话，现在就应当让她意识到这一点，因为这总好过她到了切尔滕纳姆女子学院之后再手足无措。我看到她手边有一本《暮光之城》。

"哎呀，你喜欢谁？爱德华，还是雅各布？"

法拉盯着我。我与学生越亲近，对他们因受教育而产生的压力越了解，我就越相信，最好的教学方式是扮演一个亦师亦友的角色，为他们提供精神上的支持。但法拉似乎觉得，我和她闲聊是件很荒唐的事情，我甚至完全不了解她。首先要问的问题是，她妈妈在哪里？她还在人世吗？拉马瓦蒂先生陪法拉一起上课是因为自己痛失妻子，所以要尽一切力量保护好女儿吗？或是拉马瓦蒂夫人只是出国了，或者在工作，或者命令她的丈夫陪女儿上课再向她汇报情况？

我永远不会知道答案了。法拉从头到尾都是个谜。把这一切怪到她父亲头上是容易的，显然，他时时刻刻的存在让我无法与他女儿建立任何师生之间的默契，但我也不得不承认，这让我们完全将注意力集中在考试升学上。我最想怪罪的是助长这种狭隘视野的私立学校，他们有许多不用造成如此大压力的方式来招生，但这些私立学校偏执地只想招最出色的学生，好让自己在排名榜上名列前茅，并理直气壮地收取天价学费。层层选拔的过程逐渐使候选人失去个性，成为只会拿高分的机器人，这一切他们都是看在眼里的。或许这恰恰是他们想达到的效果。

3月6日，周六，诺丁山

"这也太郁闷了，"我对佐耶说，"他们从我这里什么都没学到。"

"才不是呢，"佐耶说，"你在帮他们为日后名列顶级私人会所贵宾名录打基础啊。"

我们坐在约卡斯达家的客厅里，一边非常精致地用上等骨瓷茶具喝茶，一边批判社会。约卡斯达完全不介意我常请朋友过来，只要不是"乱搞"就行。给法拉上课实在没什么故事可说，但最近也不是全无乐事——我给佐耶看了与伯蒂一起制作的片子。

"我的老天！这孩子简直是天生的大明星！"

"是吧。还好他比我小 10 岁。"

佐耶做了个鬼脸，问我是什么意思。我说我从来没见过文化修养如此高的孩子——他要是想走艺术这条路，一定可以毫不费力就出人头地。

"我敢说肯定也有人是这样说你的，你在艺术方面也不是一无是处嘛。"

"和这些孩子相比我就是一无是处。"

"马修！你少来——总会有人在某方面比你更有天赋的。有太多人愿意不惜一切代价换取你现在拥有的一切。看看你住的这地方！"

她的话一针见血，而且她很清楚自己切中了要害。我怎么交到了这样的朋友呢？她非常聪明，能洞察事实，又足够勇敢，总直言不讳。

"不过有一点这些孩子确实比你强，"佐耶说，"那就是心态。当然了，你可能觉得这是他们的特权，不过……你为什么不拍一部短片呢？"

我像第一次听到这个建议时一样，内心很抗拒。总体而言，我对别人提出的职业建议都比较敏感，因为我觉得自己花了不少时间思考未来的每一步可能怎么走，不需要别人再来指指点点了。短片似乎有点配不上我的雄心壮志，但如果我的目标遥不可及，那不管它多高远也都毫无意义。那部发生在动物走私、同性恋领养的残酷世界中令人心碎的戏剧还在原地打转，毫无进展。也许写短片并不是自贬身价，而是一块垫脚石。

"自从你和那个人拍了那部荒诞的片子开始，我就在想这件事了。"佐耶说，"你不是说它入选了不少电影节吗？"

"大概有 20 个电影节吧，都说它是部杰作，这片子还被英国电影协会永久存档了。"

"这不就对了。"

"你什么意思？我又没有预算，我什么都没有。"

"车到山前必有路。什么规则都抛到一边去，先拍出点什么东西再说。"

我：计划有变，我要当导演。

妈妈：好主意。你看过《维兰德》[1] 吗？

---

1 《维兰德》是一部悬疑犯罪主题的英国电视剧，改编自瑞典小说家亨宁·曼凯尔的系列小说，2008 年上映。此剧演员阵容豪华，剧情丝丝入扣，反映诸多社会问题，赢得了众多好评，荣获了英国电视学院奖的最佳电视剧奖。

3月11日，周四，滑铁卢

保龄球馆的破冰活动后，我被分给两名志愿者：霍利是高中生，想在学校里宣讲女同性恋的发展史；康纳则下定决心要维护自己的权益，摆脱以前在职业学校遭受霸凌的阴影。这家慈善机构有个电话网络系统，成员可以用自己的手机打电话，接听者看不到来电显示，反之亦然。我一如往常，不知道该怎样设置才能连入网络系统，于是马丁邀请我去办公室，从那里拨电话。

慈善机构的总部在泰晤士河边一栋高楼的第10层。我走进办公室，感觉像是开始了一场探险之旅。除了之前做过一周临时工，我对办公室工作的认知完全来自电影和电视剧。也许这正是我一直以来缺失的——坐在写着我名字的桌子边，明确知道自己的目标。

但实话实说，我完全不知道这些工作到底是做什么的。马丁带我来到桌前，向我解释应该怎样打电话。康纳已经给我发过邮件，说他扁桃体发炎，说不了话了，如果我懒得跟我的导师说话，我也会找这种借口。而霍利已经胸有成竹了。

"我已经在期待同志骄傲月了！"她说，"我想规划一系列活动。"

我上学时组织过各种戏剧和才艺秀，但勉强能与同性恋沾边的也只是超级男孩和西城男孩的歌曲串烧表演。霍利大大方方地坦白了她的性取向。我可能在工作场合出柜迈出了第一步，但我还是没办法摆脱自己无法为这些孩子提供帮助的念头。后来，我找到马丁，向他坦白了我的感受。

"他们确实棒极了，"他承认说，"不过你也别低估你对他们的意义。"

"我除了不停地说'棒极了',基本什么都没做。"

"那很好啊,"马丁说,"你可能是唯一一会这样和他们这么说的。"

3月18日,周四,诺丁山

"马蒂宝贝!"伯蒂说,"有好消息。"

与伯蒂相处向来如此,你永远不知道他是在自然流露真性情,还是在扮演什么角色。不过他说有好消息是千真万确的,虽然约卡斯达一直坚信伯蒂会顺利被圣保罗公学录取,但她收到录取的通知后仍然欣喜万分,并且非常罕见地请前夫贾尔斯一起喝一杯。

贾尔斯身材修长,衣着考究,人至中年却仍然相貌堂堂,长着这样一张脸,人们可能觉得他为了某个27岁的年轻姑娘离开自己的妻子理所当然。我一见到他就知道,我跟他毫无共同语言,我很庆幸我们之间只需要出于礼貌举着香槟碰碰杯子就行了。伯蒂却不这么想。

"我们可以给爸爸看看我们拍的片子吗?"

"啊对了,"贾尔斯说着,狐疑地打量着我,"我差点忘了,你可是斯皮尔伯格先生。"

我明白约卡斯达为什么和他离婚了。我可不想让这种人嘲笑我演的嘉宝·福利,但我们开始播放片子后,我发现最关心贾尔斯反应的人是伯蒂。我看着他的第二自我双胞胎在屏幕上神气活现地走来走去，思绪却回到我 18 岁时拿到剑桥录取通知书那天，想起当晚我是怎样向父母出柜的。现在回望过去，我知道我选择了我认为他们会为我骄傲的一天来告诉他们这个消息，正是因为我满心恐惧，因为我要告诉他们的消息恐怕不会像剑桥的录取通知书那样得到认可——虽然我后来知道这样的恐惧是毫无必要的。伯蒂似乎也是这么盘算的。

"太逗了！"约卡斯达说，她起码已经看了四遍了。

"是啊，"贾尔斯干巴巴地说，"很好玩。"

伯蒂脸色一沉，这样的评价远不及他所期待的。我突然理解约卡斯达为什么找家教了。她很担心伯蒂，倒不是因为她反对同性恋，她的恐惧源于她不知道这个世界会怎样接纳她的儿子，这种恐惧有一部分很可能正源自于她对前夫这种人的了解。

天知道我那天在"电力小屋"说了什么，做了什么，才让约卡斯达相信我和伯蒂会一拍即合。但此时此刻，我真的懂他到底需要什么。可能有人觉得，贾尔斯只是摆了个表情而已，伯蒂不至于如此，况且那表情不过是在超市收银台有人递来分隔条时你出于礼貌挑挑嘴角，完全人畜无害。

但我看着伯蒂却能感同身受，只有亲身体验过那种异样萌动和迫切想被人接受的人才能理解。伯蒂不需要我的帮助就顺利拿到了圣保罗公学的名额，但当他回过头向我投来感激的目光时，我意识到他父母在我身上花的每一分钱都物有所值。

3月21日，周日，诺丁山

"马修，你好，"那女人说，"我听说你辅导伯蒂考上圣保罗公学了。"

这世界上消息传播的速度真是可怕。"甜心辣妈"们是有一个共享的电子表格吗？伯蒂几天前才收到录取通知，现在就已经有人拿到了我的电话号码。她说她叫克劳迪娅，是比阿特丽斯的朋友。毫不意外，天天把伯蒂的成就挂在嘴边的不是约卡斯达，而是比阿特丽斯。人们总是把伯蒂的成功直接归功于我，好像是我亲自在夜幕的掩护下把伯蒂偷渡进了圣保罗公学似的。我告诉克劳迪娅，以伯蒂的天资，进圣保罗公学不是什么难事。

"有你在当然不是什么难事啦！"

我有些尴尬，克劳迪娅表现得好像我是传奇巫医，如今她苦苦追寻了一个月终于找到，要大肆恭维我一番赢得我的好感。她只要肯停下来稍微想一想，就会发现完全没有任何证据表明我天赋异禀。但对迈进伦敦预科学校大门的渴望已经让克劳迪娅失去了理智，她坚信我有某种魔力。如果我告诉她我刚刚收到拉马瓦蒂先生的消息，说法拉被切尔滕纳姆女子学院录取了，她说不定会激动得当场尿裤子。这还挺吸引我的——稍微炫耀一下我的魔力，就能让一个女人尿裤子——但考取私立学校过程中的每个环节都让我不由自主地想尽快躲远点。

"我不确定我还有没有时间了。"我说。

"你肯定能挤出点时间给我们吧。价钱不是问题。"

大家都这么全心投入，太疯狂了。也许克劳迪娅在放长线钓大鱼，她知道现在花的钱是一笔目光长远的投资，最终会帮助她的儿子在内阁获得一席之地。但问题其实并不在于她愿意付多少钱，而是我能舰着脸要多高的价。

"他是明年申请吗？"我问克劳迪娅。

继法拉梦想成为首相之后，我觉得一定不会有客户的目标与现实距离更加遥远的了，但这也是好事吧，至少压力不会那么快到来。

"不，还早着呢！"克劳迪娅说，"他今年刚 7 岁。"

妈妈：你决定好复活节什么时候回家了吗？

我：差不多吧。到时候给你打电话。

托斯卡纳

"这就是酷刑，马修。"比阿特丽斯说，"惨绝人寰的酷刑。"

她靠在日光浴椅上抿了一口鸡尾酒，我心中暗想着要不要通知国际特赦组织。

"就是因为现在想进这些学校的人从哪里来的都有！"

她自己也是移民，还能说出这话，真是惊人。不过比阿特丽斯没说错，全球各地都有进入英国私立学校的需求已经将竞争推向难以置信的高度。她要是知道我还给俄罗斯人当过家教，不知道会怎么想。

在上学的事情尘埃落定前，诺索弗一家总是心神不宁，于是他们邀请我一起来他们在托斯卡纳的别墅共度一周。我本想复活节回多塞特的家看看，但他们的邀请实在无法拒绝。

我来到机场，和前几次有人帮我付机票钱的旅行一样，我很兴奋。我意识到自己有多在意日常生活中所有东西的成本，意识到大多数人都在潜意识里不断地评估我们做的每一笔交易值得与否。也许超级富豪非常熟悉这种不花一分钱坐飞机的感受——成功骗到别人的快感。

诺索弗家的别墅在山顶上，窗子反着光，要穿过一条长长的林荫车道才能抵达。巨大的泳池俯瞰着酒庄，花园里处处蝉鸣，始终处在金色日光的照耀下。唯一格格不入的就是比阿特丽斯永不停歇的焦虑和乔治绝不安抚她的决心。他日日在别墅附近溜达，不断挑刺，说古斯塔夫应该在我们到别墅之前就把一切打理好。乔治无法放松心情、享受生活的能力总是能刷新我的认知。也许我关于花钱买享受的观念是错的，当你为某件事物花了钱，自然会觉得必须好好享受。但如果钱已经不是问题，你很容易开始怀疑这一切的意义是什么。

"好消息，"比阿特丽斯说着，目光从手机上移开，抬起头来，"我刚刚把一对蛮横无理的母子从费利克斯的社交生活中移除了。"

移除？怎么移除？她是雇了杀手吗？

"我估计下学期我们会总体减少约朋友玩耍的时间，"比阿特丽斯说，"然后让你一周来三次。"

"只要你和乔治认为这是最好的方案，我非常乐意配合。"

"她说了算。"乔治头也不抬地说。

所有迹象都表明，我这周会过得非常艰难。但如果我也不好好享受这处豪宅，那我岂不是和他们一样，都是毫无生活情趣的人？花园的另一侧，西奥和别墅管家的女儿正在蹦床上跳来跳去，她是阿尔巴尼亚人，他们年龄相仿。

他们打得火热，用混着英语、意大利语和阿尔巴尼亚语的自创语言聊得正欢。眼前的景象非常美好，但我忍不住想到，这样的友谊可能再过一两年就会心照不宣地成为禁忌。而再过 30 年，那女孩也许会跟在西奥身后默默收拾一片狼藉，而西奥则对自己的妻子视而不见，眼中只有自己的年终奖。我看着两人跳上跳下，心想着比阿特丽斯是否也有过类似的念头。

"珀西·朗波恩，"比阿特丽斯说，"这个男孩我们也得移除。"

埃斯梅和我们一起来这里度假，不过整个假期她都投入到一个任务里——为 A-Level 考试[1]的艺术课想个好点子。我想不通，比阿特丽斯和乔治怎么对他们女儿的前车之鉴视若无睹呢？不知道怎么回事，埃斯梅勉强被费利克斯申请的这种顶级私立学校录取了，但她的噩梦才刚刚开始。长期在一群天资出众的优等生里垫底可能是最让人意志消沉的事情了，我能看出艺术课的项目给她带来了巨大的压力，显然比阿特丽斯也看在眼里了。过了几天，她问我能不能帮忙想想办法。

"你喜欢哪个类型的艺术？"我问埃斯梅。

"我压根不喜欢艺术。"埃斯梅叹气说。

这对 A-Level 考试选了艺术课的人来说真是一种悲哀。幸好我们住的地方有一座存在主义雕塑大师贾科梅蒂的原作，还有几幅弗拉芒派的经典作品。我带着埃斯梅走过私人画廊，没有任何一幅作品能激发她的兴趣。

"其实我更倾向于达米安·赫斯特？"

不是吧，又是他。我问她为什么喜欢这位艺术家的作品，暗暗

---

1 A-Level（General Certificate of Education Advanced Level），是英国普通中等教育证书考试高级水平课程，也是英国学生的大学入学考试课程。A-Level 课程证书被几乎所有英语授课的大学作为招收新生的入学标准。

希望她感兴趣的不是那些倒霉催的小圆点。埃斯梅只隐约记得他展出过泡在福尔马林玻璃柜里的鲨鱼，不过我鼓励她再想想有什么相关的形象或主题。[1]

"鱼？"

终于有点眉目了。埃斯梅很快开始愤怒地声讨污染问题，并提出是否可以用塑料袋做一条鱼。

"做个石膏模型怎么样？"

我自己的中学毕业艺术项目做的就是石膏模型，可能这也是我唯一稍微懂点的艺术形式了。埃斯梅非常喜欢这个主意，比阿特丽斯看到她终于调动起热情也激动坏了。埃斯梅火速拉上我，准备开车去锡耶纳，买些必需用品。

"咱们做个等比金枪鱼吧，"埃斯梅说，"它们的处境真的很危险。"

她的精神值得表扬，但考虑到金枪鱼可能长达 4 米，还是限制一下模型参数比较明智。我建议她可以等比缩小，至少先从小做起。我们到了鱼市，埃斯梅走向柜台。

"您好，我想要一条大鱼……不过我只要鱼脸。"

鱼贩翻了个白眼，看起来这已经不是第一次有游客向他提出白痴要求了，甚至都不是那天的第一个白痴要求。

---

1 达米安·赫斯特是 20 世纪末英国涌现的青年艺术家之一，善于制造新奇和特别的作品，他的早期作品以药柜和圆点为主题，他还创作过自然历史系列，这个系列展出各种被切开的、泡在福尔马林液体中的动物尸体，其中最著名的当数那条大虎鲨，题目是《活人心目中物理死亡的不可能》(The Physical Impossibility of Death in the Mind of Someone Living)。

"只要脸？你确定吗？"

"确定，"埃斯梅说，"从小做起。"

鱼贩和他的助手嘟嘟囔囔地抱怨了几句，但埃斯梅激动极了。她咧嘴笑着转向我。

"小心了，达米安·赫斯特。"

虽然我偶尔会为费利克斯的姐姐分心，但这次出行的目标是非常明确的。我感到费利克斯和我已经尽量做足准备，但比阿特丽斯从漫长的等待中唯一得到的安慰就是我们得到了更多准备面试的时间。她坚持要我们每天学习 4 小时。我很想让她认清这种做法非常不现实，但我打定主意要表现得彬彬有礼、毕恭毕敬，所以要做到这点非常困难。最后，我只得妥协，宣布我们会在午餐前后各学两小时，每到整点休息 10 分钟，午餐时间 1 小时。

"那就是一共休息 70 分钟了。"费利克斯说。

"不对。"

我知道数学是他的弱点，但这不禁让我有点忧心忡忡。

"没错呀！每小时休息 10 分钟。午休 1 小时，再加 10 分钟。"

我希望他学习的时候也能有这么丰富的想象力，但这事也没法怪他。最终我发现这样的规划毫无意义，因为让费利克斯按时开始上课根本就不可能。我们的计划执行到第二天时，我正从自己的房间走过来，收到他发来的短信："我还在睡觉呢。"这是什么荒谬的发言？我告诉他我已经快到了。

"那你再回你房间去吧。"他如是说。

第二天，我已经在课桌边坐好等他了，却收到了他的短信。

"我要大便。"

"不能等等吗？"

"我正在擦屁股。"

这不太对劲吧？但是我可不想跟一个 10 岁的孩子聊他的屁股。其实我也想偶尔让步一下的，因为让他乖乖按时上课远远不是最难的。

"来吧！"我假装自己是上流社会的狄更斯式校长，"我们研读一番代数可好？"

"我的上帝呀。"费利克斯说。

一遍又一遍复习相同的材料过于无聊了，我只得向我妈请教些技巧。她说喜剧式的口音可以很好地活跃课堂气氛，这样的建议我当然欣然接受，毕竟我原本就乐于将日常情境全部搬上舞台。

科尔内留斯·黑兹尔伍德——我当然要给这些角色取名字——确保费利克斯能把质数和平方根区分开来。接下来，盛气凌人的约克郡女性大家长贝丽尔·斯温霍奇来考他食物金字塔。迪特尔·冯·彼得·冯·杜塞多尔夫的事还是少说，他自称是德国的宫廷合唱团指挥，兼职做军训教官，将水循环写成了一出轻歌剧。虽然我想方设法希望博费利克斯一笑，但即便搞出这种全明星阵容，这个任务还是很难完成。有一天课程结束的时候，费利克斯终于受够了。他把头无力地搁在桌上。

"我现在只想停止呼吸。"他喃喃地说。

我知道他一定不是认真的，但这还是挺让人担心的。

"那你会死掉的。"

"挺好的。"

每当诺索弗家离开别墅时，我心中都一阵狂喜。严格来说，我走了他们也不是独处，因为超级富豪家里永远不缺家政人员。我和别墅中的众多厨师、清洁工和园丁相处得很好，不过我已经不再假装自己也是他们中的一员了，但这并不意味着他们在场时我能放松下来。我会盯着游泳池，想象自己举着一杯鸡尾酒靠在池边，像意大利导演贝尔托卢奇电影里的神秘房客一样。但一旦我给自己调好一杯鸡尾酒来到池边准备进入状态，我就感到尴尬不已，并且不由自主地计算着我还能待多久。

　　"看起来不错啊。"我听到一个熟悉的声音。

　　我唰地红了脸，转过头，看到古斯塔夫。

　　"你在这里干什么？"我脱口而出。圣莫里茨和迪拜之旅他都没去，我以为家庭旅行管家是不随行的。

　　"我帮乔治料理几件事。"

　　我从来没有见他抱怨过任何事，最大的情绪波动也就是不易察觉地挑挑眉毛。管家真是个谜一般的角色，难怪常常出现在戏剧和悬疑故事中。我猜诺索弗一家如果知道佐拉伊达总在抱怨，可能毫不惊讶，甚至都不会恼火，但在他们心里，古斯塔夫的标签就是忠诚。他的愤怒去了哪里？为乔治这样的人服务，永远不显露情绪，这些情绪总得有排遣的地方吧！也许古斯塔夫也会恼火，会背地里说乔治是个混蛋，却表现得像是时刻准备为他挡子弹一样。我知道自己永远无法真正看穿他，这无形中也为他更添一分魅力。

　　一般来说，我吃饭是和这家人一起的，但古斯塔夫像是自带隐形食饲管一样，我从不知道他何时进食，怎么进食。如果不是那次撞见他健身，也许他在我心目中会永远是个没有思想，没有欲望，也没有生理功能的人。

古斯塔夫就住在我旁边，那里以前是个马厩。第二天中午休息时，我回到房间，想靠在床上纳凉休息。我的窗前是一片庭院，从别墅的主要居住区看过来的话，这里是看不到的。一定纯粹是巧合，古斯塔夫只穿着短背心和短裤出现在我的视野中开始健身。最初我有些尴尬，抓起边桌上的某一期意大利版《时尚》杂志，装模作样地读了起来，我从来没想过自己会有兴趣了解的莫妮卡·贝鲁奇的隐秘梦想。很快我就发现，古斯塔夫明显在作秀。

他的喘息声就是最可靠的证据。最开始，古斯塔夫安安静静地做着卷腹和俯卧撑，但很快他就开始发出低沉的轻叹，这种轻叹往往会在愉悦且稍微费点力气的床上运动中听到。随后，他开始发出低沉的呻吟声，正是那种我会用来宽慰需要肯定的床上伴侣的声音。我不想把话说得太难听，但他健身接近尾声时的叫声像是海象在交配时的声音，他的健身音轨暗示性越来越强，我根本不可能置若罔闻。

我要怎么回应呢？如果是在动物世界，我会报以类似的求偶叫声，但这好像既不得体也不撩人。我选择扮演相对被动的角色——不是你想的那样，进展没这么快——增加我们之间的眼神交流。最开始我还故作害羞，耷拉着眼皮投去躲躲闪闪的目光，自以为是羞答答的好莱坞新星。但事后我照了镜子，发现我的表情像是癫痫发作了似的。恐怕此时不是应该害羞的时候了。第二天，古斯塔夫再次重复那一套流程，我定定地看着他，直到我们目光交会，他也注视着我。

那天晚上我半夜醒来，发现古斯塔夫压在我身上，他身上汗涔涔的，身上带着啤酒的气味。

"哦。"我说道。有人半夜进到你的房间并压在你身上时，这么回应算客气了，不过我很庆幸自己没有慌不择言地说出什么"您好吗？"之类的话。这不是我平日里见到的古斯塔夫，而是私密的午夜版古斯塔夫。我从来没想过他会喝啤酒，但毕竟我以前只见过他工作时的样子。现在我触碰到了真实的古斯塔夫，却不知道他平日的假面是否好过他真正的样子，不过我还是决定要欣然享受。我知道在日出之前，他就会再度用干净利落的套装将自己包装起来。

第二天一早，古斯塔夫离开了。之前他的存在并没有让我在上课时分心，反而让我更加轻松愉快，现在他离开了，我的心情反而突然低落下来了。

尽管我怀疑费利克斯说自己想停止呼吸只是夸大其词，但我觉得还是小心为妙，所以我决定今天先不复习了，转而建议费利克斯自己选题，开始写一篇新的文章。

考虑到费利克斯过去创意写作的经历，我本来没有抱太高期待，没想到他竟然兴致勃勃。他给故事起了一个很有创意的标题——《搏击俱乐部》，讲述一个年轻人在角斗场上扬名立万的故事，只是他的对手是身着铠甲的老虎，或者吞吐烈焰的大象。主角的名字叫马修。

"不错。"我说。

虽然这样说有些奇怪，但10岁的孩子用我的名字来为他假期中创作的成长小说里的主角命名让我非常感动，我认为这证明了费利克斯对我的敬重。对费利克斯来说，这个主角的设定也很有创意，因为在现实生活中，我无论如何都不可能达到他的期待，能做到这些的只有他幻想中那个孔武有力、英雄般的"马修",而且需要拥有骆驼身体和鸭子脑袋的变异动物的帮助才行。

"等下!"我说,我已经做好出现任何问题随时暂停初版故事发行的准备,"你真的相信那种动物能打败一只吐火的大象?"

"马修会训练它的。"费利克斯宽慰我说。

《搏击俱乐部》基本上帮我混过了一周时间。到离开前的那天早晨,我已经开始幻想自己回到家,坐在床上,捧着微波炉加热的咖喱饭看非法下载的《吉尔莫女孩》了。但在此之前,我还得熬过最后一晚。

"我觉得圣朱塞佩餐厅不是很靠谱,"乔治说,"我不喜欢那里的鳟鱼。"

"还好吧,"比阿特丽斯说,"可能口味稍微差点。"

口味欠佳的鳟鱼就足以让乔治彻底否决他们精细构思的计划了。比阿特丽斯开始列举其他的可行方案,但没有一项能让乔治满意。

"坎波餐厅呢?"

"好啊好啊,"比阿特丽斯说,"就看古斯塔夫能不能搞定了。"

乔治离开后,我转向比阿特丽斯。

"这餐厅是很难订到座位吗?"

"那倒不是,"比阿特丽斯说,"只是……它在罗马。"

你想象不到去罗马吃晚餐有多容易,当然前提是有人帮你安排好一切,并且不遗余力地确保每个环节进展顺利。那天晚些时候,6点左右,一辆车带我们来到附近的停机坪,登机后我们只用了45分钟就到了目的地。途中,所有人都一言不发,连乔治都忍不住享受一把飞机飞过托斯卡纳群山的激动时刻。

我们在罗马落地后，另一辆车直接将我们带到餐厅门前，一路上我都在想象，如果平行世界中的比阿特丽斯住在米尔顿凯恩斯的郊区，此刻也许正在和朋友讲，带孩子去切辛顿冒险世界也没那么麻烦："说实话，真的挺方便的。全程也就 90 分钟的事。"

这是家米其林星级餐厅，坐落在山丘上，俯瞰全城，好时时提醒顾客他们所处的社会阶级。即便是仅一年前，只要想到要来这样的场所，我就会忍不住翻出所有衣服，反复纠结怎样穿才算得体。但现在我已经明白，融入身边这群有钱人的最佳方式就是摆出一副不在乎的态度。我们走进门，看见有几桌人显然比我们看起来更加欢乐——有光彩夺目的时尚达人，也有纸醉金迷的甜爹。我看到乔治怒视着这群自降身价的食客，他们或是为这样的场合穿得过于隆重，或是狂热地迷恋整容手术，或是有意无意地流露出有钱真的能带来很多乐趣的样子。

"我们可是坐直升机过来的！"我简直想呐喊。

我看了看菜单，选了一份菜，它听起来还不错，并且以诺索弗家的品位来看又不会太放纵。

"你们今天复习了什么？"刚和服务员点完餐，乔治立刻发问。

我愣了一下，看向费利克斯。最后一天的课程质量急转直下，我们只得放弃了《搏击俱乐部》，转而激烈地讨论起 1 米长的脖子和用喙代替嘴巴哪个更好些。

"黑斯廷斯之战。"我说。

这样回复比较保险，我们这周早些时候刚复习过，费利克斯对它了如指掌。

"很好，"乔治说着，转向费利克斯，"谁赢了？"

诺曼征服这个历史事件中唯一比较令人困惑的地方就是有两个哈罗德，不过幸好其中一个在抵达黑斯廷斯前就被杀了，而且如果他能记得最终两个哈罗德都输了，这个问题就好回答很多。

"这个问题你知道答案的，"我提示费利克斯，"是哈罗德还是威廉？"

为了打赢这一仗，我做好了无视任何规则的准备。我想收回对费利克斯说过的关于回答问题前先停下来想想的每句话。他知道是威廉，拜托！那人甚至就叫征服者威廉！但费利克斯的大脑已经因为压力完全停摆了。

"哈罗德。"费利克斯说。

乔治是那种情况越糟糕，他精神头就越足的类型。现在，只需要这一个错误的答案，乔治就能推断出费利克斯的情况糟透了，比他预想的最坏情况还要糟糕。服务员端上前菜时，乔治已经失望透顶，大发雷霆。

"你就直接给句话吧，"乔治说，"他是不是根本教不会？"

这种问题拿来问任何孩子的情况都过于惊人了，更何况这还是他自己的孩子，还是当着孩子的面问出来。在我心目中，只有在孩子被好几个学校开除之后，家长不得已才可能问出这样的问题，而不是针对混淆了一场发生在 1066 年的战役中谁输谁赢的小男孩。

"那倒不至于。"我说着。但我真的毫不怀疑吗？我心中总有这样的担忧——费利克斯的错误答案只是表象，他的问题可能根源更深：现在想激起他的学习兴趣已经太晚了。

"那我们付钱给你到底为了什么？"乔治说。

他只是将这件事看作一次没有回报的投资，仅此而已。他儿子的学习生涯不过是他又一个想外包的项目，他希望能通过合理运用资本解决问题。但上学不光是帮助你在人生中取得成功的手段——童年时期，它就是你的生活。我压根不敢抬头看费利克斯。

"别怪马修了，"比阿特丽斯说，"费利克斯这不是还没落选嘛。"

"他最好别落选，"乔治低吼道，"不然这事就是浪费时间、浪费钱！"

2010 年夏季学期

我：你好，康拉德！我是马修，约卡斯达的租客。她建议我联系你，聊聊电影制作。

康拉德：赞，我回头打电话给你！

4 月 17 日，周六，牧羊丛

托关系这件事的神奇之处在于，对没关系的人来说，他们完全无法想象托关系办事，但对有关系的人来说，托关系就成了再自然而然不过的事。我刚告诉约卡斯达我计划开始做导演，她就给我和她的教子牵了线——一位刚刚崭露头角的制作人。

和"大佬"接触过之后，我总是隐隐担忧再碰见冒牌货，但康拉德不光看起来很正经，还有一部已经投入制作的短片，并且还在招募制作人员。他邀请我去西伦敦的工作室见面。

208

我打定主意，如果康拉德和我相谈甚欢，我就提出让他来制作我的短片——虽然我还没写出剧本，但这不重要。康拉德的工作室坐落于一条时髦的居民街上，整体风格像是有人中了彩票后花大价钱改造了车库似的。刚走进工作室，我就不禁一阵激动。工作室里，十几个人正忙着浇筑舞台布景的微缩模型，或仔细钻研戏服的每一个细节。康拉德只比我大几岁，却已经俨然是个专业人士了，当然我也只是因为他穿着高圆翻领马球衫，手里拿着个文件夹的装扮，就下了这样的判断。

"我们现在特别需要一名剧本指导，"他说，"你有这方面的工作经验吗？"

"有啊。"我说。

我非常愿意谎报自己的工作经验，我上学的时候也确实在一次《纳尼亚传奇》的演出排练中担任过提示台词的工作，所以这也不完全是信口开河。康拉德已经提前给我发过短片的剧本——这是一部现代童话故事，名为《阿里与神灯》，有很多光怪陆离的特效。他解释说，简单的做法是直接在后期制作时加上视觉特效，他把这种方式称作"后期植入"，但他计划在拍摄过程中使用直接能被镜头拍到的经典技法。"给你剧透一下，"康拉德说，"我们拍摄的时候会用一头真正的猪哟！"

接下来的一周里，我每天都去拍摄现场。工作室里的人越来越多，每个人似乎都对自己的职能有精准的把握。我本来想和每个人打个招呼，但我目前对怎样做剧本指导的认知还停留在最初级的水平，还是不要冒这种可能露馅的风险为好。另外，我真正想认识的剧组成员只有那头猪。

我们的工作计划中第一个拍摄场景在埃奇威尔路上的一个黎巴嫩餐厅里，拍摄通告里的出演角色是阿里、精灵和猪。我看了剧本，核对好那头猪出场的准确时间，动物驯养师也来到现场，我也见了为那头猪配旁白的演员。果然，很快就有一头活生生的猪来到现场。其实它还是个小猪崽，不过很难说是计划本就如此，还是这头小猪击败了其他的候选猪，拿下了这个角色。

"大家在现场尽量保持安静，"康拉德说，"可别吓到猪了。"

其实相比其他问题来说，应付一头猪不算什么难事。康拉德失算了，在穆斯林餐厅里用一头活猪拍摄影片实在不是什么好主意。以猪为主角的场景刚拍到一半，附近就有一群人围了过来。他们刚开始只是好奇，但看明白我们在做什么之后，抗议活动就开始了。很快，人群愤怒难耐，矛盾一触即发。

"不是吧，"康拉德说，"咱们得赶紧撤了。"

这个决定我举双手赞成，不过我已经开始怀疑康拉德的职业精神比虚张声势的"大佬"强不到哪里去，只是时间管理能力好一点，手头资源多一点。无论如何，作为剧本指导，我有责任告诉他我们没有拍完需要猪出镜的场景。

"没关系，"康拉德说，"不是还有后期制作嘛！"

马修：不知道他这样的制作人适不适合我。

佐耶：怎么会不适合？就得这种人才能赢奥斯卡金像奖。

4月26日，周一，梅费尔

我拒绝了一个想让我辅导 7 岁孩子准备 11+ 考试的工作邀约。只要想到要给一个年幼的孩子提前 4 年施加升学考试的压力，哪怕只是一点点压力，我都无法接受。但同时，我也不愿承担开发新客户的风险，于是不再接要升学的孩子，只辅导作业。与其他工作不同的是，这样我可以根据自己的时间安排灵活接单。虽然对我来说这些任务一如既往地稀奇古怪，但这样的灵活安排正符合我这学期的需求。

来到走廊里，我有一种异样的感觉。最初我以为是我的幻觉，但我很快就意识到，这里有一股特殊的味道——香水的味道——气味微妙，带着花香，是那种哈洛德百货商场的售货员仔细看过你的鞋子，并确定你买得起之后才会取出来的香水。售货员的下一步就是装模作样地解释它怎样有着松木与霍霍巴树的优雅香调，实则内心满是拿最低薪资的人马上就要赚到销售回扣的狂喜，听到你说闻到蜂蜜味道之后还要故作礼貌地点点头。这是家里男孩们的妈妈的香水吧？肯定是的。这显然不是纳迪娅的香水，也不像是家教会用的香水。但我还没来得及分辨出香气的来源，纳迪娅就已经把陪埃米尔学习的任务分配给我，打发我上楼去了。

埃米尔现在已经 6 岁了，早已不是那个要我帮他擦屁股的小男孩了，也乖巧了许多。不知道他有没有认出我是谁，反正他表面上不动声色。我友好地问了问他最近都在玩些什么游戏，但埃米尔很早就认识到，和家教建立友好关系是浪费时间。

"好吧，你的作业本在哪里？"

"楼下。"

"要我下去替你拿上来吗？"

我并不是真的想帮忙，只是想循着香气找找源头在哪里。现在问纳迪娅这几个孩子的父母在哪里似乎为时过晚，但我不敢相信自己怎么会连他们的父母都没见过，就欣然应允来教课。

"不要。"埃米尔说。

他带我下楼一起去取作业本。我们进到书房后，我看到他的书包扔在角落里，但埃米尔绕过书桌，打开了一个抽屉，好像他在那里能找到作业本似的。抽屉里全是一卷卷 50 镑的钞票，加起来少说也有上万英镑。埃米尔鬼鬼祟祟地回头扫了我一眼，关上了抽屉。他假装自己这时才看见书包在哪里，我们就上楼回去了，但我已经心知肚明他想让我看的是什么。

我：要是联系不上我了，你就赶紧报警。

佐耶：???

5 月 10 日，周一，海格特

自从托斯卡纳之旅后，我对再次登门拜访诺索弗家一直忐忑万分。我不知道我是更担心撞见古斯塔夫，还是更担心又赶上乔治发脾气。也许戴维·卡梅伦当选能让他心情好些，虽然我对政治知之甚少，但也能明白相对保守的政府执政是对冲基金的佳音。可是我到他们家时，却听到乔治书房里传来怒吼声。

"如果我房门开着，而且你能看到里面有脏茶杯——快点！快点！快点！"

很快，佐拉伊达快步走进厨房。

"Este hombre！[1]"

我不知道她是相信乔治肯定不懂西班牙语，还是已经彻底不在乎了。但事情远不是收拾书房这么简单。

"他不让我回去探望哥哥。"佐拉伊达绝望地说。

她解释说，她哥哥还在哥伦比亚，现在病得很重，她想回去看看他。但因为她不知道什么时候能回来，乔治就表示如果她回去探亲，她在这个家里的职位可能就保不住了。

"这太过分了，"我说，"就算你回去一年，他们也请得起临时工啊。"

"拜托！马特诺——这不是钱的事。"

乔治觉得自己可以在身边的任何人身上随意宣泄情绪，不过最常被他拿来撒气的还是家里的家政人员。我与佐拉伊达一拍即合也就很好理解了。这么多年来，她一直在忍气吞声。而现在，她的命运正被乔治攥在手心里。

"唉！马特诺！我刚来这里的时候就和自己约好，我绝对不做那些给人擦地的活。"

我绝对不做那些给人擦地的活。佐拉伊达在哥伦比亚时，在大学里当秘书，她万万没想到自己搬到伦敦后竟会做起家政工作。她

1　西班牙语"这个人啊！"。

不是势利眼，也知道移民意味着什么，明白被当作下等人对待意味着什么。但佐拉伊达没时间整天自怨自艾，她还要去清理今天午饭的残局。

"这个你要不要？"她问。

那是一罐 40 磅的洋蓟，就是它帮我们建立起了最初的友谊。

"我不饿。"

"带走吧！反正他们永远不会吃的。"

"好，现在他们永远也吃不到了！"

我把罐子塞进背包里。哪怕这能让佐拉伊达心里稍微好受片刻也值了。但我们都知道，这种小小的胜利根本不值一提。

佐耶：这个混蛋！

5 月 14 日，周五，诺丁山

我不知道现在我已经不给伯蒂上课了还住在约卡斯达家，我应当做何感想。我很难想象还会有其他像这样环境美丽、价格低廉的住处，但吸引我住在这里的真的只有这一点吗？约卡斯达确实让我接触到了一个高端的小圈子，我也从和康拉德一起拍猪的经历中学到，我需要和同龄人一起冒险和犯错。另外，我发现约卡斯达似乎没有最初看起来那样神通广大，她的情况更像是身处某种家庭作坊，专为更高级的特权阶层服务。这种感觉今晚尤其强烈，因为她要主办一场晚会——我甚至无法想象任何人一脸严肃地说出这个词的样子。如果一场活动既不够有趣，不足以被称为派对，也不够显赫，不足以被称为演出，那就只能叫它晚会了。不过也许这场晚会会改变我的印象吧。

我的偏见几乎立刻就得到了印证，有消息称晚会上会有蜗牛现场表演。当天下午，一名艺术家前来布景，他放了些直立起来的砂纸，这样蜗牛演员就能慢慢地爬上爬下了。不过，给蜗牛伴奏的是萨克斯乐手。当天晚上，客人一一落座，开始高声赞叹蜗牛、萨克斯和这一切的非凡意义。这场表演精彩绝伦。

当你需要弗吉尼亚·伍尔夫时怎么就不见她人了？此时此刻我觉得就算是伦纳德·伍尔夫也能凑合凑合。我一边大口往嘴里塞开胃饼，一边与人讨论在 Facebook 上发一条关于蜗牛的言辞犀利的帖子会不会有什么风险，突然，一个身穿天鹅绒西装、看起来很沮丧的美国人犹犹豫豫地向我走来，一看就是个有许多故事准备向你倾诉的人，而且是那种等不及双方加深了解，立刻开始推心置腹的类型。"你好。"他说着，挤出一丝微笑。

我的心一沉。他对我有意思，但是我永远无法满足他的需求。虽然他以为他可能能够通过我抚平伤痛，但实际上他只有通过弑父或是向心理治疗师倾诉才能得到内心的平静。但我们已经面对面了，法式酥皮馅饼都端到面前了，我还是问了问他是怎么认识约卡斯达的。

"这说起来是个很有趣的故事。"他这样说着，表情却仍然非常忧伤。我又拿了一块法式酥皮馅饼，因为我知道听完故事后，我可能要调动全部力量才能挤出一声笑。但紧接着，他开始向我发问了。

我一点也不想向他透露任何个人信息，所以随口提了一句拍摄短片的计划，他的眼睛亮了起来。

"有意思，"他说，"我正好特别热衷这类艺术作品。"

纳迪娅：你下周四有空吗？我需要找个人去开家长会。

5月18日，周二，格洛斯特路

理论上来说，这主意不算离谱。我之前去见费利克斯的老师卢卡斯小姐时，我们的对话似乎远比她跟乔治、比阿特丽斯说得更坦诚，也更有用。我感觉家长给我的压力，可能和拉马瓦蒂先生这样的人给我带来的压力差不多。但我刚刚继续做普通辅导作业的家教不过几周，我真是能胜任这项工作的最佳人选吗？

我来到学校的大厅，这里到处都是互相使眼色的已婚夫妇，我仿佛觉得自己来到了相亲派对。我穿过人群去见巴克斯特先生，他40多岁，看起来很和气，我看着他就能脑补在婚宴上碰见这样的人，然后听他热火朝天地讲半小时自己在新加坡生活过的场景。

"我最近都没怎么教埃米尔了。"我说着，坐了下来。

"埃米尔？"巴克斯特先生疑惑道，"你不是来给萨米尔开家长会的吗？"

他皱了皱眉，开始给我讲萨米尔的课堂表现。我不断在适当的时候发出一些应和声——对，你知道是哪种——但我感觉我们俩像是在读剧本。我能看出，巴克斯特先生对我来代开家长会很不满，甚至可能连带着对我本人也很不满。在学校里，如果学生交上来的作业相似得惊人，老师可能会睁一只眼闭一只眼，但派家教来开家长会就超过他的底线了。

"你还有什么问题吗？"巴克斯特先生问。

这其实就是随口一问，但我想都没想就脱口而出：

"您知道萨米尔的父母在哪里吗？他们到底还在不在英国？"

巴克斯特先生看起来震惊极了。

"我对此一无所知。"

他当然不可能知道。如果没进过这家的门，任何人都无法想象这家人是怎么生活的。我很想一股脑地全部讲给他听，从我与埃米尔的初遇讲到塞满现金的神秘抽屉，但巴克斯特先生似乎很会与人保持恰到好处的距离。况且，我们的 10 分钟已经用完了。

我：你见过家教去开家长会的事吗？

妈妈：没有，不过有一次家长会上，一个高中生还坐在她妈妈的大腿上。

5 月 20 日，周四，海格特

费利克斯终于收到面试通知了。我们已经安排好周末上课，但比阿特丽斯兴奋难耐，非要我当天就来。焦灼的情绪积压了好几个月后，这个时刻终于到来。可惜的是，费利克斯还没回来。比阿特丽斯本以为我到她家时，司机正好能把费利克斯从学校接回来，不想她把日子记错了，司机已经送他去学卡波耶拉格斗术了。

"没事，"我说，"我可以明天再来。"

"别！！！"比阿特丽斯叫道，"上车。"

我不明白我们为什么不能直接让司机把费利克斯接回来，但我还是跟着她跳上了车，配合这场生死时速的表演。

"给古斯塔夫打电话！"比阿特丽斯大喊道，"把费利克斯从课上叫出来！"

古斯塔夫接电话时听起来有些警惕，他以为我会打电话示爱或是想和他约会。不过我迅速澄清了我的来电意图，比阿特丽斯一边开车，一边尖声喊出了她的指示。等我们抵达卡波耶拉训练班时，费利克斯已经在外面等着了。

"上车！"比阿特丽斯不耐烦地说，"快！"

费利克斯看起来不知所措，可能在过去一周的时间里，他目睹了不少他妈妈神经兮兮的行为，这还远远算不上最不可理喻的。

"开始吧，马修。"比阿特丽斯说。

我扮了个鬼脸。

"到后面去，开始上课！"

我们只要 15 分钟就能到家。在宝马的后座上，我们不可能有任何成果，但比阿特丽斯已经完全失去了理性，费利克斯和我一样深知这点。在余下的车程中，我们快速回顾了些已经复习无数遍、早就烂熟于心的内容。我们到家时，距离我离开的时间只剩 20 分钟了。

"多学一秒算一秒！"比阿特丽斯说。

费利克斯和我到了游戏室。我们刚刚坐下，他就一脸伤心地看向我。

"他们把佐拉伊达解雇了。"

我觉得很难受。他看起来心都碎了。果然，他先是泪如雨下，然后很快就彻底放声大哭起来。我一言不发，任他把情绪全部发泄出来。他像是把好几年的委屈一下子全哭出来了。

"求你别让我再换一个家教了。"过了许久，费利克斯终于开口。

一时间我不太确定他这话是出于怎样的逻辑。他以为我要辞职？不。他的意思是我是随时可以被弃用的，一切都取决于考试结果。他知道，如果自己没能通过考试，他依然需要家教，只是我就要卷铺盖走人了。他的父母会再找来一个家教，而他会被困在这样一个逃不掉的悲惨轮回里——在这个轮回中被甩来甩去，却没有机会学会如何跳出循环。

阿利斯泰尔：马修，你好！我们7:15剧院外见。我会打一条宽领带。

佐耶：欸，他打宽领带！！！

6月5日，周六，科文特花园

阿利斯泰尔就是我在约卡斯达的派对上认识的那个男人，他要带我去看表演。我告诉自己，这才不是约会呢。确实，阿利斯泰尔对我有兴趣，但这不意味着我不能让他把兴趣转移到我的作品上。我还是没有真正完成的短剧剧本，但筹资永远不嫌早，而且这机会是送上门来的。也许我不该轻视融入约卡斯达的世界带来的好处。

阿利斯泰尔想看最近很火的桑德海姆的音乐剧重演，并且坚持要订个包厢。从头到尾，他都是一副自鸣得意的表情，哪怕悲剧情节上演时也不例外，所以我有理由相信，与一个比自己年轻20岁的男人同坐两小时是当晚的活动最吸引他的地方。

我很愿意满足阿利斯泰尔，只要我的心愿也能得到满足就行。看完演出后，我们去乔·艾伦餐厅吃晚饭，这里是很多戏剧咖的心头好，我们当晚竟在吧台看到了一名原版音乐剧《猫》的演职人员，不知道她是不是这里的常客。

阿利斯泰尔热切地问我觉得当晚的女中音怎么样，可我没什么心思评论她的颤音，敷衍两句就忍不住提起我在为自己的短片找投资人的事。我已经亮出底牌，阿利斯泰尔发现我只是个机会主义者之后，他脸色一沉。

"我一般不给单个项目投资。"他不满地说。

他接着解释道，他更倾向于赞助艺术家。他的上一任男友就是位雕塑家，阿利斯泰尔给他提供资金支持，给了他足够的时间和空间投入创作。我听得目瞪口呆。这是在暗示我什么吗？

阿利斯泰尔付了晚餐钱，陪我走向地铁站。"对了，"他假装自己刚刚想起来，"我家就在附近，顺路，你要不要来坐坐喝杯茶？"

果不其然，出卖色相的时候到了。未来的无限可能就这样出现在我的眼前。几分钟之后，我们可能就会在他的钢琴前亲热，然后聊聊我在职业上的愿景。只要我愿意，日出之前我就能拿到拍摄短片的启动资金。我需要做的就是躺在那里任思绪驰骋，想想《理发师陶德》里的伴舞演员。

"不了，"我对阿利斯泰尔说，"谢谢。"

纳迪娅：埃米尔的两个保姆周六都不在，你有空带他去博物馆吗？

6月12日，周六，南肯辛顿

我早该想到，开完家长会肯定还有其他莫名其妙的事。只做辅导作业的家教的有趣之处在于你来去自由，永远不知道学生是谁，也不知道客户会有什么难以满足的需求。但一旦我表现出愿意承担更多工作的迹象，纳迪娅就认为她可以随心所欲地把任何工作甩给家教。我向自己保证只干这一票。

我接上还在骑滑板车的埃米尔一起出发去博物馆。我才意识到，我要管一个骑着车的孩子，而我自己是步行。路上，我们需要穿过一个挤满游客的地下通道，埃米尔加速向前，在人群里时隐时现，我觉得自己像是连姆·尼森的营救系列电影里的演员，而埃米尔随时可能在我眼皮底下被坏人掳走（至少我是这么想象的，但其实连姆·尼森出演的电影我只看过《真爱至上》）。

"一张成人票，一张儿童票。"我对售票处的女士说。她先是瞥了一眼埃米尔，又看了看我，满脸狐疑。我冲着埃米尔笑了笑，希望能让售票女士相信我们两个人感情深厚，但我不太确定我应该装出父亲般充满爱意的笑容，还是专业的保姆式微笑。考虑到一不小心我可能就会笑得像个诡异的恋童嫌疑人，我赶紧拿过门票，问埃米尔想从哪里看起。

恐龙展厅挤满了人。我本以为埃米尔会大哭，或者是尿裤子，暴露出我毫无育儿技能的事实。但实际上，他一直拉着我的手，完全被展品吸引了，他时不时走到巨大的模型前，目不转睛地盯着看，惊叹不已。

我是不是想太多了？也许我不必与埃米尔建立像和费利克斯那样紧密的联系就能对他产生积极的影响。埃米尔呆呆地看着一只三角龙，似乎突然想起了一个问题。他转向我，不假思索地脱口而出：

"爸爸？"

6月18日，周五，佩卡姆

我现在越发坚信，我需要离开这个不属于我的世界，回归20多岁年轻人的正常生活。也许我会在佩卡姆一处停车场的屋顶上找到答案：一个朋友正好有间客房出租，他邀请我去观看另一个室友的乐队演出。这里的停车场被改造成了艺术展示中心，名叫"出格倾向"，听起来像是我会给某个总是放屁的学生写进报告里的内容。

我来到艺术展示中心，看着这些参展作品，开始怀疑这个名字是不是起得不够准确。似乎任何艺术展都绕不过由混凝土砖块构成的雕塑，还有一件展品我完全分辨不出它到底是艺术品，还是一堆待招领的遗失物。

"当心啊，"佐耶说，"这地方到处都是废柴。"

不过她和我都清楚，我们俩都是废柴。佩卡姆的停车场可能比约卡斯达的诺丁山豪宅更接地气一些，但本质上有颇多相似之处，这展示中心里肯定有一两个约卡斯达朋友家的孩子。目前为止，我在这里看到的最犀利的展品是这里聚集的人——大多是中产阶级白人，一边端着平底酒杯喝葡萄酒，一边居高临下地俯视佩卡姆大街上占绝大多数的本地黑人。

乐队是当晚的绝对亮点，这支名叫"清洁盗贼"的乐队混合了古典乐与舞曲，将观众的情绪推向了高潮。演出结束后，佐耶和我坐在高处俯瞰夜色全景，从本地的集市摊位到金融区的摩天大厦，一直延伸到富人更加集中的城郊地区。

"你觉得我应该租下那个房子吗？"

"你是想问我，你应该搬去和一群与你年龄相仿又超级酷的人一起住，还是继续和一个主张禁性令的女人一起住？好难选啊。"

一切豁然开朗。我唯一的遗憾就是自己没有早点抵达这个新起点。也许这才是一直以来我该走的路。佐耶自己也在努力改变——在三年的自由职业生涯之后，她在一间设计工作室找到了一份全职工作。除了接着在 Skype 上教一个男孩外，她已经彻底不做家教了。

"我会很怀念这些你当我的家教伙伴的日子的。"我说道。

"都会好的，"佐耶说，"做这些你肯定没问题。"

"问题就在这里。我现在已经太擅长处理这些乱七八糟的事了。"

6月23日，周三，海格特

费利克斯还没收到圣保罗公学的任何消息。自从他参加完面试，比阿特丽斯就一直处于不知所措的状态，不停地发消息轰炸我。我已经无力改变面试结果了，却还要不停地应付她，这好像有点不太公平。但我早该知道，给她留我的电话就意味着我每天会收到几十条意识流短信，再加上《恋爱时代》里男主角道森泪如泉涌的动图。周末时，比阿特丽斯终于言简意赅了一次。她发来一条短信，语气生硬地告知了费利克斯的命运。

我的第一反应是如释重负。我的工作没有达到预期的结果，但至少费利克斯不必再煎熬 5 年，并留下永久的精神创伤。但比阿特丽斯不这么想。10 分钟后，她暴怒地给我打来了电话。

"我知道问题出在哪里了，"她说，"你用的课本不对。"

天知道她是怎么得出这个结论的。

"说实话，我觉得这些课本大同小异。"

比阿特丽斯怒气冲冲地哼了一声，仿佛觉得正是我这样不注重细节才导致了当前的局面。

"马修，为什么会出这样的事情？我们该准备的都准备了。你不是说他志在必得吗？"

现在该是我说出实情的时刻了。也许这次挫折会成为一记警钟，让她接受费利克斯的失败背后有远比选错课本更深层的原因。也许她甚至会认识到这次失败其实是因祸得福。我像费利克斯这么大年纪时，小学快要毕业，从来没人给我布置作业，我也从来没有为考试专门复习过，学习没有给我任何压力，但我并未因此错失任何机

224

会，反而是费利克斯和千千万万像他一样的孩子丧失了我在那个年纪体验过的自由感和好奇心。他们一直被灌输的观念是，竞争无处不在，永远不该放松——这样的心态不但会在他们自己的一生中留下印记，也会成为他们看待生命中所有人的滤镜。这不仅仅是我在我的学生中观察到的现象，在私立中学度过青少年时期之后，我对这样的思维方式再熟悉不过了。

比阿特丽斯完全没有心情听我说这些。不过说实话，我也没什么心情给她讲这些。做学习伙伴的第一年，我发现这些父母完全是甩手掌柜，什么都放手让我来做，当时我震惊极了，但现在我觉得这种方式至少好过一起构想一个不切实际的狂热梦想，因为这对孩子没有任何好处。

"我得挂了，"我说，"很遗憾我们没有收到好消息。"

比阿特丽斯挂了电话，我想她永远不会再联系我了。

迈阿密

我原计划在俄罗斯度过这个夏天。尼古拉斯·尼克秋天就要去参加伊顿公学的考试了,也就是说,理论上我们要把备考提上日程了。在飞机上,我试图想清楚我对费利克斯应该抱有多少愧疚。我知道我已经尽力了,但同时我坚信,现在的结果也许对他来说是最好的结果了。也许我的罪过在于,我早就认定这是一个注定失败的项目,却还坚持全力推进。

飞机在莫斯科降落,飞行员播报说今日风和日丽,我很期待走下飞机之后,来到比登机前更温暖的地区那种无与伦比的舒爽。但踏出飞机的那一刻,幻想的舒爽变成了刺鼻的烟味,好像附近有一堆篝火一样。

"这环境可不适合男孩子学习。"玛丽亚的判断非常准确。

俄罗斯深受野火困扰。出发前我就看到了相关报道,没想到在莫斯科也能感受到它的影响。火灾使谢尔盖的农业活动遭受了严重损失,他现在焦头烂额,疲于应付。玛丽亚却无法掩饰自己的喜悦,我们必须要逃离这片炼狱之火。

"要不去希腊？"玛丽亚说着，随意得就像挑选早餐麦片一样，"或者马尔代夫？"

我表明自己对去这些地方一点意见也没有，但她的话我也没完全当真，毕竟她以前还幻想过去巴厘岛上口语课。过了几天，她又来找我，说她已经想到了解决方法，我以为她指的是某种价格昂贵的高级空调，但我会错意了——我们要去迈阿密。

佐耶：你是我认识的运气最好的混蛋。

我小时候很少坐飞机，所以连候机室和安检都会让我激动起来。带着这种难以言说的小小不安的旅行总会给我一种莫名的满足感，在这种情绪下，不管航班上的电影是多无聊的大烂片，我都看得津津有味。相比于我做家教时表现出的胸有成竹的样子，这是一种截然不同的体验。

同我们一起踏上旅途的还有"靓妹猪猪"，当然我很期待"猪猪一家人"再度团圆，但与客户一起度过12小时的航程还是让我筋疲力尽。抵达机场后我发现，我需要担心的问题可远不止"猪猪一家人"这么简单。

"马修，"玛丽亚说道，"给你介绍一下，这是阿尼娅和维克托。"

"我是维克托·巴布科夫，"维克托向前一步，说道，"我是谢尔盖的朋友。"

"是谢尔盖的艺术顾问。"玛丽亚说着，拒绝承认他们之间的友谊。

"没错，我卖给他很多画，"维克托说，"价钱都很合适。"

从维克托的设计师品牌太阳镜来看，这价钱对他确实很合适。我不知道维克托是日常就打扮得像个低配版的佛罗里达黑帮老大，还是专门参考《迈阿密风云》精心挑选了他身上这套度假套装。阿尼娅有种特别的魅力，不过为了旅途舒适，她穿了一条臀部宽松但收腿的法兰绒运动裤，导致看上去像是裤子里塞了一块松松垮垮的尿布。

我不知道他们为什么和我们同行——是阿尼娅是真正的朋友，而维克托是邀请阿尼娅必须付出的代价？还是谢尔盖不放心我和他老婆单独飞越半个地球，于是派"大叔猪猪"当眼线？

上飞机时，我迫不及待地想离维克托远点，好能专注地看一部乏善可陈的凯特·赫德森的爱情喜剧。结果我的座位就在他旁边。我本想和阿尼娅换个座位，她的邻座是个相当有魅力的意大利人，只是阿尼娅显然也注意到了这一点，她坚持说自己很乐意时不时地和她的心上人保持点距离。我们还没离开机场跑道，维克托就开始侃侃而谈，讲艺术市场的微妙之处，给我解释些复杂的概念，比如拍卖。

玛丽亚探身过来："维克托——马修是剑桥毕业的哟。"

既然她将我视作像古驰包包一样可以带去度假的品牌配饰，那么不好好展示一下品牌名称就没什么意义了。维克托看着我，准备发难。

"你有女朋友吗？"

我坦白说我没有，他快速地找到了能在我面前显摆的事情，其实我对此也不是很在意，但这对他来说远远不够。他掏出手机，给我看阿尼娅的照片，一张比一张露骨，其中甚至有张照片是她躺在床上，穿着昂贵的睡衣，手里抓着几把欧元钞票的样子。

"她超爱钱的。"他解释说。

下一张照片，在茫茫沙漠中，他们俩同乘一辆四轮越野机车，维克托别扭地跨坐在阿尼娅身上。"你骑过越野机车吗？"他问道。

"我骑过好几次，"尼古拉斯·尼克凑过来说，"学会了，做过了，还有一件纪念 T 恤。"

"你还有 T 恤？什么时候的事啊？"

飞机在迈阿密降落，我们驱车离开，朝着途经的街道一眼望去，全是贴着"丧失抵押品赎回权"的房子。再往前走，社区的经济状况逐渐好了一些，很快我们就来到了西棕榈居住区。看得出来，喷泉和花坛的设计努力想让社区的边界显得柔和一些，但加强警戒的护栏和腰上别了把枪的警卫让它们的努力徒劳无功。警卫开始审视我们的车，好在玛丽亚是那种浑身每个毛孔都散发出金钱味道的人。

"下午好，女士，"警卫轻声招呼道，"西棕榈欢迎您。"

这种大门紧闭的社区一般不会将其中的房产用作度假房出租，但我猜在这次经济危机后，这里有许多无法脱手的空房。开车穿过入口后，我们就像驶入了惊悚科幻片《复制娇妻》的场景。

路边的草坪修剪得一丝不苟，草坪后面离街道稍远的地方是一栋栋一模一样的房子。有几个园丁正在工作，要把这里的每棵草都修得整整齐齐，他们肯定得不停地忙活。我们的住所是座桃粉色的豪宅，看起来像是采纳了儿童蜡笔画的设计方案后在一周之内建成的。房间里塞满了风格鲜明的家具，倒是挺符合玛丽亚的品位的。但她环顾四周，皱起了眉头："好像不够大，是吧？"

在我看来，这房子绝对够大，但我面前的这个女人家里光是车库就占了两层，车库里甚至还设有淋浴间。玛丽亚给谢尔盖打了个电话，20分钟后，我们就升级到了社区里的另一座"高级"住房。讽刺的是，就算我们在 M27 公路旁的临时停车带上复习，尼古拉斯·尼克也能轻而易举地考进伊顿。他根本不需要上一整个月的课，但作为家教，我也不能白拿钱。所以，我决定拓展一下尼古拉斯·尼克的知识面，我们登录了一个名叫 Sporcle 的知识测试网站。

"布基纳法索？"

"瓦加杜古。"

"斯里兰卡？"

"斯里贾亚瓦德纳普拉科特[1]。"

几天之内，尼古拉斯·尼克就记住了全世界每个国家的首都。接着，我们开始学习英格兰的名誉郡[2]——我希望我能说这是我的强项，可这只是个美好的愿望。事实是，我在这方面知识的匮乏很快就暴露了，显然，让我在地图上找到贝德福德郡比让我上 TED 大会讲对冲基金还要难，更别说讲清拉特兰是什么，以及在哪里了。

"学习还顺利吗，小伙子们？"

发问的是维克托·巴布科夫。毫不意外，这位声名卓著的学者来视察我们的学习进展了，但是这次他可选错了显摆自己的时机。

1　斯里贾亚瓦德纳普拉科特是斯里兰卡的行政首都，位于科伦坡的郊区。1985 年，斯里兰卡自科伦坡迁都至此，但除了国会、森林局等少数机构，大部分政府机构仍在科伦坡，所以中国外交部仍将科伦坡记载为斯里兰卡的首都。

2　名誉郡（ceremonial county），是英国的一级行政区，直至 2008 年共有 48 个名誉郡。每个名誉郡有一个代表英国王室但没有实权的郡长常驻，仅有地理称呼、协调范围内民政事务等少数职权。

"我敢说你肯定不知道斯里兰卡的首都是哪里。"尼古拉斯·尼克说着，咧嘴笑了起来。

维克托看起来像是迎头受了一记闷棍，他一时语塞，既不愿意缴械投降，也不知道接下来该怎么办。他用一只手指堵住了耳朵，有那么一小会儿，我以为他会装作自己没听见这个问题，但其实这只是为了缓解过于紧张导致的神经抽搐。紧接着，镇静的表情再次浮现在他的脸上，随之而来的是我见过的维克托·巴布科夫最机智的时刻。

"你可别想偷懒！"他说，"自己去查！"

然后他作势要掐尼古拉斯·尼克的脖子，我们三人都笑了起来。

调戏维克托·巴布科夫这种人其实挺有意思的，但唯一的明智之举还是尽量躲他远点。不幸的是，玛丽亚另有安排，她的原话是要给"小伙子们找点刺激"。这句话让我的脑海中浮现了一些我宁愿自己从没想过的画面，但她解释了自己的本意后，我终于松了口气——她的意思是给我和尼古拉斯·尼克安排些周末活动作为激励。

"要不我们租个游艇吧。"玛丽亚说着，看了看手中的旅游宣传册，上面"游艇出租"几个字异常醒目。但维克托打定主意要想个更好的点子。

"也行，"他说，"或者直升机跳伞。"

玛丽亚低声赞同，但这份宣传册上的内容似乎只有出租游艇。维克托陷入沉思。

"要不我们钻到那种充气气球里去海滩上滚几圈。"

玛丽亚看他的眼神就像是在看一个刚刚提出要在月球上野餐的3

岁小孩。

"是啊,"她说,"再说吧。"

几天后,我们开车来到一个小船坞,里面停满了崭新的大船。我们的船上有5名船员,船长费利佩是本地人,他因常年日晒而皮肤黝黑,看起来对自己平展的白制服和古怪的白手套颇为满意。其他的船员都穿着开领短袖衬衫,只有厨师萨尔瓦多例外,他戴着一顶厨师帽,他这样子随时被拉去迪士尼卡通片的片场都毫不违和,我猜大概他的合同上有规定衣着吧。依我的个性,我会试着与这些船员建立一段尴尬又欢乐的友谊,我猜他们对此可能也已经司空见惯了。但这次,我没有交朋友的机会。

船的后方是日光甲板,每次来到这里,我都希望自己是个大明星,冒着被狗仔队偷拍的风险,带着火辣的新任绯闻恋人来度假。我闭上眼睛,开始为此场景想象小报标题。突然,一片阴影笼罩了我。

"要啤酒吗?"维克托说着,递过来一瓶。

我拒绝了,但维克托看起来垂头丧气的,我只好说:"那我来一瓶吧。"

维克托立马来了精神。"你知道这个吗?"他问道,紧接着想用牙齿开瓶。我猜他本来是想一招制敌,这次却失败了。他只能双手握住酒瓶,绷紧下巴紧紧咬住瓶盖,用力猛拽。

"我来帮您吧?"旁边的船员吓坏了。

"不用不用。"维克托咬着牙含含糊糊地说。日光甲板上的每个人都很清楚,就算他成功把瓶盖咬下来,最好的结局也不过是递给我一个浸满他口水的瓶子,而最坏的结局可能就要惊动医生了。

"齐活！"维克托叫道。行吧，他要是非这么说我也无法反驳。他把酒瓶递给我，看起来嘴有点疼。但真正的折磨才刚刚开始，维克托终于揭示了他的真正目的，就是要让我相信我面前的人是真正的有识之士。他使用的策略主要是给我随便讲一些零星的知识，然后得意地评论"我敢说你在剑桥肯定没学过这些"。诚然，我是真的没学过，但显然我上的西班牙语和意大利语的课程设置中没有包括俄国内战也是有原因的。

我们的午餐是在日光甲板上吃的，平展的纯白桌布肯定也让费利佩船长非常满意。我本来没打算坐在阿尼娅旁边，虽然维克托很少和她交谈，我也不想让他误以为我对他的女朋友有兴趣，或者她对我有兴趣。但今天我们坐在了一起，阿尼娅想让我了解的只有一件事，那就是她的主业是养狗。

"哦，什么狗啊？"

"叫……德国……"

"德国牧羊犬？"

"不，就是德国狗。"

将阿尼娅的照片相册与谷歌搜索结果进行交叉对比后，我确认她说的就是德国牧羊犬。但无论我说什么，都无法动摇她——正确的叫法就是德国狗。

"我的狗世界排名第14呢。"她骄傲地告诉我，但德国狗的世界排名是哪个领域的，以及参与排名的又有多少种狗，都是不清楚的。她给我看了许多她和她获奖的狗在德国狗世锦赛上的视频，却并没有让我的困惑稍减一分。

午饭后，我找了个日光浴椅打盹，这时，又有一片阴影笼罩了我。

"你喜欢打乒乓球吗？"维克托问。

我早该想到，游艇上要是连个乒乓球桌都没有，怎么会让玛丽亚满意呢。我不喜欢打乒乓球，在茫茫大海上刚吃完一顿喝了许多酒的午餐后就更不想打了，但我和阿尼娅刚才的亲昵举止注定是要招致惩罚的，而乒乓球算是比较让我能接受的惩罚了。我原本猜想，维克托想在球桌上趁机痛扁我一顿，我也愿意让他取胜，但他极力劝说阿尼娅来观战，又开始不断讲笑话，我才意识到他的目标更具悲剧色彩——他想让她知道，我们之间的兄弟情谊比她和我午饭时建立的感情要深得多。

阿尼娅一直埋头看手机，基本没抬过眼。维克托一下泄了气，打球水平也一落千丈。每次他打出一个烂球，都要装模作样地细细检查一番他的拍子，好像这才是他失误的原因一样。我忍不住脑补，他每次兴趣索然地与阿尼娅做完爱之后，是不是也要这样检查一下自己的阴茎。球还没打完，我就已经暗暗给他改名为维克托·硬不起来（Victor Badcock）[1] 了。

听说维克托和阿尼娅只待一周，我激动坏了。这个大门紧闭的社区里有很多家庭餐馆，我们多数时候都在这里吃晚餐，但为了庆祝——我是说送别——维克托和阿尼娅，我们好好打扮了一番，然后开车进了城。

进到市区后，我们路过一间同性恋酒吧，里面挤满了周五夜里

---

1 维克托的原名写作 Victor Babkov。

私人游艇 怎能无法打乒乓球呢

出来找乐子的人，非常热闹欢乐。与客户在一起时，我总会很容易以为我与他们是同一个世界的人，如今我与他们同住一个大门紧闭的社区，与一切外部世俗纷扰隔绝，就更容易产生这样的感觉。但只要我环顾四周，我总能瞥见自己错失的那些生活瞬间。

玛丽亚在一间繁忙拥挤的意大利餐厅订了包间。和在莫斯科时一样，我对她吃饭的习惯不敢苟同。如果不能和其他食客挤在一起，在下单前的最后一刻因垂涎邻桌的意大利肉卷而临时修改订单，那么出来吃饭的乐趣也就少了一半。我知道自己明天就能摆脱维克托了，决定再忍他一个晚上，勉强耐着性子听他一个人干巴巴地讲要命的达米安·赫斯特。这位艺术家的名字在这个圈子里出现的频率太高了，我敢肯定如果我能多讲讲他的八卦，一定能制霸国际艺术市场。

晚餐快结束时，玛丽亚意味深长地一笑，俯过身来。

"你们知道马修还会唱歌吗？"

我一眼看透了她的心思，我们在莫斯科卡拉 OK 连锁店"名人录"的经历，她已经讲了不下百遍了。但这样的成功往往是无心插柳得来的，难道玛丽亚不懂这样的好运气可遇不可求吗？

"马修，唱一首《我亲爱的爸爸》吧。"

这是她能想到的最浮夸的曲目了。

"不，"我说，"这是'妈咪猪猪'的专属优待。"

可没有人听得进去我的抗议。我尽可能低调地开始表演，不过毕竟这是在用男高音假声唱意大利歌剧家普契尼的作品啊！但无论如何，事实就是，维克托的告别晚宴变成了家教的演唱会，这名家教今天刚在乒乓球桌上击败了他。维克托挤出一个扭曲的笑容，倔强地保持着这个表情。当阿尼娅掏出手机开始拍我的时候，他终于绷不住了。

从那一刻起，维克托再也无法掩饰自己的厌恶。

"你怎么可能还没结婚呢？"他绝望地感叹道，"你24岁，正当年，头脑和四肢都够发达，而且还长得帅。"

原来我不经意间戳到了维克托·巴布科夫的痛处。他的愤怒远不只是针对我个人，真正让他抓狂的另有其事，是整个世界——在这个世界里，适婚的特质并没有带来预期的婚配结果。玛丽亚笑了，饶有趣味地看了看我。

"维克托离过两次婚了。"

我不得不承认，维克托离开后我大大地松了口气。但很快我就意识到，我应该感激他，因为他吸引了所有人的注意力。现在轮到我担任"爹地猪猪"的角色了，我却没有那么多精力。这是我第一次真正享受我的家教生活，而且我对玛丽亚的喜爱也是发自内心的，但我仍然是在扮演一个角色。每天晚上，回到大门紧闭的小区后，我们都要装模作样地讨论要不要去这里的海鲜餐厅吃晚餐，最后决定我们还是更喜欢他们的法式小酒馆。但那天晚上，我临时起意，告诉玛丽亚我还是想吃海鲜，然后就朝着和他们相反的方向走掉了。

西棕榈以"家庭型"旅游开发区著称，独自外出就餐的年轻男人总会招致怀疑的目光。至少现在没有诺索弗家的人对我指手画脚了，我可以想点什么就点什么，然后记在玛丽亚的账上。

菜单上最贵的一道菜是"热月龙虾"，这道菜就像蛙腿和鱼子酱一样，是我从小就听说过的。这当然不是从餐厅里知道的——我的父母很清楚一家 6 个人一起出去吃饭会花多少钱。我最开始知道这些财富的标志是通过书和电视节目。12 岁时，我开始上私立学校，那个世界似乎突然之间触手可及。

做家教对我的吸引力是源于这里吗？上学时我亲眼见过有钱人纸醉金迷的生活，但我一直是局外人，至少与钱有关的事我都插不上话，他们甚至专门称呼我们为教职工子女。作为家教，我一样是个局外人，却要受欢迎得多。客户带我飞往世界各地，像对待家人一样对待我。但受到他们款待的这个人到底是谁？隐瞒性取向只是我做出的最小妥协，为了成为成功的家教，我默默迎合着客户的价值观，对他们的行为视而不见。我这样和维克托·巴布科夫这样的不速之客又有多大区别呢？也许我们有不少共同点，只是我不愿意承认罢了。

离开餐厅后，我往回走。我晚饭时喝了些玛格丽塔，这会儿醉意正浓。突然，天降大雨。佛罗里达的雨短促而凌厉，我一时间没有地方躲避。于是我放慢脚步，细细体会着雨水浸透皮肤的感觉。一辆车驶过，我看到驾驶座上的女人在盯着我看。这样的经历在这种地方显得格格不入，这里连大自然都被仔细修饰，抹去了棱角。那女人显然觉得我疯了。但那一周的时间里，其他人看到的都是假面，只有她看到的才是真正的我。

YEAR THREE　第三年

2010 年秋季学期

9 月 7 日，周二，切尔西

菲莉帕要见我。我上次与她见面是两年前的事了，我已经快记不起自己当初青涩懵懂的样子了。但这两年变了的不只是我，这家中介公司搬进了阔气的新办公室，员工人数是原来的 4 倍，开始邀请我去参加一些关于正念和教育理念的奇奇怪怪的讲座。菲莉帕要求见面着实有些古怪，虽然我已经足够成熟，不会就这样认定是我惹麻烦了，但我也猜不透她的意图。

"我有个好消息，"菲莉帕说，"我们把你升为学长[1]了。"

她身上一直带着强大的学生会主席的气场，但"学长"这个头衔也把私立学校这套的角色扮演推向了新高度。

"哦，"我说道，"学长是什么？"

1　学长（prefect），在英国和澳大利亚的部分学校中，有些高年级学生会被赋予一定权力，帮助管理低年级学生，这些高年级学生被称为学长。

菲莉帕看起来吃了一惊，好像在她的世界里，被选为学长的荣耀是不言自明的。

"这个头衔会进入你的家教简历里，"她说，"你父母都能看到。不过，我今天想和你讨论的不是这个。"

我从来没见过她这么激动，我这时发现，学长的头衔只是开胃菜，接下来的内容才是重头戏。

"有了这个，你在家教这行里就完全不一样了，"菲莉帕说，"过去几年里我一直希望能做这样的事。"

她深吸了一口气。

"我想邀请你来做职业家教。"

我一脸茫然。

"我现在不是职业家教吗？"

菲莉帕板着脸，没有一点笑意。

"我的意思是，我们想要拿固定薪酬的家教。"

固定薪酬。这算得上能下金蛋的鸡了。

"这样你就有社保了。全套保险。"

社保！我爸妈可能心很宽，养一个没有固定工资的孩子也觉得无所谓，但我哪怕只是稍稍考虑社保问题，他们知道了之后也一定会松一口气的。

"工资是多少呢？"

如果菲莉帕能在纸上写下一串数字，让我像好莱坞电影里一样，看过之后眼睛立刻瞪得老大，说不定我就会对这份工作动心了。

"和其他全职工作差不多。"她语气中带着点刻薄。

我早该想到的。我一直惊异于家教行业会给我这样的半吊子付这么多钱。

"我们相信这会让你成为全国顶尖的家教。"

"那太好了，我考虑一下。"

我们都是英国人，她应该清楚这是拒绝的意思。能成为全国顶尖的兼职家教我已经非常满意了。我不再沉湎于马上就要签一份大片合约的美梦了，我已经想好了要找谁帮我制作短片。除此之外，去年一年的压力太大了，我不想重蹈覆辙。我决定要平衡我的家教工作和我其他的兴趣。至于这到底是否可行，我们就只能拭目以待了。

马克斯：大家好啊，有人吃了我剩的咖喱吗？我本来想留到今晚吃的。

我：糟了。抱歉！请随意吃点我的豆子汤吧。

马克斯：还是不用了啊。

9月22日，周三，肖迪奇

除了偶尔的磕磕碰碰，我和新室友的生活还算顺利。他们大多是自由职业者，只是从业领域不同，这就意味着我们之间没有任何竞争关系，我也不会像以前一样被卷入竞争的旋涡中。我本来希望今年的家教工作也能有个崭新的开始，但我最喜欢的皮姆利科博客写手卡罗琳打来了电话。我帮霍勒斯做过作业，也帮阿瑟练习了合唱，他们家没有第三个孩子了，我想不通卡罗琳为什么还要联系我。我有一个很大的弱点，就是听不得电话铃声在那里一直响，我就是会觉得一定有什么重要的事情，如果我不接电话就会有严重后果。

"马修，能听到你的声音真好。"卡罗琳说，"你一切都好吗？"

其实那会儿我正和朋友的朋友躺在床上，前一天晚上我刚陪他去看了 Lady Gaga 的演唱会。反正现在我已经不再受到约卡斯达家的政策束缚了，便邀请同看演唱会的伙伴来我家做客，以此补偿他替我付的 50 英镑演唱会门票钱。我就知道我不该接这通电话。

"还好，谢谢。"我对卡罗琳说，"您呢？"

"很忙啊，马修，忙坏了。"

卡罗琳是喜欢让自己时时刻刻都忙得脚不沾地的那种人，这样她最黑暗的想法就只能在凌晨 4 点的时候浮现在她脑海中。反正这个时候她也该从床上爬起来，敲上 400 字发个博客，评论一下当地奶酪商的质量大不如前了。

"我有点记不清了，马修——你上的是牛津还是剑桥？"

我回答了她的问题，但这谈话的走向已经让我心惊胆战了。

"不用说，我自己也是牛津毕业的，"卡罗琳说，"所以我很懂你。"

不用说？我难道应该对她的全部生活经历了然于胸吗？还是她觉得她从牛津毕业这事对所有遇见她的人来说都是一目了然的？她开始像考官一样盘问我的学历，而且这个考官对自己的学识极度缺乏安全感，迫切地想要通过她对我提及的每个作者都表现出烂熟于心的样子来证明自己的学问。

"马修，你对文艺复兴了解得多吗？霍勒斯现在对薄伽丘特别感兴趣。"

她念这个名字的时候带着一种拿腔捏调的鼻音，我立刻就知道她在意大利餐厅卡卢乔点单的时候一定也用同样的口音，她肯定还会特意选些名字晦涩的意大利面，这样才有更多机会炫耀。这时我突然意识到，卡罗琳好像说了些什么，我要是只模仿她读"蝴蝶面"的意大利语发音怕是无法回应她的问题。

"不好意思，您能重复一下刚才的话吗？刚才信号断了。"

"当然可以啦，"卡罗琳说，"霍勒斯在申请牛津大学。"

亲爱的家教：

我们正在招募志愿者在哈克尼的一所学校开展牛津大学和剑桥大学的面试练习活动，这里曾是一所末流学校，经由现任英国教育标准局局长理查德·邓巴之手改造成了一所令人印象深刻的学校。

如果您有兴趣参与，敬请告知。

菲莉帕

10月2日，周六，哈克尼

我一周还是两周前就看到了这封邮件，但我当时什么都没做。现在，一切就像是命运的安排，我一开始就很清楚，我的家教生涯不会为我赢得什么"英国骄傲奖"，但进入牛津和剑桥确实是一次真刀真枪的竞争，竞争者中既有一生都在为这一刻磨刀霍霍的人，也有临时被推上战场的人。

我一直逃避这类工作，但就像我的接电话强迫症一样，我无法向客户说不。为了不愧对客户，我决定这次不能让他们白花钱，所以我还是给他们找点免费资源吧。

我在网上查找这所学校的信息后发现，学校的前任校长曾被封爵，而且现在的校址也是一处价值 2000 万英镑的建筑群，由知名建筑师设计，教育慈善家出资，这两位也都出身显贵。看起来，教育改革带来的福利更多流入了白人爵士的口袋里，而非学校本身，我对这样的改革持怀疑态度，但是我猜在爵士打发时间的方式里，这算是比较利国利民的了。

有两个前来参加活动的女孩想学习语言。塔米卡自信又热情，但法蒂玛迅速脱颖而出。法蒂玛的父母出生在一座土耳其村庄里，大学教育是那里的村民想都不敢想的事情，更不必说上剑桥了。

然而，法蒂玛的个人陈述优美至极，从拉美文学中时间的轮回一直写到加夫列拉·米斯特拉尔的诗歌中用作政治意象的面包。她甚至引用了熙德的话，我被这一点打动了，因为几年来我一直都想查查这个名字来着，直到现在我才搞清楚它是人名还是书名。

"你能不能解释一下时间轮回这个概念呢？"我问法蒂玛。

我的脑海中浮现出费利克斯略带嘲弄地说出关于钟表的俏皮话的样子，但法蒂玛只是咯咯笑了起来，然后耸了耸肩。

"你在个人陈述里面给出了很棒的定义啊。"

"哦，是吗？我也不知道吧。"

我想引导她找回个人陈述里展现出的那种智慧，可百般努力仍然收效甚微。我仿佛亲眼看着她的自我意识一点点回归，敏锐的直觉逐渐被混乱的情绪取代。我很想帮她，却不知所措。霍勒斯的妈妈已经替他将课程安排到了年底，但她的情况不同，这是她唯一的课程。

"谢谢您的宝贵时间，"我们离开时，组织方说道，"我们会告知您各位候选人的后续表现。"

苏拉娅：嘿！我今天 6 点有空，杰克可以 6 点半来找我们。

我：太好了。那我们先去懒人沙发上坐半个小时，然后去餐厅待半个小时？

10 月 7 日，周四，维多利亚区

苏拉娅是我大学上课时结识的朋友。她现在在谷歌工作，不过她也曾帮忙举办过电影节，我觉得她会是个很棒的制作人。她不光答应了我，还立刻发起了众筹。我打定主意要好好利用这寻得贵人的好运气。对苏拉娅来说，约在谷歌是因为她下班正好可以见面。对我来说，却像是在国际空间站里进行电影前期制作。除了懒人沙发，他们的办公室里还有免费餐厅，供应的餐食都是厨师精心准备的，小吃部的商品也是琳琅满目、一应俱全，比任何一家 Pret A Manger 餐厅的库存都丰富。如果我们要制作一部大师级别的影片，无限量供应的椰子水可是再重要不过了。

"来吧，"苏拉娅先开了口，此时我正在狼吞虎咽地啃一块羊排，"咱们的剧本进展到哪一步了？"

之前苏拉娅提议说，在构思以充斥动物走私和同性恋收养的残酷世界为背景的揪心剧本时，我应该先把精力集中在一个方面。考虑到各种情况，同性恋收养似乎最合情理，于是我选择了动物走私。我的新故事围绕着一名爬行动物饲养员和他女朋友展开，我们希望能找一位文艺片女演员出演这个女朋友。这位女演员算不上家喻户晓，但演过几个很不错的角色，所以我喜欢像一个激动过了头的主持人一样称她为"金棕榈奖获奖影片《四月三周两天》女主演，英国电影学院奖得主安娜玛丽亚·玛琳卡"。

"安娜玛丽亚的经纪人读过剧本了，"苏拉娅说，"她挺喜欢的，但觉得部分内容有点费解。"

"费解就对了。"

苏拉娅意味深长地看了我一眼，我这才想起，作为导演，我最有价值的直觉就是认识到自己多么迫切地需要一名制片人。我又打开了一瓶什锦麦片酸奶，开始和她讨论能让剧本稍微通俗易懂的方法。酸奶吃到一半，杰克来了，他是一名经验丰富的电影摄影师，对我们的项目很有兴趣，但也有几点疑惑。我极力忍着没有告诉他，有疑惑就对了。

"你们打算做故事板吗？"杰克问。

我瞥了苏拉娅一眼，不太确定故事板是什么，不过我模模糊糊记得之前去康拉德的工作室时，好像看见过一些阿里、神灯精灵和猪猪的手绘形象。

"肯定要。"我说。

苏拉娅观察了一下杰克的表情，意识到想要瞒天过海注定是行不通的。

"这是我们的处女作。"

我张了张嘴，欲言又止，这种时候吹嘘我拍摄过《阿里与神灯》，并与一头货真价实的小猪联袂出演的片场初体验可能也于事无补。

"没关系，"杰克说，"我挺喜欢跟新人合作的。"

"那太好了，"苏拉娅说，"咱们来讨论一下剧本里的变色龙吧？"

佐耶：太感谢你帮忙了！我发誓，这绝对会是你做过的最简单的工作。

10 月 11 日，周一，肖迪奇

入职新工作不久后，佐耶意识到她没时间继续在 Skype 上给她教的男孩上课了。我很乐意接手这个学生，因为如果我和学生不在同一个大陆上，我会觉得自己似乎能和做家教这件事保持一点距离。佐耶反复保证这就是举手之劳——"你甚至连裤子都不用穿！"

我猜这应该不是一条正式的建议。在网上和孩子互动时，下半身只穿一条底裤似乎不是什么好主意。不过，重点是我不需要离开家就能做这份工作。佐耶的学生叫贾斯珀，他是英国人，正在马来西亚的国际学校读书，他父母担心他的英语水平会下滑。佐耶称他的父母请家教主要是出于内疚，我的工作内容无非是给贾斯珀布置些奇奇怪怪的阅读理解题。连视频的那天，我反复确认自己穿好了裤子，然后接受了视频邀请。贾斯珀和他的妈妈简出现在画质粗糙的屏幕上。

"嘿，马修，你好啊！"简说。

我惊恐至极。倒不是他们吓到了我，我是被自己吓到了。视频通话的时候，你不仅能看到对方，也能看到自己的实时画面，大家似乎都已经默认了这件事，我却觉得有些奇怪。人类的面对面交流向来无须这样的辅助。如果我们在对话时身边放着一面镜子，那我们的注意力肯定集中在镜子上，我很确定大多数人都会同意我这个想法。

"我们这边网不太好，"简说，"你的画面总是卡住。"

现在不是她跟我对话的好时候，因为我正深陷存在危机难以自拔。这当然不是我第一次用 Skype 与人通话，但这是我第一次通过 Skype 做家教，因此我对自己的屏幕形象非常在意。他到底是谁？这人看上去彬彬有礼、唯唯诺诺，比我想象得要更老一些，毫无魅力，也要严肃得多。我的天哪！这几年来我在别人眼中就是这样的形象吗？

"不好意思，简，"我说，"我们换成语音通话吧。"

切换成语音通话后，一切都不一样了。视频通话总是让我倍感压力，语音通话就不一样了，我立刻感觉自己解放了，能自由地专注于手头上的任务。我给贾斯珀布置了阅读作业，就开始在乐购超市网页上下单了。我需要好好购置些东西办一场乔迁派对，要是我效率够高，可能能够赶在贾斯珀做第6题之前就把所有物资加入购物车。在开始选鹰嘴豆泥之前，购物进展飞速，但鹰嘴豆泥的种类比我预想的要多多了，我犹豫起来，不知道客人会更喜欢摩洛哥口味还是墨西哥辣椒口味。

"做完啦！"贾斯珀叫道。

我很想忽略这个小鬼头，或者至少假装我的音频连接掉线了，但我不是白痴。在面对面教课时，我很清楚附近有没有家长在听我们上课；而在Skype上，我根本不可能知道有没有人藏在一旁监听。

"太棒了。"我对贾斯珀说。接着，我的屏幕上对话框开始闪，原来网页弹出了购物网页的倒数提示，告诉我如果想保留已选的配送时段，要赶紧完成订单。

"现在读一下你的答案吧，"我说，"不着急，慢慢来！"

马修，你好！

我们想邀请一些资深家教参加我们举办的培训课程，确保你们了解最新的情况。请告诉我你方便出席的时间段。

菲莉帕

抱歉，这些日期我可能都去不了。期待你们的下一次活动。

马修

10月13日，周三，皮姆利科

资深家教？拜托！我倒是很佩服菲莉帕竟然如此努力地精进业务。但我已经连续通过自己的人脉拿下两个工作了。虽然我仍会收到中介的工作推送，但我现在一眼就能看穿工作描述里的玄机。如果推送里说孩子精力充沛，那么几乎可以确定进门几分钟后你就会被玩具枪指着，并沦为人质。

就霍勒斯来说，我知道自己蹚的是什么浑水。他申请了英语文学和意大利文学专业，但就连他措辞考究的个人陈述也无法让我相信他的兴趣是发自内心的。我敢说这份个人陈述的背后至少有一系列精心策划的专题培训课程，以及一名在个人网站上发布令人生疑的申请成功率的专业顾问，想必这名专业顾问也和霍勒斯的妈妈花了不少时间热烈地讨论要不要把"毋庸置疑"这样的高级词语加到个人陈述里。

两年过去了，霍勒斯没有太多变化，只是头发变长了，戴了些花里胡哨的腕带，看起来酷到不适合上学，倒挺适合在马拉维度过间隔年的。我们做了一次模拟面试，也正好让我借机评估一下情况恶化到什么程度了。

"你为什么想学文学？"我问他。

"因为我……喜欢书？"霍勒斯答。

我建议他说具体一点，于是我们把范围缩小到了莎士比亚。我提出用这个例子来展现他对文学的热爱很有趣，因为领会莎士比亚作品文本的方式通常比较传统。可惜他连我的话都没能领会。

"可以给我讲讲悲剧的定义吗？"我问道。

这个问题真的是基础的基础，但我现在已经急不暇择了。

"大概就是……比较伤心的东西吧。"

其实他要是干脆拒绝回答说不定还好些。

我开始问意大利文学的相关问题，也许在这种学校教得不多的内容上，他还能显得有创意一些。他的个人陈述里提到乔托在斯克罗威尼礼拜堂的壁画，卡罗琳告诉我他们最近度假时刚去过那里。我让霍勒斯描述一下参观经历。

"呃，我们在维罗纳附近租了一栋别墅给我爸爸庆祝 50 岁生日，所以——"

"讲壁画就行了，霍勒斯。"

"哦，行吧。挺奇怪的，因为从外面看礼拜堂很普通，但是里面，就有点……友好？"

倒也不能说他的评论完全是错的，霍勒斯不光去那里参观过壁画，还有一名教艺术史的家教拿着一份 12 页的笔记指导他学习了那些壁画的艺术和历史背景，他还把这些笔记都抄在了彩色卡片上——我大胆揣测一下，这应该是在他妈妈的软磨硬泡下完成的。"外表普通，内在友好"听起来不像是准牛津学子做出的训练有素的分析，倒像是 3 岁小孩对邓布利多教授的评价。

"他有可能被录取吗？"下课后卡罗琳问我。我的答案不是为了哄客户高兴，而是因为我清楚记得我在剑桥碰见过许多霍勒斯这样的人。

"当然有了。"我说。

我：我真想不通这些人是怎么通过面试的。

佐耶：那是因为你把面试官想得太好了。

10月30日，周六，科文特花园

我们一家人在伦敦的一间披萨餐厅庆祝我妈的生日，这也是介绍朱利恩给他们认识的好机会，接到卡罗琳的电话时躺在我枕畔酣睡的人就是他。不可思议的是，他现在已经是我的男朋友了。更不可思议的是，我工作上也有不少好消息可以分享。

这几年来，我已经联络遍了所有我能找到的制作公司，终于找到了一份工作，给一个 YouTube 频道写教育类的剧本。这些片子什么奖也获不了，但至少我能通过写剧本赚钱了。大学刚刚毕业的兵荒马乱一点点退去，很缓慢却很坚定。

我做家教的工作重心已经转移到为学生提供另一种体验了，于是我借机向父母取经，问有没有什么面试技巧可以传授给法蒂玛。

"她一点自信也没有。"我说。

"这已经算是小问题了。"我爸说。

他最近在一所公立中学当选了董事，不过他们学校的人脉远比不上法蒂玛就读的中学，他的学校一个申请牛津剑桥的学生也没有，就更别说录取了。

"他们的心态完全不一样，"我爸说，"他们很多人甚至都不敢想离开家去外地上大学。"

过去几年我教的都是年幼的孩子，也许这个圈子像象牙塔一样，

254

让我看不见其他人的疾苦。一旦目睹不同的人生会有多大的差距，为之郁闷几乎在所难免。

"你愿意去做志愿者可太好了，"我妈说，"是受你的影响吧，朱利恩？"

我默许我妈为朱利恩记了一功，能让他留个好印象我自然是愿意的，但我也知道，我这副高尚的家教新形象维持不了多久。我坦白了自己在 Skype 上是怎么教课的。

"你可真行！"我姐说道，她最近刚刚开始教师培训，这更坐实了我江湖骗子的家族声誉，"你的学生碰到你真是走运了。"

"另一个男孩怎么样了？"我妈问道，"就是有私家电影院的那个。"

自从上次和比阿特丽斯通完电话之后，我就再也没有和诺索弗家联系过了，但我有时仍然会想起他们。他们付给我薪水实质上是为了让我做费利克斯的朋友，却又以一通生硬的电话没头没脑地终结了一切，这显得古怪至极。我倒不至于说自己想念他，但我确实很想知道他的近况。我既希望他已经不必再没完没了地上毫无意义的家教课，又不忍想象他要如何独自面对一切。

我：太感谢你肯来帮忙了！

佐耶：你逗我吗？我已经等不及了。

11月20日，周六，哈克尼

法蒂玛的事在我的心头挥之不去。她是那种进了剑桥会如鱼得水的人，但要想进剑桥，她必须在面试里脱颖而出，我很想助她一臂之力。我主动提出再上一节课，这次我搬来了救兵，佐耶不仅有更多辅导女学生的经验，她自己上的也是公立中学，所以我知道她给法蒂玛的建议远比我的更有分量。我们一起去了那所中学，佐耶先和法蒂玛聊，我再跟塔米卡做一次模拟面试，然后就轮到我来辅导法蒂玛了。

距离正式面试还有两周，但是她的紧张肉眼可见。我早有预料，所以提前上网搜索了面试技巧，看看有没有什么她用得上的点子。网上关于面试前一天晚上的建议五花八门，从刮刮腿毛再给头发做个深度护理，到规划好第二天的物资补给，后者听起来就让人感到不妙。至于面试当天，大多数都建议早点到场，有个网站还给出了向秘书解释自己行为的话术模板，只是稍有些令人费解。"我来得太早了，"该网站建议应该这么说，"但是我不想这么早就打扰阿莉莎·史密斯。"（凭空捏造出一个阿莉莎·史密斯更让人摸不着头脑了。）然后，你应该在快2点的时候再次主动提醒秘书，这倒是个在还没正式进入面试之前就开始"拉仇恨"的好方法。另一个网站建议四处跑跑，让自己好好喘喘气，但没说清楚到底应该在去面试之前跑，还是应该先表明自己不愿打扰阿莉莎·史密斯，然后火速出门开始跑。

对面试本身的建议就更是千奇百怪了，譬如，确保对方能看见你的双手，坐在椅子上时身体稍稍前倾，当然，这一切的前提都是不能走神，要是有人打算面试的时候神游可得注意了。

最惊人的一条建议是将舌头伸出来并背诵整篇《矮胖子》童谣来打开自己的喉咙。后来我发现自己看错了，这条建议是针对面试之前的准备，而不是面试现场。

她们面对的竞争者都是打小就被灌输自己应该在这些学校里有一席之地的人，而我却只有两节课的时间可以帮她们出谋划策，我能做到的实在有限。我努力试着让法蒂玛至少自信一些。

"还有什么最后的建议吗？"法蒂玛的老师准备结课之前问佐耶和我。

除了深度护理，以及务必远离阿莉莎·史密斯，我脑子里一片空白，决定还是不发言比较好。

"只要做自己就好了，"佐耶说，"面试官要做的唯一决定就是他们想不想给你做三年的老师。你本来就不必无所不知，只要向他们展示你好学上进就够了。"

12月4日，周六，克拉普顿

很难说我更怕哪一种结果——是霍勒斯被录取了，还是法蒂玛没被录取，最糟的恐怕还是双重打击。我知道我不该痴心妄想自己以前造的孽能这么轻易被抵消，就像乘飞机满世界转悠的人无法象征性地捐点钱就抵消自己的碳足迹一样。我正焦急地等消息，突然收到了玛丽亚的短信。

我周六来英国。等我到了叫你宝贝。亲亲。

我猜她应该是漏掉了一个逗号，但如果她真的到了之后就叫我宝贝我也不会太意外，叫我宝贝之前还要提早通知也在情理之中。玛丽亚说她准备了一个惊喜，虽然惊喜是什么我已经猜得八九不离十了，我还是很愿意让她享受一会儿这种吊人胃口的快乐。等到她到英国的前一天，她还没有告诉我见面的时间地点，于是我发消息问她我们在哪里见面。过了一小会儿，我收到了回复。

咱们克拉普顿池塘里见！！！

我需要更多信息。我只知道见面时间是周六，我可不愿意一早就去克拉普顿池塘等着。更紧迫的问题是，克拉普顿池塘不是一个地址，甚至不是一个地区，它是个池塘。玛丽亚的指示这样说，我不得不假定她不是真的想和我在池塘"里"见——但见面的场合如此扑朔迷离，这也只能是个假定。

我终于问清了见面地址。我没想到寡头的妻子在伦敦停留期间会住在克拉普顿，不过她解释了一长串，我在听明白这个故事的主人公还包括她在赫默尔亨普斯特德的飞碟射击场认识的一个男人之后，就不再想要梳理清楚到底是怎么回事了——其实连这一点我也没完全"听明白"。

和玛丽亚同行的还有周末离校度假的尼古拉斯·尼克。玛丽亚在房间里塞满了氦气气球，还有一个蓝精灵的彩陶雕像。我知道今天不是我们之中任何人的生日，于是推断这份惊喜只有两种可能，其中一种可能性也不大——玛丽亚为她在赫默尔亨普斯特德的一处飞碟射击场认识的一个男人举办派对，邀请我参加。不过，事实证明我最初的猜测是正确的。

"马亚特！"我一进门玛丽亚就迫不及待地说，"尼基塔被伊顿公学录取了！"

12月9日，周四，肖迪奇

几天后，法蒂玛拿到了录取通知书。不出所料，帮上公立中学的穆斯林女孩考上剑桥比通过帮寡头的儿子考进伊顿公学，并从俄罗斯乳品业剥削劳动力赚来的钱里捞好处更让人感到满足。第二天，又有新的好消息传来——霍勒斯落选了。三个人都得到了他们应得的结果，这样来看我才是最幸运的人，虽然他们的优势和特权大相径庭，我为他们提供的帮助却都与他们十分匹配。

得知他们的录取结果后，一切似乎尘埃落定。我不必再去俄罗斯，也不打算再接卡罗琳的电话了。但问题是，我刚刚为不必再应付客户松了口气，就开始担心接下来的工资来源：我可能需要厚着脸皮回到菲莉帕那里，甚至可能要忍受接受家教培训的奇耻大辱。

第二天我一睁眼，就看到手机上有三个比阿特丽斯的未接来电。

肯尼亚

"留心狒狒。"兰多说。

"还有大蜗牛。"卡斯皮安补充道。

"他为什么要留心那些啊？"

"可能不需要吧，但是你们会看到这些啊。"

费利克斯的两名堂兄开着吉普来机场接我。他们给我的印象是，他们被分配到这项任务是因为他们迫切地需要做些能够培养成年人责任感的事。这是个好主意，因为有时候这个社会除了提供"职业王室成员"的头衔，就不知道该拿这些没有一技之长的高级特权阶层怎么办了。

两个男孩都快20岁了，晒成小麦色的皮肤泛着健康的光泽，我嫉妒得发狂，只能安慰自己这都是不可逆的晒伤。我们刚离开主路，开到一条僻静的土路上，两兄弟就争先恐后地罗列着鹳鸟、猴子和其他我可能会看到的动物，我们要去的地方在我脑海中一点点变成了一个诱人的野生动物园。

突然受邀前往肯尼亚过新年足以让任何人感到意外，我自然也不能免俗。我和比阿特丽斯通话时，她表现得好像我们之前的对话从没发生过一样，他们重新给费利克斯选了一所学校，我自然是帮他备考的不二人选。我觉得我仿佛是被前任联系了，我与诺索弗家一个学期没有联系，我已经不再是从前那个我了，但我很想保护费利克斯，如果他要被迫再经历一次入学的艰辛，我希望能够陪着他经历一切的那个人是我。

我们来到一处开放式观景台，俯瞰一望无际的大地。草原和灌木丛一直延伸至一片未经人工开发的海滩。这里居然是度假别墅，真是荒诞至极，但对这种家庭来说，想让自己的房产记录看起来比较像样，怎么也得有几千英亩[1]前殖民地的土地吧，哪怕你每年只来一趟。

在山谷谷底，原木铺成的小径蜿蜒着穿过几个看似生态旅社的茅草小屋，路边随意摆着晾晒芒果干的托盘，一条小河潺潺流过，旁边还有一处秋千绳。我看见比阿特丽斯身着一袭轻薄的丝绸海滩浴袍，手里端着上午喝的鸡尾酒。

"马修！"她笑意盈盈，"我来给你介绍一下在座各位。"

他们家在场的家人至少有 12 个，名字一个比一个傻。有一对母女叫塔姆和塔夫，但她们刚说完我就忘记她俩哪个是塔姆、哪个是塔夫了。还有一个堂姐叫布罗利[2]——我很确定她就是这么说的。族谱的顶端是乔治的父母，阿诺德和菲莉丝。比阿特丽斯告诉我他们已经离婚了，相处得也不算融洽，她说这话时语气里有掩饰不住的

1　1 英亩约等于 4047 平方米。

2　布罗利（Brolly）一般来说是法语名。

幸灾乐祸。阿诺德有个比他年轻 30 岁的女朋友——自然,家族的圣诞聚会是不欢迎她的。但比阿特丽斯似乎觉得这样她就少了一个看好戏的机会。

"我们今晚在海滩上聚餐,"比阿特丽斯说,"给你接风。"

没有任何证据可以支持这种说法:这家有一半人已经忘了我是谁,我怀疑要是逼他们说出我是谁,他们会说我是这家的朋友,或是什么随行的按摩师。但我觉得,这也比拿我当把所有人团结在一起的家里的大哥要好些。我们驾驶着一个越野车队浩浩荡荡地驶向海滩,不知道塔姆还是塔夫抬头向上望去,叫道:"长颈鹿!"

这群长颈鹿大概有 15 只,它们在平原上漫步,背后就是一轮落日。我可能对做家教感到倦怠,但这可是长颈鹿!我立刻掏出手机想要拍照,但我马上就意识到,同行的人里可能只有 8 岁小孩才会像我这么激动。而年纪再大些的人则兴致寥寥,阿诺德的激动程度就像是在海德公园里看到一只松鼠。我趁着没人注意,又偷偷把手机放回了口袋。

海边的白沙滩向远方无限延伸,两边都望不到头。餐桌和一圈折叠躺椅已经摆好,主厨柯蒂斯正在做烧烤。卡戴珊家族中某个不太出名的卡戴珊可能会很乐意在这里办一场婚礼,然后扬扬自得地看媒体怎么报道。我不由得思考,这里的员工要开着吉普来来回回跑多少趟才能让一切看上去完美得恰到好处。

大家有一搭没一搭地吃着烧烤,比阿特丽斯却在外围晃悠,小口喝着葡萄酒,什么都不吃。如果这是一部真人秀,那她一定是里面最爱挑事的角色,说不定还会因此一炮而红,不过今天这期节目里,她只想闷着头来回走走。就在此时,画风突变,连最具创意的制作人也写不出这样的剧本。乔治与主厨低语几句，回到人群中，一只手背在身后。"来吧！"他说着，拿出一只鸡蛋。

我需要谁给我解释一下到底发生了什么。在场的所有小孩立刻激动地窃窃私语，但我在想乔治总不至于是想让我们12个人分享一只生鸡蛋吧。费利克斯解释说这是个家庭游戏，每个队伍会逐渐拉开距离，同时来回抛接这只鸡蛋。我闻言立马汗毛倒竖。那些关于同性恋不善球类运动的刻板印象我全都符合，大概从1994年起，我就没接到过任何空中抛物了。不过，我也不是完全没有运动基因，我的曾曾叔父弗雷德里克·诺特也是兼顾了乡镇板球队和校长职业生涯的人呢。我要是想接住鸡蛋，那我肯定能做到。

我们分好了队伍，游戏开始了。我很放松地投入游戏。从感觉自己是大制作真人秀里的墙上的苍蝇，到耻笑所有不理解我们挚爱的鸡蛋游戏怎么玩的人，我的转变之快简直惊人。如果诺索弗这样的家庭希望让你感到宾至如归，他们的魅力是很难抵挡的。当我发现鸡蛋正向我飞来的时候，为时过晚。它正中我的脑门，鸡蛋液溅得满脸都是。

从我第一次见费利克斯开始，我们上课向来没有任何成年人监督。我一直在想，是不是因为那次比阿特丽斯在一旁偷听到了费利克斯把书扔到了房间另一边，决定还是眼不见为净，反正这也是她很多其他问题的解决之道。花园远处的游戏室已经够远了，但在这里，我们直接被送到了山谷的另一侧。我们骑着四轮越野机车去所谓教室的路上，惊扰了一群正在晨光里饮水的高角羚。这里让人无法不陶醉其中，但我也很清楚，为了让一切看起来完美，需要大量的工作人员在幕后默默付出。乔治一定坚信他们为带动当地经济发展做了贡献。

在教室里安顿好之后，费利克斯的问题一个接一个地冒了出来。他听到我告诉他妈我找了新男友，强烈要求看看照片，并把他称作我的"老兄"。伯蒂以前也会问我类似的问题，但他只是单纯好奇我的私生活而已，费利克斯则完全不同，我们两个人就像老朋友一样聊起彼此的近况。

诺索弗一家现在已经心照不宣地接受他们上次是好高骛远了，所以现在不必着急，以费利克斯的学术表现来看，我们要上现在准备申请的学校并不困难，我也不认为他会再度落选。不过，即便如此，万一他这次不小心搞砸了，乔治总得找个人背黑锅。

到了第二天，我们的课间休息成了一整天日程中的高光时刻。费利克斯早就习惯了把课间休息当作每日高光时刻，但这次我们的周遭环境提供了太多新的机会，跟迅速玩一局《愤怒的小鸟》完全不同。兰多和卡斯皮安早餐时说他们要去找狒狒，于是我们决定跟他们比比看谁先找到。他们征用了我的越野机车，我只能与费利克斯同乘一辆了。费利克斯坚持要坐驾驶座，一脚油门下去，车子飞速沿着山谷一路下行，我只得在一旁拼命抓住扶手。几分钟后，我们遇见了一群斑马。

"好吧！"费利克斯叫道，又猛踩一脚油门。

"别！"我无可奈何地大喊。

我不知道如果费利克斯追上了斑马，他到底打算做些什么。他不断加速向前，突然，不知道车子撞上了什么，我失去平衡向后倒去。

"费利克斯！"我大叫道。

但引擎的轰鸣声实在是太响了。有那么几秒，我的后脑勺一直欢快地在地上弹跳，我被车拖着，忍不住想到自己是会被一群斑马踩死，还是会被一个孩子在毫不知情的情况下开瓢。费利克斯终于听到了我的呼救声，一回头，正看到我的双脚在他身后吊着。

"真见鬼！"

他停下了车。我的头在流血，但伤得不重。我们很快达成共识，认为这事太好笑了。在死里逃生带来的喜悦中，我们聊着刚才发生的事，将这样奇特的经历永远珍藏在记忆中。课间休息结束了，我们只得带着沉重的心情再投入学习中。

"天气这么热，我的脑子根本不转。"比阿特丽斯说。

她刚过上午 11 点就开始不停地喝餐前马提尼，却这样解释自己为什么脑子不转，真是有趣。不过我权当气温也多少有点影响吧。别墅中庭现在只有我们两个人，这是讲乔治的家人的八卦的绝佳时机。我想把一切问题都归罪于父权制，但比阿特丽斯坚信她婆婆才是万恶之源（这一点我认为也应该归罪于父权制）。菲莉丝是荷兰人，她的英语水平很高，经常会用"掇菁撷华""斗折蛇行"这种词语。前一天晚餐时，我们听到尖叫呜咽声，发现是几只狗正在袭击一只奶猫。听着奶猫的哀号，所有人呆在原地，只有菲莉丝果断出手，用板球拍赶走了狗，将奶猫放在灌木丛里，任其自生自灭。

"冷静点，"她对几个抽泣的孙子孙女说，"又不是世界末日。"

我在这里待了几晚之后，他们全家人聚在一起共度新年之夜。有人（我猜是布罗利）已经做了一份座位安排，引起了不小的骚动。

菲莉丝对座位安排非常不满，因为她没能和阿诺德一起坐在餐桌主位，不过她想坐在主位可能也不是为了自己高兴，而是为了折磨阿诺德。阿诺德可能对此已经有预感，也激烈地反对与自己的前妻并肩而坐。

最终，这个问题终于解决了，阿诺德和菲莉丝面对面落座，而坐在他们二人中间的人正是我——还能是谁？那天下午，乔治专门反复叮嘱我这是特殊场合，需要穿带领子的衬衫。奇怪的是，他和父母在一起时完全失去了锐气，我猜是因为他这辈子总是试图让父母和平共处，但在这件事上他总是以失败告终。

那天晚上，我在阿诺德和菲莉丝中间坐下，连勉强挤出一丝微笑都做不到。一般来说，我会更偏向被抛弃的妻子，但菲莉丝很难让人动恻隐之心。我只能学着比阿特丽斯的样子，给自己倒了一大杯葡萄酒。

"所以，"阿诺德说，"你都给费利克斯教了些什么？"

老天，这可是新年夜啊。我完全不想在这种场合证明自己收取的费用是合理的。我转移话题，开始寒暄闲聊，但阿诺德唯一感兴趣的就是标定我所处的确切阶层，并据此选择对待我的态度。我告诉他我在哪里住后，他立刻拉下了脸。

"肖迪奇啊，"他说，"那离舰队街很近了。"

"不对啊，阿诺德，"菲莉丝插进来说，"你想错了。"

阿诺德的脸一下子涨得通红，好像起满了红疹一样。

"你到底是不是住在城里啊？"

我努力想跟他解释清楚那个居住区的性质，并暗示我本人属于后来迁入的绅士迁入者。阿诺德深深吸了一口气。

"我年轻时那地方是诺丁山，"他失望地说，"那会儿那里只有黑鬼住。"

我彻底无语了。但这又有什么好惊讶的呢？我做家教时也心甘情愿维护着这个系统，而这个系统既根据身份划分阶层，也根据种族。阿诺德不过是说出了其他人没有说出口的话而已。

新年这天，费利克斯可以休息一天。我还没想好自己这天该做些什么，就听到有人在敲我的房门。我打开门，乔治走了进来，在床边坐下。我常常在有钱人身上看到这种无礼的行为——他们很在乎礼节，但在能体现自己特权的时候例外。

"你今天应该没什么计划吧？"乔治问道，"我想我可以带你去转转。"

度假庄园之外的世界让我大开眼界，之前从机场过来的时候我实在太困了，没有注意这些。这不是我第一次目睹这种级别的贫穷，但和这么富裕的人一起还是头一次。乔治这种人完全生活在空中楼阁里——他们住在大门紧闭的豪宅大院里，去哪里都有专职司机接送，很容易对民间疾苦视而不见。但乔治刻意带我往最能体现民间疾苦的地方走，我们来到了一处熙熙攘攘的市集，我突然意识到，这对他来说就是非洲探险之旅了。他非要给我买些小玩意儿做纪念品，我真希望市集上的小贩看见他的设计师品牌皮鞋后把商品价格翻倍。

"这样你今晚就可以安心睡觉了。"乔治笑着将钱递给小贩。

我们开车回去的路上，乔治给我讲了庄园的看守人萨米的故事。在得知萨米不识字之后，乔治吩咐他去上夜校。至于萨米本人的想法，或是萨米辛苦工作了一天后还有没有精力上夜校，就不在乔治的考虑范畴内了。萨米听从乔治的指示上了两个月的夜校之后就退学了。

"问题是，"乔治说，"他就是个智障。"

我很确定问题不是这个。我开始对被强行拖出来和乔治同游充满怨恨——就因为乔治不想和他父母相处？就因为他讨厌自己的妻子，也不知道该怎么带孩子一起出门？这一天本来也是我的假期啊。我们最后来到了当地的海滩。这是一片狭长的沙滩，由市政管辖，上面挤满了游客和当地人，与我第一晚在度假庄园看到的景象形成了鲜明的对比。我们看向海湾的另一边，乔治指着那段只属于他们家的海岸线。

"有 6 公里呢。"他自豪地说。

非常有趣，当你换个视角看问题。突然，一阵愤怒涌上我的心头，这样的愤怒从我家教职业生涯之初就埋伏在我心里的某个角落，也许更早，它的火种在我刚刚接触巨富阶层时就埋下了。对财富的渴求已经刻在我们的骨髓之中，但在很多国家，私有海滩是违法的。而乔治的海滩一年到头绝大部分时间都空无一人，他们将附近的居民拒之门外，只为了让一家人圣诞节时能乘飞机来独占这一切。第一天夜里当我赤着脚站在海滩上时，那感觉就像做梦，但现在我明白了这一切是如何得来的，我才感到这一切有多骇人听闻。

第二天，乔治宣布费利克斯首次猎鹿的时候到了。一名牧场工人告诉我们，鹿群在平原上，很容易瞄准，家里一众男人立刻像奔赴战场一般骑着越野机车出发了。与上次猎野鸡不同的是，这次我很支持费利克斯。虽然我一如既往地认为射猎是项很奇怪的运动，但费利克斯经历了入学考试落选，又肩负着全家的诸多期待，现在好不容易有了个直截了当的目标。我们找到鹿群后，几分钟之内，费利克斯就举枪瞄准一举射中了一只鹿。它发狂一般疯跑了一阵，一名牧场工人又补了一枪，彻底了结了它。

鹿倒在了地上，我们一行人很快都围了过去。有那么一阵，我们面面相觑，都不知道该做什么。牧场工人走了过来，开始边解剖鹿边给我们解说。兰多对充满尿液的膀胱非常感兴趣。牧场工人开始调动观众情绪，他向鹿的气管里吹气，鹿的肺部立刻像手风琴一样充气鼓了起来，我们纷纷鼓掌。随后，乔治上前一步，把鹿血抹在费利克斯的额头上，正式确立了费利克斯的接班人地位。

也许乔治说得对，这一切都是在浪费时间和金钱。诺索弗一家对入学考试如此在意，是因为这是费利克斯成为像他父亲一样的人，并巩固家庭势力的垫脚石。难怪我一直觉得自己不像在教课，这个家庭不需要我为他们的孩子开阔眼界，他们只想原地踏步，保持现状，守住 6 公里的私人海滩并传给下一代。无论费利克斯的考试结果如何，他都无法逃脱已经注定的命运。他的父母总会找到一所愿意录取他的学校，而不管他在这所学校的成绩如何，他都会扛下家族企业的大旗。

但从另一个角度看，诺索弗家的钱也没白花。我对我们明面上的目标一直说不上投入，但我开始发自内心地关心费利克斯是否幸福快乐。有时，我甚至觉得我是唯一关心他是否幸福快乐的人。作为他的家教，我的位置很特殊，可以评估他的情绪并做出相应的调整。那天下午我们往教室走的时候，我能看出他完全不想复习功课。于是，我问他想不想去找狒狒。

2011 年春季学期

苏拉娅：我真的不太确定咱们能不能请得起你想要的女主角。

我：安娜玛丽亚不是同意只收最低薪酬了吗？

苏拉娅：我说的不是她，是那只变色龙。

1 月 22 日，周六，贝斯纳尔格林

显然，我没什么跟动物和孩子合作的经历。在爬行动物商店见过变色龙后，我觉得任何其他动物来替代这个角色都是不可想象的。终于，苏拉娅想了个法子解决预算问题：除了演员，所有人都免费打工。苏拉娅非常成功地组建起了一支团队，导致负责跑腿的人过剩，我也分配到了一个专门替我跑腿的人，这样一来我基本上就可以跟变色龙平起平坐了。虽然苏拉娅跟我一样是新手，但她无师自通，她明白拍摄现场只有两个人需要一对一地悉心呵护，那就是爬

行动物和导演。

"斯潘塞,"我对我的私人跑腿说道,心里暗暗希望我没记错他的名字,"可以帮我拿块饼干吗?"

苏拉娅翻了个白眼。她一直对相机忧心忡忡,甚至前一天晚上就在我们从朋友那里借来用于拍摄的公寓待了一夜,守在相机旁边睡觉。再看看我,这会儿还围着饼干餐台打转。我本想向摄制团队说些鼓舞士气的话,表达一下我的感激,最终却只公开索要了一块饼干,试图以此建立我的威信。

尽管我的努力不怎么靠谱,但我们还是完成了当日的拍摄计划。当天最重要的镜头是变色龙吐出舌头吃一只虫子。驯兽员摆好了虫子,变色龙却迟迟不肯上钩。

"有时候咱们得等等它。"驯兽员解释说。

"要等多久啊?"苏拉娅焦急地问。

"哦,可能要等好几天呢。"

苏拉娅差点当场疝气发作。但我很理解这只变色龙,伟大的艺术是急不得的,我终于学会欣然接受我走过的那条蜿蜒曲折的路,因为正是它带我来到此时此刻此处。

"我们休息 5 分钟吧,"我宣布道,"斯潘塞——可以帮我拿杯咖啡吗?"

2月4日，周五，哈克尼

我下定决心，要帮法蒂玛就帮到底。我联系她的学校负责安排面试的老师，解释说自己已经正经是个导演了，建议他们开设电影社团。我其实根本不知道自己提出的电影社团应该是什么样的，只是隐约觉得他们应该给孩子一个空间，让他们能够在课后自由地做梦和创作。如果一切顺利，说不定我还能慧眼识珠，发掘出下一个斯科塞斯 [1]。

过了几周，某天我醒来时，突然想起自己自告奋勇要给30个12岁的孩子构思和指导一个结构严谨的项目。现在装病还不太晚，但我还是不由自主地赶到学校，出现在这个班级里。我已经忘记了30个人的班级规模这么大。在等迟到的学生时，我打量了一下班主任基隆佐老师，她今年50多岁，穿着亮色的毛衣，笑容里略带倦意。她对班级的把控像魔法一样神奇。她很会因材施教，与不同的学生沟通时有时幽默，有时和善，偶尔也会展现出不容置疑的威严。她也很擅长调动课堂的整体氛围，总能精准地抓住时机，在失控之前压下教室里交头接耳的声音。

"同学们，我来给大家介绍一下诺特老师。"

我完全不知道她所指何人。"诺特老师"是称呼我父亲的，他可是个货真价实的老师，也很威严。但我父亲可不在这里，我怎么配得上他的称呼？我只是个家教啊，拜托！因为我自己弄巧成

1　美国著名导演，代表作有《华尔街之狼》《禁闭岛》《大西洋帝国》等，获奖无数。

拙，现在只能硬着头皮管一个班的学生，延续我们家族由托马斯·柯斯顿 17 世纪在沃金开启，并一直传承到我父母和我姐手中的悠久传统。他们没有一个人掉链子——哪怕是与同性秘密爱人相恋的米尔德丽德·诺特，或是兼顾职业板球生涯的弗雷德里克·诺特。而我，所谓的诺特老师，此时此刻将为整个家族的职业履历蒙羞。

"孩子们，我们今天给大家准备了一个大惊喜。"基隆佐老师说，孩子们以狐疑的目光打量着他们的大惊喜，"对！这可是我们专属的好莱坞大导演！"

我只能说我是自作自受。教室立刻骚动起来。孩子们不敢相信这样的大人物会在周五下午走进他们的教室，当然，他们这么想完全正确。我做自我介绍时，他们终于了解了实情，表情也僵住了。我和英国电影学院奖获奖女演员合作拍短片的事对他们毫无意义，我眼睁睁看着他们对我的尊敬一点点消失。现在我值得一提的成就就只剩下给 YouTube 写过一些短片剧本了。

"YouTube？不会吧！"

教室里马上爆发出一阵激动的窃窃私语。对这个年纪的孩子来说，YouTube 是视听娱乐的先锋，光芒万丈，扣人心弦，戛纳电影节和英国电影学院奖这样的名头远不能及。基隆佐老师冲我一笑，默认以这种方式调动整个班级的积极性并无不妥，接下来的问题就在于如何运用这种积极性。

马修，你好！
我还是想找个日子请你来参加家教培训课程。

随信附上的日期有合适的吗？

菲莉帕

说出来你可能不信，真的没有。

马修

你可真是个大忙人啊。那接下来几个月呢？

菲莉帕

我未来的计划目前变动还比较多。如果有空参加培训我会尽量告知。

马修

2月15日，周二，梅费尔

如果菲莉帕被我惹毛了，我是完全能理解的。但我离家教中介越远，就越觉得自在。我意识到我已经找到了梦想中的家教工作，那就是之前那种只辅导作业的类型。我不敢说这一直是我的最优选，比如，去年年中我忙乱又紧张的时候，给这几个半孤儿当替身爹妈让我心力交瘁。但现在情况不一样了，我决定制定一些基本规则，跟纳迪娅说清楚，我只能帮他们辅导作业。只要能确认这一点，这份工作还是很适合我的。

我喜欢感受到自己作为家教的价值，却很反感给学生施加太多压力。辅导作业这种工作，学生的父母不在身旁，这既体现出了我的存在意义，又能合理调控压力，避免工作氛围太过紧张。

275

那天我来到这家的大厅，等着分配需要辅导的孩子。我记得我第一次见到尼克就是在这里，那时他正躺坐在楼梯上。他今天是不可能来了，因为他刚刚得到劳伦斯·奥利维尔奖提名。我还听朋友的朋友说他的床上功夫糟透了——好吧，这个是我编的。不过面对职业生涯发展比我超前得多的人，这样瞎想是个很好的心理应对机制。

纳迪娅让我上楼去找罗曼，也就是这家的长子。他已经12岁了，这个年纪的学生，我已经开始担忧他的水平会不会超过我了。

"来吧，今天你有什么作业？"

"法语。"

Merde[1]。从公立学校转到私立学校时，对我冲击最大的事情之一就是私立学校的学生开始学法语的时间太早了，他们到了罗曼的年纪，早已熟练掌握法语，同龄的我却还为知道怎么用法语说"游客咨询中心"而沾沾自喜。

理论上，我参加GCSE考试[2]和A-Level考试时的法语成绩也不比他们差，但内心深处那种落后的感觉一直无法抹除。这个水平的日常对话和阅读理解我都能应付得来，但让我发自内心感到恐惧的是被当作活字典。不出所料，10分钟后，罗曼转身看向我。

"直升机怎么说？"

---

1 法语"该死"。

2 GCSE（General Certificate of Secondary Education），是英国学生在中学毕业时取得的标准学历证书。一般来说，英国学生在接受GCSE考试时，在中学学习了三年必修课程和两年选修课程。在此之后，学生可以凭借GCSE成绩直接寻找雇主而开始工作。在获得GCSE成绩之后，学生可以进入中等教育的第三阶段——A-Level阶段，也是英国义务教育的最后一个阶段，为进入大学做准备。

我顿了顿，一边搜肠刮肚地在记忆深处寻找线索，一边猜想着如果我说是 helicopteur[1] 蒙对的概率有多大。如果是两年前，我一定会和自己较劲，用学习软件熬到深夜，提升自己的法语水平。但我完全没必要给自己那么大的压力。课后，我找到纳迪娅，告诉她罗曼现在的水平已经需要一位专业的法语家教了。

"好吧，"纳迪娅说，"你有认识的人选可以推荐吗？"

"还真有，"我说，"我男朋友。"

2月18日，周五，哈克尼

我决定，电影社团未来发展的最佳方法是看电影。这绝对不是因为我一想到要管 30 个孩子就心生恐惧。让他们在昏暗的房间里坐两个小时，而我在一旁无所事事，这当然是激发他们想象力最有效的方式。等我准备好了，我自然会发现下一位斯科塞斯的。

我挑选的第一部电影是《鲸骑士》，讲的是一名毛利女孩想当部落酋长的故事。虽然故事背景跟我们八竿子打不着，但我希望影片中打破陈规和坚定追梦的主题思想能激励这些孩子。最初的 20 分钟里，我觉得自己失败了。灯光一暗下来，整个班级就好像收到信号一样，开始偷偷摸摸地做小动作，孩子们要么交头接耳，要么在我看不见的地方不知道干些什么。但随着电影情节逐渐展开，课堂安

1　英语直升机是 helicopter，此处只把拼写改成常见的法语拼法。

静了下来。女主角佩的雄心壮志让整个班的孩子都着了迷，但她因为性别而无法继承祖辈成为酋长。

"不!!!"前排的一个女孩喊道。

全班哄堂大笑。

"小声点，德莉拉。"基隆佐老师说。

过了一会儿，佩又遇到了更多阻力。"女孩没有资格。"她的父亲断然拒绝了她。

"你这搞什么鬼？"德莉拉说。

同学们再次哄笑起来。

"她很爱出风头，这孩子。"基隆佐老师撇撇嘴说。

我对此毫不怀疑，但她刻意当众表演的反应也不失真挚。我不再为即将开始的电影制作实践感到紧张了。我本来担心班上的孩子会很害羞，不愿意上镜。现在我知道了，这群孩子里可有个明日之星呢。

2月21日，周一，梅费尔

我已经不再纠结于向客户出柜了，但在工作场合介绍我的男朋友则完全是另一回事。同性恋是个抽象概念，而一起上床的人则是看得见摸得着的。我跟纳迪娅推荐朱利恩的时候，她几乎没什么反应，我有些担心她会认为这是个麻烦。但我下次再见到她时，她不停地问我问题，还开始乐呵呵地讲起她丈夫怎样三天打鱼，两天晒网地学阿拉伯语。

"该死！"朱利恩上完第一节课后说，"这家人也太古怪了吧。"

有人跟我想一块儿去了的感觉真好。我毫不在意孩子们的父母下落不明，朱利恩对此难以置信。我不知道其实与我约会的竟是马普尔小姐[1]——朱利恩在客户家搜集了许多线索后，又去网上一阵搜索，然后兴奋地给我打来电话。

"天哪！你绝对不敢相信他们父母是谁！"

原来几个孩子的父亲是个非常有钱的商人，却官司缠身。他的名字频频出现在新闻头条，影响颇为恶劣，看来让孩子到另一个国家上学并不是纯粹出于教育考虑。虽然他们的父亲是个骗子，但孩子是无辜的，我想这样的经历一定给他们留下了不小的创伤。拿着这家人的薪水，我忍不住为几个孩子感到不平。

知道真相后，我和几个孩子的关系也不可能毫不受影响。现在我知道了他们经历过的痛苦，自然也明白他们不需要一个假装家庭作业比什么都重要的家教。

"你知道钾的化学符号吗？"萨米尔问。

我顿了顿。

"不知道。"

我们俩只要有一个人动动手，几秒钟就能查出答案。但我们对视一眼，感到前所未有地默契，萨米尔那道题什么也没填。

---

1 马普尔小姐，应指英国作家阿加莎·克里斯蒂笔下的女侦探简·马普尔，此处为调侃朱利恩查出了父母的身份，侦察能力很强。

佐耶：片子剪辑得怎么样了？

我：快好了！期待周日的活动。

3月6日，周日，哈克尼威克

　　片子剪辑完毕，我们立刻开始给各大电影节投稿。我坚信我们会入选威尼斯电影节并拿下金狮奖，但苏拉娅可能觉得这个目标有点好高骛远，于是先安排了一次面向演职人员的公映，位置就在哈克尼威克一处机动车立交桥下面。这可不是随便找的山寨厂棚，这里经一群年轻的建筑师之手改造而成，酷到不行，是我们放映电影的绝佳场所。我们通过邮件发出了邀请，我父母也从多塞特驱车赶来。电影放映一开始，我紧张得胃里一阵翻江倒海。

　　"高宽比错了！"我大喊。

　　"不，没错。"苏拉娅冷静地说。

　　我回过头，茫然地看着电影画面。肯定有什么问题，但问题确实没有出在画面高宽比上——而是在大屏幕上看到我自己的作品。这个短片怎么可能不令人失望呢？我写的其他剧本可能从来没有被制作过，却有一个最吸引人的特点，那就是潜力。对一部成品来说，它的缺陷是所有人有目共睹的。

　　"我们真为你骄傲。"影片放映结束后我妈对我说，这也是所有艺术家梦寐以求的评价了。

　　"你制作了一部电影！"一个朋友说。

佐耶向我跑来，给了我一个大大的拥抱。真诚的批评以后有的是时间听，她最懂我今天需要的是什么。我跟她讲了那个朋友的评论，说用这样的方式避免批评我的影片倒是很巧妙。

"管他呢？"佐耶说，"确实如此啊。"

她说得没错。这部片子获不了金狮奖，我甚至不确定它到底有多少内涵，但在我空坐在电脑前苦思冥想了那么久之后，现在终于有可以呈现在银幕上的成果了。

"妈哟！"我说，"我制作了一部电影。"

3月11日，周五，哈克尼

我为电影社团设计活动内容时故意选了一个无聊的主题，并以这个主题开设一系列讲座，我的目的不在于教育，而是为了让基隆佐老师认为我有课堂管理的能力。几周以来，我拖拖拉拉的讲解内容无外乎怎么按下相机的摄像开始和摄像停止键，而这项技能全班无一例外早就掌握了。也许这就是为什么我感到他们对我越来越不耐烦。现在我的小影迷羽翼渐丰，是时候放手让他们自由发挥了。

我让他们四五个人组成小组，不过与德莉拉一组的孩子显然知道他们之中有一位大导演。我想了些故事主题让几个小组自己选——主要是为了让一个一心想拍以呕吐的狗为主题的男孩打消念头——德莉拉选了"地球最后一日"，她写了一个原创故事，主角就是她自己。这姑娘真是深得我心啊。

"开拍！"德莉拉躲在教室门后叫道。这命令一般不由主角下达，但被指定当导演的孩子认为不用压抑她的才华。德莉拉冲进房间里，她把头发梳在脑后，用眼线笔画了一对足足有一英寸宽的眉毛和一圈小胡子。她先是用一种来源不明的语言大喊大叫，随后——虽然也不能说这样的衔接毫无逻辑——突然清唱起"Thong Song"。

她的同学——出演的角色就是她的同学——在一旁困惑不已。他们每天对德莉拉都是这样的反应，但在德莉拉构思的故事中，她的夸张行为并不好笑，因为末日即将降临，她的反应完全合理，至于其他同学的淡漠态度正是她想呈现的内容之一。这真是个绝妙的点子，既能满足她自我表达的强烈需求，又能表达她对其他人都没有同感的困惑。但更精妙的地方在于，她准确地捕捉到这种艺术形式的特点，虽然德莉拉过剩的活力在日常生活中常常招致批评和嘲弄，在电影的世界里却恰恰相反。她的气场就是为镜头而生的，所有在场的人都能感受到，我们拍摄的是一场扣人心弦的表演。

"这片子拍出来效果肯定棒极了。"我对德莉拉说。

"我会得奥斯卡金像奖吗？"她反问我。

平心而论，就她在"地球最后一日"的角色来说，德莉拉恐怕无法成为明年奥斯卡金像奖的热门人选。至于她未来的发展前景，我也必须现实一点。德莉拉是黑人，是女孩，出身劳工阶层，每个标签都意味着她日后走上星光璀璨的电影生涯可能性很小。但我又凭什么要求跟我有同样抱负的人安于触手可及的目标，而不放手一搏呢？我在这样的学校里待得越久，就越因过去两年半的选择而愧疚。当我和一个孩子共处一室时，我的时间就只属于他一个人，但时间是有限的资源。像基隆佐这样的老师才是真正值得钦佩的，我却把我的所有精力献给了一个本不需要我的学生。

我不认为自己有多少贡献，不管我如何分配自己的注意力，出身权贵的孩子注定会顺风顺水地走入上流社会，而世界上像德莉拉这样的孩子则会遭遇一重又一重的阻碍。如果说我做过任何有所裨益的事，那一定是在这些时刻——踏入老师、父母和朋友之间留下的真空地带，时不时地鼓励、启发和陪伴他们。这些时刻有许多会在我的学生的记忆中慢慢淡去，有时甚至可能转眼就被遗忘了，但谁也不知道哪个瞬间会始终萦绕在他们心头。

"当然了，"我对德莉拉说，"赶紧开始准备获奖感言吧。"

比阿特丽斯：马修！！！他被录取了！！！1！11[1]

3月15日，周二，海格特

这是我意料之中的结果，但经历了这么多之后，我总有一种不真实感。显然比阿特丽斯也有同感，收到短信几分钟后，她就给我打了电话庆祝这个好消息。电话一接通，她立刻态度坚决地邀请我去他们家一趟。几天后，我到他们家时，比阿特丽斯却不见踪影，只有费利克斯被叫来在客厅等我。

1　原文如此。

"干得漂亮！"我说。

费利克斯将信将疑地抬起头。

"我被录取是不是因为我爸捐了一座新的体育中心？"

我的笑容立刻僵住了。我早该料到乔治会做出这样的事。让我介意的不是乔治捐了一大笔钱，而是他们让费利克斯知道了这件事。不管我怎么说，这个问题都会纠缠他一辈子。我眼前出现了这样一幅可怕的场景：费利克斯每天上学时都会路过这座金碧辉煌的新楼，脑中挥之不去的念头一直在嘲弄他，说他能站在这里不过是因为他父亲出手干预，与他自己的成就毫无关系。

"不是的，"我说，"当然不是。这是你自己努力得来的。"

我不确定我们两个人中有没有人相信我的话。我与费利克斯的关系向来如此，他的生活中有其他更加强大的影响因素，相比之下我的努力显得微不足道，我也很难说自己能不能起到一点作用，但至少我能问心无愧地说我努力过了。

"马修！"比阿特丽斯冲进房间，"咱们要好好庆祝一下。"

我本以为她会开一瓶最高档的酪悦香槟，但她两手空空，显然另有打算。这时，我看到乔治在她身后。我对与父母强行联络感情的环节一直颇为反感。费利克斯可能多多少少看到过我真实的样子，但在比阿特丽斯和乔治面前，我从未卸下过伪装。我不知道自己要怎样继续演下去，只字不提体育中心的事。

"其实我们有些事想和你谈谈，"比阿特丽斯说，"乔治的生意有些变动。明年开始，我们要搬去汉普郡住了。"

我立刻就明白了她想说什么。

"我们在庄园里专门给你留了一间小屋，还会给你配一辆车。"

比阿特丽斯开始细数这份工作的其他好处，包括时不时度个假、随意支使他们家的私人主厨之类的。这些奢侈的待遇我以前能浅尝一二，以后就可以天天享受了，要说我完全不为所动是不可能的，但我也就是心动一下罢了。虽然我距离全职在艺术行业里工作还有很长一段距离，但起码我在一点一点地靠近目标，而不是与它渐行渐远。抛开艺术职业生涯不谈，我也相信我明白这不是什么好事。

"恐怕我去不了了。"我有些窘迫地说。

比阿特丽斯看上去吃了一惊，乔治也是一样的反应。他们不喜欢被人拒绝，尤其是被员工拒绝。有那么一会儿，我担心他们会给出一个让我难以拒绝的薪水，但乔治只是起身离开了。

"好吧，"比阿特丽斯说，她的热情瞬间无影无踪，"那就这样吧。谢谢你，马修。我先走了，你们两个人告个别吧。"

房间里又只剩我和费利克斯了。我向来不喜欢与人告别，现在更是不知道要怎样和一个 11 岁的孩子一起应对离别的伤感。"我真是不敢相信，都已经两年了。"我说，"你还记得我们一起上的第一节课吗？"

费利克斯抬头看着我，思绪翻涌，却假装漫不经心。

"我记得你滑雪滑得可真不怎么样。"

"噢天哪，"我说，"确实，我水平太差了。"

"真的，"费利克斯说着，咧嘴笑了起来，"太菜了。"